KB251798

청평조
清平調詞

구름 닮은 옷차림 꽃과 같은 생김새

봄바람 난간을 스쳐 가고 이슬 맺힌 꽃 짙어만 가네

만약 군옥산 머리에서 만나지 않았다면

정녕 요대의 달빛 아래서 만날 수 있으리

雲想衣裳花想容
春風拂檻露華濃
若非群玉山頭見
會向瑤臺月下逢

火雨刀

화
우
도

화우도 1

풍운강 新무협 판타지 소설

초판 1쇄 찍은 날 § 2005년 4월 4일
초판 1쇄 펴낸 날 § 2005년 4월 14일

지은이 § 풍운강
펴낸이 § 서경석

편집장 § 문혜영
편집책임 § 한자윤
편집 § 장상수 · 김민정 · 최하나

펴낸곳 § 도서출판 청어람
등록번호 § 제1081-1-89호
등록일자 § 1999. 5. 31
어람번호 § 제2-0566호

주소 § 경기도 부천시 원미구 심곡1동 350-1 남성B/D 3F (우) 420-011
전화 § 032-656-4452 팩스 § 032-656-4453
http://www.chungeoram.com
E-mail § eoram99@chollian.net

ⓒ 풍운강, 2005

ISBN 89-5831-491-5 04810
ISBN 89-5831-490-7 (SET)

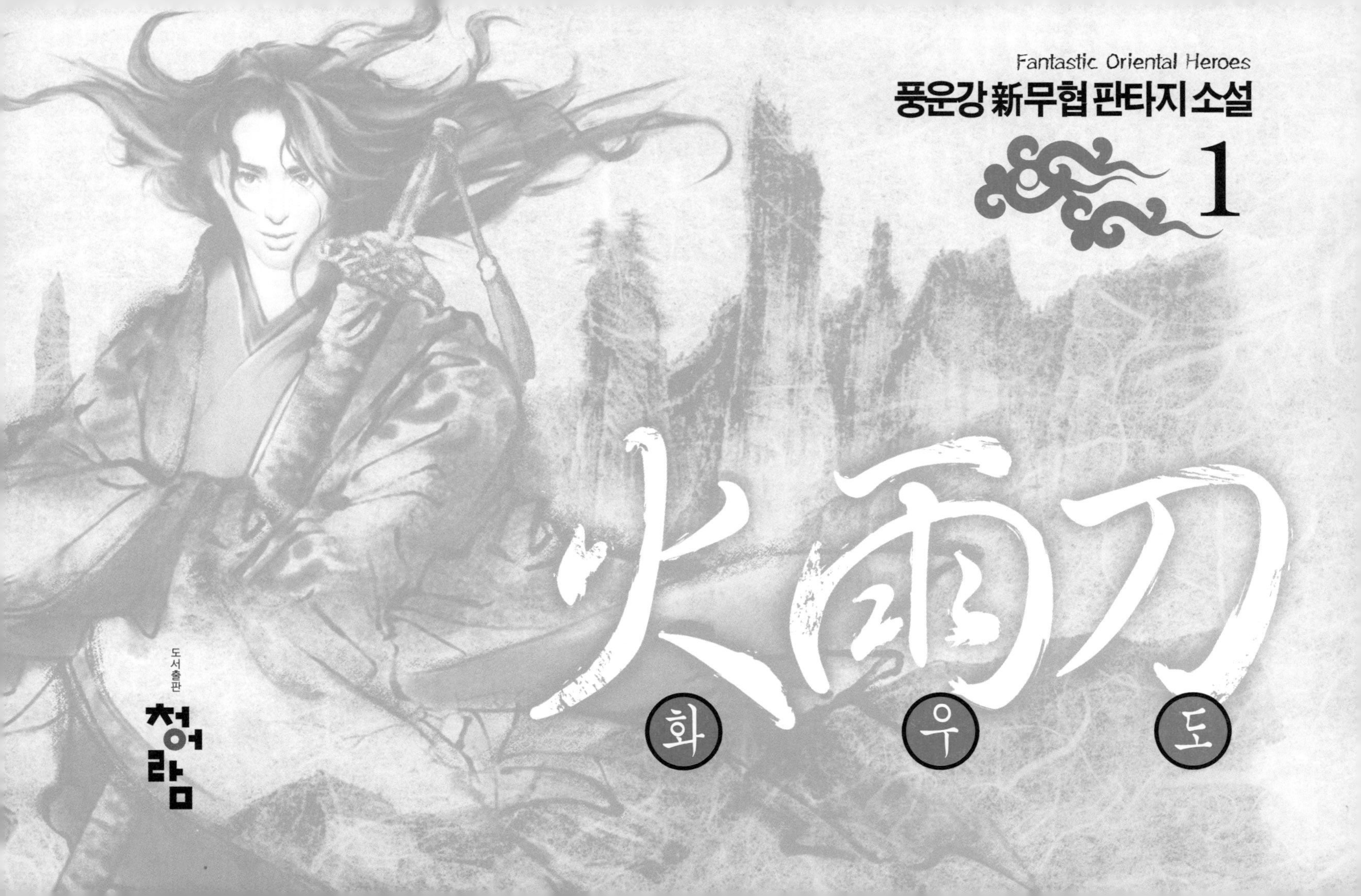
Fantastic Oriental Heroes
풍운강 新무협 판타지 소설
1
火雨刀
화 우 도
도서출판
청어람

목차

풍운강이
드리는 말씀

　달력을 통째로 찢어버리듯이, 그렇게 접어버리고 싶은 세월도 있었습니다. 마냥 취해 비틀거린 시절도 있었고, 그것이 얼마나 아까운지도 모르고 젊음을 낭비하던 한때도 있었습니다.

　돌이켜 보니 그것이 안타깝군요.

　하얀 백지 한 장을 눈앞에 두고 보니 불현듯 뒤가 돌아봐집니다.

　누군가 말하길, 어제 죽은 이에게 있어서 그토록 갈망하던 내일이 바로 오늘이라 하더니만, 그 순간 순간의 소중함이 지금은 더없이 고귀하고 간절하게 느껴집니다.

　제게 있어 지금의 이 순간은 너무나 소중합니다.

　항상 꿈을 꾸고 살았습니다.

　어릴 때는 하늘을 붕붕 날았고, 어른이 되어서는 막돼먹은 칼잡이에 구제 불능의 색마가 되어보기도 했습니다. 물론 지금도 그렇고, 앞으로도 그럴 것입니다. 무협이 이제는 제 생활이 되었기 때문이지요.

　갈고닦을 것입니다.

　정말 보는 이 모두의 마음에 쏙 드는 쾌남아가 나올 때까지 낳고 또 낳을 것입니다.

　지켜보아 주십시오.

　제일 먼저 '허방산'이란 녀석을 내놓습니다.

　제 첫 번째 아들놈이지요.

약간은 어눌하고, 적당한 무식에, 성질은 무지하게 급한 놈입니다.

하지만 힘 좋고 영악하며 잘 돌아가는 녀석입니다. 문제가 있다면 여자에게 있어서만은 더없는 '물렁이'라는 것, 그래도 일편단심의 지조는 있는 녀석입니다.

조강지처는 끔찍하게 생각하거든요.

삼가 여러분 앞에 '방산이' 놈을 대령합니다.

놈을 지켜보아 주십시오.

놈을 지켜보아 주시고 놈과 한마음이 되어 잠시나마 시름을 잊어주셨으면 하는 것이 풍모의 소망이올시다.

무엇보다 이 글을 있게 하신 분들의 질책과 성원을 잊지 못합니다.

다시 한 번 고개 숙여 감사를 드리옵고, 이 기회를 빌어서 항상 저 하나에 목숨 걸고 따라주는 제 '옆구리 짝지'에게 진심으로 고맙다는 말을 하고 싶습니다. 사실 그런 말을 한 적이 없거든요.

고맙습니다.

풍운강 배상

제1장 돌돌괴사

돌돌괴사

"정말이야요?"

심산의 아리골에 한바탕 난리가 났다.

다름이 아니었다. 신랑이 그만 삼십육계 줄행랑을 치고 말았던 것이다. 그것도 합방 일보 직전에……!

"얘, 애야, 아무리 찾아봐도 없구나."

"……!"

기가 막혔다.

머리에 썼던 화관도 내렸고 예복도 벗었다.

막 불을 끄려고 하는데 신랑이 갑자기 괴춤을 잡고 일어섰다.

"으으… 뒤, 뒤가……!"

똥마려운 강아지처럼 잔뜩 울상을 짓고 있기에 '칠칠찮은 화상, 그런 것은 진즉 해결을 해놨어야지' 하고 눈을 흘기고는 어서 다녀오라고 했다.

그런데, 그랬었는데, 그 망할 자식이……!

"흐으…… 내가 못살아."

그 서슬에 뿌우욱 찢겨져 나간 것은 원앙침이었다.

한 쌍의 원앙이 다정하게 주둥이를 맞댄 모습으로 수놓아져 있는 베개, 신랑과 함께 벨 초야의 원앙침은 진짜 새털로 변해 버리고 말았다. 대단한 성깔.

그 기생오라비같이 생긴 낯짝을 확 후벼 파버리던지, 다리몽둥이를 똑 분질러 놓거나 해야지 도대체 이게 몇 번째야?"

"세, 세 번째가 아니냐?"

"그래요."

"얘야, 그러고 있지만 말고 어서 좀 나가봐라. 그래도 어떻게 하냐, 다시 잡아와야지."

"흥. 이젠 싫어요. 저 추심(秋心)도 여자라구요. 더 이상은 치사해서라도 찾지 않을 거예요. 이건 뭐 구걸을 하는 것도 아니고, 내 참, 아니꼽고 더러워서. 안 그래요, 어머니?"

"그, 그야 그렇지만… 얘야, 다른 것도 아니고 이는 아리골과 비류연, 양가의 천년숙원과 관계된 일이다. 그것을 잊지는 않았겠지?"

"저도 이젠 짜증나요."

"하지만 얘야."

그래도 다독거리려는 모친은 중년의 나이임에도 불구하고 참 곱기도 하시다. 그러나 딸은 아니었다. 말투가 그래서 그렇지 목소리는 꾀꼬리 저리 가라였는데, 용모는?

못생겨도 원, 이렇게 못생겼을까.

거기에다 지분 단장까지 했으니 영락없는 꽃돼지였다.

못 나가도 이백 근은 나갈 것이다. 안 된 말이지만 신랑이 도망을 칠

만도 했다. 해도 해도 이건 너무하지 않은가. 두루뭉술한 얼굴에 눈이라고 짐작되는 부분엔 가느다란 단추 구멍만이 깊숙하게 숨어 있다.

그 눈구멍이 일순 매서워졌다.

"폐관에 들겠어요. 일 년만 잠수하면 그 자식의 이화지기를 얻지 못한다 해도 저는 본모습을 되찾을 수 있을 거예요. 어머니, 그렇죠?"

"그, 그렇기야 하겠지."

"그때도 소 닭 보듯 할지 내 두고 보겠어요. 허방산(許龐山), 이 나쁜 자식!"

"휘유우……."

마침내 모친은 땅이 꺼져라 한숨을 내쉬고 만다. 애지중지 신주단지 모시듯이 키워온 외딸이었다.

사위가 못내 야속하게만 느껴진다.

'암만 그래도 그렇지, 저 아이가 비록 저리 좀 통통하고, 멱살 몇 번 잡혔기로서니 어찌 불알 달린 사내자식이 이렇게까지 할 수 있단 말인가. 지금이야 저렇지, 어릴 때만 해도 버들이라 불릴 정도로 어여뻤던 아이였지 않았던가 말일세. 정말… 정말 섭섭하구면.'

모친은 다시 한 번 한숨을 내쉬었다.

"그나저나 비류연의 사돈어른들께는 뭐라고 말씀을 드려야 될지 모르겠구나. 놈이 튈지도 모르니 일이 다 끝날 때까지는 절대로, 한시도 눈을 팔면 안 된다고 그렇게나 신신당부를 하셨는데."

"할 수 없지요. 연로하신 분들이니 열받지 않으시게끔 어머니가 잘 말씀드리세요."

"알겠다. 얘야, 그만 자거라. 밤이 깊었다."

"예, 어머니."

"흐이유……."

찌륵, 찌륵, 찌르륵.

우는지 웃는지……

어딘가에서 때 이른 풀벌레가 소리를 높였다.

초야는 낮도 밤도 아닌 새벽으로 치달아가고 신방의 문은 빠드득 이가는 소리와 함께 닫혔다.

"으득, 이번에 잡히면 그땐 정말 죽여 버릴 거야!"

해괴하고도 고약한 일…….

이는 대륙의 동쪽 먼 산동 땅, 노산에서 벌어졌던 일이었다.

＊　　　＊　　　＊

강소성 양주.

번화가 큰길 네거리에 대문짝만한 벽보가 나붙었다.

한데 그 내용이 괴이했다.

묘객(廟客)을 구함. 이번 모집 인원 000명. 모집 기간 금월 말까지. 신체 건강한 무인으로 소정의 심사 절차 및 규정에 따라 선발함. 보수는 월봉 은 열 냥. 물론 능력 여하에 따라 특별 수당을 지급할 수 있으며, 숙식 일체를 제공함.   장몽궁주 서.

말하자면 구인 광고였다. 그 앞엔 구름같이 많은 인파가 몰려 있었으되 반응은 저마다 제각각이었다.

"퇴에……!"

"염병, 난 또 뭐라고."

"기생충들이 이젠 아예 내놓고 까발리는구먼?"

침을 뱉으며 열불을 토해낸다.

그런 작자들이 있는가 하면, 봇짐을 둘러멘 또 다른 삼삼오오는 자못 솔깃한 눈치였다.

"여보게, 우리도 한번 응시해 보는 것이 어떻겠나?"

"은, 은이 열 냥! 그것도 한 달에! 그, 그 정도면 한 달만 일해도 우리 세 식구는 일 년을 먹고살 수 있다. 나는 응시할 거야."

"흐흐… 게다가 천지가 꽃밭일지니, 오지 말라고 빌어도 나는 가겠다."

"나두!"

"어이, 같이 가자고!"

별의별 소리.

그 인파의 맨 뒤였다.

연방 고개를 갸웃거리고 있는 젊은이 하나가 있었다.

앞을 가린 뒤통수들 때문에 발끝으로 서서 좌우로 목을 늘리고 있던 갈포 차림의 청년, 그가 툴툴거리며 뒤돌아섰다.

"뭔 소리들인지, 원."

타지 사람일까.

짊어 멘 봇짐으로 봐선 분명 객이었다.

멀찌감치 길가에 앉아 곰방대에 불을 붙이고 있는 중노인이 보인다. 젊은이가 머뭇머뭇하다가는 중노인에게 다가갔다.

"저어기, 어르신네."

목소리가 청아하다.

"뭔가?"

"묘객이 뭡니까?"

"캑!"

연초에 체했다.

중노인은 얼굴이 벌겋도록 기침을 해대며 청년을 아래위로 훑었다.

스물셋, 넷이나 되었을까. 일곱 척 반 정도의 키에 허우대는 훤칠하니 멀쩡했다. 눈썹이 송충이처럼 짙었고, 서글서글한 눈매에는 제법 총기도 있어 보였다. 꽤나 고집스러워 보이는 입매가 좀 그랬지만, 어쨌거나 깎은 밤이었다.

한데, 말은 영 아니었다.

"어디 묏자리 지키는 사람입니까?"

"뫼, 묏자리?"

다시 캑!

생긴 것과는 완전 딴판이다. 촌놈인가?

그래, 촌놈. 흉악한 두메산골 촌뜨기다.

노인은 그때서야 감을 잡았다. 슬며시 웃음이 다 나온다. 그래도 그렇지 세상에 묘객을 모르는 사람이 다 있단 말인가.

한마디로 대답해 줬다.

"기둥서방일세."

"기, 기둥서방이요?"

청년의 눈이 휘둥그레졌다. 보아하니 그것은 아는 모양이다.

"그렇다네. 가기(歌妓), 왱왱거리는 매미 년들한테 붙어 먹고사는 천하의 백수건달."

"아!"

"흐흐… 아주 못된 놈들이지. 뱃속의 회충이나 마찬가지니까."

"그런데 그런 자들도 이렇게 공개 모집을 하는 겁니까?"

"아닐세."

"그럼?"

"장몽궁이니까 하는 게야."

"장몽궁이요? 그건 또 뭡니까, 어르신?"

"허어, 젊은이 장몽궁, 그래 천하의 백리향도 모른단 말인가?"

"백리향이요?"

점입가경이다. 노인은 뭐 이런 놈이 있나 하는 눈으로 한참을 올려다 보다 가는 땅 하고 연초 재를 털었다.

"배 타고 오십 리요, 말 타고 오십 리가 된다는 천하제일의 홍등가 백리색향, 양주의 장몽궁을 모르는 사람이 있다니. 허허…… 젊은인 몰라도 너무 모르는구면?"

"호, 홍등가요? 게다가 무슨 홍등가가 백 리나 됩니까? 마, 말도 안 돼요."

"허허. 참으로 답답한 청년일세그려. 그래, 설마 진짜 백 리야 되겠는가. 그만큼 규모가 크단 말이지."

"아, 예!"

"가기가 수천이고 묘객만도 수백은 된다는 곳일세. 천하의 한량치고 장몽궁에 발을 들여놓지 않은 사람이 그 누가 있겠는가. '황도 북경에서 배를 타고 양주의 뭍에 오른다' 하는 곳이 바로 그 장몽궁이야. 뱃길이 남북으로 뚫려 있으니 머나먼 북경도 한량들에게는 지척의 풍류길이나 마찬가지라네."

"대, 대단하군요."

"대단하지. 아암, 대단하고말고."

무슨 생각을 했던 것일까. 청년의 눈이 반짝하고 빛나더니 슬쩍 묻는다.

"어쨌거나 넓고 큰 곳이다, 이 말이지요?"

"그렇다니까?"

그러자 대뜸,

"어디로 가면 됩니까?"

"어디라니? 서, 설마 자네?"

설마가 아니었다. 청년은 주먹까지 불끈 쥐면서 세차게 고개를 끄덕였다.

"한번 해보렵니다."

"……!"

노인이 잠시 말을 잃었다.

싹수머리 노란 놈이다. 젊은것이 쯧쯧, 하긴 들어가면 뭇 것들한테 귀여움은 받게 생겼다.

노인은 내심 혀를 차며 다시 한 번 물었다.

"신세 왕창 조지는데도?"

꺼벙하긴 했어도 망가지게 내버려 두기엔 너무나도 참해 보이는 젊은이였던 것이다. 그런데 웬걸, 청년은 그 말에도 씩 하고 웃는다.

"하하, 설마 그렇게까지야 되겠습니까?"

"언 놈은 조지고 싶어서 조지나? 하다 보면 다 그렇게 되는 게지."

"당분간 물귀신 하나를 피해 숨어 있어야 하는 형편이니 저한텐 그야말로 딱입니다. 어서 가르쳐나 주십시오, 어르신."

"물귀신?"

"그런 것이 있습니다. 덩치가 집채만하고 개 코를 가진 진드기 한 마리가."

"진드기? 허어, 무슨 말인지 당최 모르겠구먼?"

"어르신은 모르셔도 됩니다. 이쪽입니까, 저쪽입니까?"

성질도 급한 모양이다.

아참, 그리고 보니 오늘이 모집 마지막 날인 말일이다.

해도 뉘엿뉘엿한데다 청년까지 서둘자 할 수 없다는 듯 노인은 곰방대를 들어 네거리 한쪽을 가리켰다.

"저기로 오백 보만 가게. 그럼 커다란 운동장만한 마당을 가진 전각한 채가 나올 게야. 아니지, 달리 찾고 말 것도 없을 게야. 아직도 장사진을 이루고 있을 테니."

"아, 예. 고맙습니다, 어르신."

"잠깐."

꾸뻑 절을 하고 돌아서려는 청년을 노인이 붙잡았다.

"정히 가겠다면 내 말 한마디 더 듣고 가게."

"뭔데요?"

"묘객이 되려면 우선 그 말투부터 고치게. 왈패처럼 패악스럽게. 진짜 건달보다 더 건달같이 말이야. 자네처럼 샌님같이 어리숭하게 굴었다가는 남의 밥이 되기 십상이지. 어느 귀신이 채어간지도 모르고 당한다 이 말일세."

"하하하, 그러지요."

청년은 웃으며 돌아섰다. 그는 이내 휑하니 자취를 감췄고, 노인은 애꿎은 연초만 줄기차게 빨아댔다.

"미련한 건지 모자란 건지, 원. 인생의 가장 중요한 황금기를 그런 탕굴에서 썩히려 하다니, 에잉⋯ 쯧쯧쯧."

안 봐도 훤했다.

젊은 놈이 어디 할 짓이 없어 기둥서방 노릇을 하려고 한단 말인가. 게다가 그렇게나 알아듣게 얘기를 했는데도 결국은 소 귀에 경 읽기라니.

젊은것들은 그저…….

'그러나 네 녀석도 삭신이 쑤셔오는 때가 되면 틀림없이 후회하고 말

것이다. 지금이야 돌을 씹어 먹어도 소화시킬 나이이니 겁날 게 없을 것이다마는 어디 왕년에 젊어보지 않은 놈 있다더냐.'

마치 젊음을 질투라도 하는 양 노인이 괜한 열을 내는 바람에 죄없는 연초만 한없이 죽어갔다.

"에잉⋯⋯!"

정말로 넓은 마당이었다.

줄을 세운다면 족히 천 명은 가능할 터, 그 너른 마당이 사람들로 가득 찼다. 인산인해, 젊고 늙은, 심지어는 여인네도 있었다. 하긴 여자는 안 된다는 조항은 없었으니까.

그러나 대개는 구경꾼에 불과했다.

인파를 헤치고 들어가 보니 고래 등같이 큰 기와 전각 한 채가 마당 끝에 위치해 있었다.

그 뒤는 이제 녹음이 시작되고 있는 가산의 구릉.

전각에 현판이 걸려 있다.

장몽궁(長夢宮).

죽을 때까지 여인의 치마폭에 빠져 꿈이나 꾸고 있으라는 것인가. 현판에 새겨져 있는 글의 의미도 생각하기에 따라서는 깊이를 모르는 수렁이었다.

그 현판 아래가 접수대였다.

심사위원들인 모양이다. 머리 허연 늙은이가 하나, 사십 초반의 중년 사내 하나가 접수대에 앉아 있었고, 뒤에는 시비 차림의 여자 다섯이 공손하게 시립해 있었는데, 그 앞에 참가자의 줄이 있었다.

단 한 줄이다.

그것도 달랑 세 명뿐인 줄.

묘객이란 것이 이렇게 인기없는 직종이었나, 그럼 뭐 하려고 이렇게 진을 치고 있나 했는데 실상은 그것이 아니었다.

소정의 선발 규정이라는 것, 바로 그것 때문이었다.

그 내용은 접수대 우측 장대에 높이 걸려 펄럭이고 있는 깃발에 적혀 있었다. 펄럭거리는 방향에 따라 위아래로 시선을 가져가 보면 이런 글이 만들어진다.

손이나 발을 써서 종소리를 내면 일차 합격이다. 물론 손발만이 아니라 이마든 어깨든 육신만 사용하면 된다. 종소리의 기준은 이렇다. 무음, 당연히 불합격. 퍽 소리, 불합격. 무조건 뎅! 소리가 나야 한다. 자신있는 사람만 접수하라. 장몽궁은 보잘것없는 깽비리를 원하는 것이 아니다. 궁의 재산과 생명을 지키는 데 도움이 될 만한 무인을 찾고자 하는 것이다. 이상.

문구에서조차 건달 냄새가 팍팍 난다.

거기에 기세조차 당당했다.

그러나 이 글만으로는 기가 죽을 리 없다.

은 열 냥이 어디 애 이름인가. 목숨을 걸고 군문에 투신해 바닥을 기어도 족히 석 달은 식은 밥을 먹어야 손에 쥘 수 있는 거금이다.

하지만 울려야 할 종을 보고서는 백이면 백, 거의가 다 슬그머니 꼬리를 내리고 만다.

쇠종.

종은 깃발 아래 목대에 매달려 있었다.

하되 그 크기가 장난이 아니었다.

둘레가 어른 팔로 두 아름은 되는 무쇠 종이었다. 크기도 크기이려니와 겁나게 둔탁해 보이는 것이 손발이 아니라 몽둥이로 쳐도 소리가 날까 말까 해 보였다.

그러니 지원자가 가뭄에 콩 나듯 할 수밖에.

셋 중 앞의 둘은 거인이었다.

구 척 거한, 그중에서도 상반신을 벗어 웃통을 훤히 드러내 놓고 있는 선두의 거한은 정말 구릿빛 근육질의 몸짱이었다.

그가 종 앞에 우뚝 섰다.

"우핫핫… 기대들하고 계시오. 고막이 찢어지게 울려줄 테니까."

한껏 이를 보이며,

우둑, 우둑.

그는 목도 꺾고 주먹의 관절도 비틀어가며 사지를 풀었다.

이윽고,

"하아아압!"

주먹을 불끈 쥔 우수가 풍차 돌아가듯 돌아가더니 기합이 끝남과 동시에 쇠종의 한가운데를 부서져라 후려갈겼다.

데엥!

모두가 기다리는 소리이다.

그러나 그 소리는 나지 않았다. 소리는커녕 오히려 주먹이 으스러졌다.

"으아아… 내 주먹, 내 주먹. 주먹이 깨졌다아."

아예 돼지 멱을 딴다.

솜방망이, 물 주먹, 빛 좋은 개살구…….

구경꾼들이 야죽거리는 온갖 잡소리를 다 듣고 나서야 그는 황망히 사라졌고, 그 다음 줄의 거한이 나섰다.

느릿느릿.

구레나룻이 무성한 삼십 초반의 거한이었다.

그는 반절로 접힌 쇠도리깨 하나를 등에 비스듬히 메고 있었는데, 별다른 예비 동작 없이 가볍게 호흡만 조절하고는 쇠종에 한주먹을 내질렀다.

데에에엥……!

기다리던 소리. 거종이었는지라 그 소리도 웅장하기만 했다. 와아! 하는 구경꾼들의 환호성은 거기에 묻혀 버렸다.

"웅거(熊巨)요, 이름은."

걸걸한 목소리.

웅거라 이름을 밝힌 거한은 시비의 인도를 받아 전각 안으로 들어갔다. 그 뒷줄의 맨 마지막 사내,

"부럽다, 부러워."

얼굴이 둥글둥글해서 보는 이의 웃음을 절로 자아내게 하는 인상이었는데, 삼십 중반이나 되었을까. 그는 부러운 눈초리로 막 사라진 거한의 잔등을 물끄러미 바라보고 있다가는 천천히 걸음을 옮겼다.

왜 아니 부러우랴. 사실 타고난 천생의 힘만으로 종을 울린다는 것은 거의 불가능했다. 내가진력이 있어야 했다.

내력, 그게 어디 보통의 힘인가.

꿈에서라도 좔좔 읊어댈 수 있을 정도로 구결을 외워야 하고, 고된 행공을 거쳐야 얻을 수 있는 정신의 힘이다.

놀랍게도 장몽궁은 그런 내공을 지닌 무인을 원하고 있었다.

그렇다고 그 어떤 내가의 고수가 미쳤다고 암내 나는 계집 굴에 들어가 기둥서방 노릇을 할까도 싶었지만 그것도 아니었다.

방금 끝낸 거한이 간단히 통과했고 아슬아슬, 들릴 듯 말 듯 소리가 나

긴 했으나 그 다음 지원자도 거의 동시에 소나기 같은 연속 십권을 퍼부어 결국 통과를 했던 것이다.

일몰.

서산 마루에 걸려 있던 해가 지기 직전이다.

파장이 다가왔다. 날도 됐고, 지원자도 다됐다. 오늘의 통과자는 막판의 단둘.

"더 없소?"

조용~

접수대의 중년인이 다시 한 번 크게 외쳤다.

"더 없으면 이만……."

그때였다. 막 돌아서고 있는 인파를 헤치며 젊은이 하나가 불쑥 나섰다.

"여기 있다."

다짜고짜 첫소리부터 반말이다.

누군가? 이제야 당도했나. 양주 네거리에서 벽보를 봤던 바로 그 청년이었다. 중년인은 인상을 찌푸렸고, 청년은 히죽 이를 보였다.

"헤헤. 다행이 해가 다 지진 않았으니 저 깃발에 적혀 있는 대로만 하면 되는 거지?"

"흠, 하고 싶음 어디 재주껏 해보게."

심드렁한 대꾸였다. 그도 그럴 것이 실실 웃으며 반말을 내뱉었던 녀석은 그 버릇없는 말본새만 빼고는 너무나도 평범했던 것이다.

'뭐가 뛰니 뭐도 뛴다고, 헛헛!'

손을 휘휘 젓고 난 중년인은 주섬주섬 접수장을 챙겨 들었다.

백발의 노인도 일어섰고, 관중들이야 이미 돌렸던 몸, 대부분은 왁자지껄 떠나가고 있는 중이다.

그런 가운데 문득 굉음이 일어났다.

콰아앙!

마른하늘에 벼락이라도 떨어졌나. 이게 무슨 소리? 설마 그것이 종소리는 아닐 테고… 조, 종소리?

일대가 순간적으로 고요해졌다.

'정말?

그랬다. 거기 마지막으로 도전했던 젊은이가 뒤통수를 긁적거리며 객쩍은 미소를 흘리고 있지 않은가.

"이, 이거 미안해서 어쩌나. 귀… 귀한 것 같았는데."

순간이다.

"우와!"

"최, 최고다!"

"세, 세상에 저런 쇠주먹이……!"

엄청난 함성이 일어났다.

사실이었다. 청년은 쇠종을 울리기만 한 것이 아니라 아예 팍삭 깨버렸던 것이다. 다 돌아섰다고는 하나 본 사람은 많았다.

그들은 보았다. 청년이 불끈 용을 쓰며 오른손 주먹을 반듯이 내질렀고, 그 순간 그 거대하던 쇠종이 마치 사기그릇처럼 파삭파삭 부서져 내리는 것을.

쩍 벌렸던 입에서 더듬거리는 소리가 새어 나온다.

"이, 이… 이름, 아니, 존함이 뭐요?"

중년인이 허겁지겁 접수장을 펼쳐 들었다.

말라붙어 가고 있는 먹에 침을 바르고 있는 중년인의 손길이 부들부들 떨린다. 이런 경우가 있으리라고는 정말 상상도 하지 못했다. 쇠종을 부숴 버릴 줄이야!

그것은 개산권 강홍도 하지 못한 일이었다.

강홍은 강소에서 가장 알아주는 양주무관의 관장, 주먹질 한 번으로 황소도 때려잡는다는 무인이었다. 그런 그가, 시험 첫날 초대 손님으로 나와 시범을 보였던 그도 간신히 울렸던 바로 그 종을 부스러기 쇳조각 몇 개로 만들어 버리다니.

청년이 피식 웃었다.

"허, 방, 산이야."

"허방산이요?"

"크고 높을 방 자에 뫼산 자. 다시 말해 큰 산, 크크……. 그게 바로 내 이름이야."

심사위원과 시비들이 앞서고 시험 통과자 셋이 그 뒤를 줄레줄레 따라 나섰다.

장몽궁이란 현판이 붙은 전각을 통과해서였다.

가산에 나 있는 소로를 따라 걷고 있는데, 웅거란 거한의 뒤를 따르고 있던 사내가 허방산에게 말을 건네왔다.

"자네 정말 대단하더구만. 뭔가, 소림권을 익혔나?"

소림권은 외가권으로 통칭되는 소림사의 절기를 말함이다. 소림은 강호 전통의 명문 구파일방의 태두. 사내의 말에 허방산의 눈썹이 일순 역팔 자로 곤두섰다.

"소림권이고 나발이고, 너 지금 자네라고 했냐?"

"여, 여보게."

"이 자식이 정말?"

험악하기가 금방이라도 때려죽일 기세였다.

동글동글해 보기만 해도 웃음이 나오는 전형적인 만담꾼의 얼굴이다.

멋쩍어하던 사내의 얼굴이 일순 하얗게 질렸다.

'이런 제기랄, 긁어 부스럼이라더니.'

생긴 것과는 달리 성질 무지하게 더러운 놈인가 본데, 괜히 말을 걸었나 보다. 그러나 이미 내뱉은 말이었고, 어쨌거나 상대는 그 엄청난 쇠종을 파삭파삭 깨버린 사람이었다.

이럴 땐 어떻게 해야 하나?

재빨리 상황을 판단하고 결론까지 내렸다.

"나는 아구(餓口)란 사람입니다."

"아구?"

"벼, 별명입죠."

"왜 별명을 쓰냐? 이름이 없어?"

"달단양(達端亮)이란 본명은 있습니다요."

"그것도 후지구먼? 그래도 본명을 써라. 아구가 뭐냐, 아구가. 아귀도 아니고."

"헷헷, 이런 데선 다 별명을 쓰는 법입죠."

"그건 그렇다 치고, 더 이상 내게 용건없지?"

"예."

"그럼 아가리 다물고 가기나 해."

참으로 믿지 못할 일이다. 양주 네거리에서 만났던 노인이 이 모습을 보았다면 제 눈을 의심했을 것이다.

대체 그 인사성 좋던 녀석이 왜 저리도 맛이 팍삭 갔을까 하고 말이다. 설마 그 충고 아닌 충고 몇 마디로 인해 저렇게나 갑자기 입이 걸어진 것은 아닐 테고.

사람의 말투가 절대 하루아침에 변하는 것은 아니다. 그렇다면 원래가 그렇고 그런 놈이었다는 말이 아닌가?

시정잡배가 따로 없다.

가히 완벽하다 할 정도의 눈부신 변신!

아구란 사내는 그래도 궁금한 모양이었다. 쭈뼛쭈뼛, 눈치를 보고 있다가는 다시 물었다.

"어디에 몸을 담고 계셨는지?"

어느 물에서 놀았느냐 이 말이다.

허방산의 얼굴에 씁쓰레한 미소가 떠올랐다.

'놀기는, 만날 당하고만 살았지. 그것도 치마 두른 계집에게⋯⋯!'

'그게 무슨 말도 안 되는 소리랍니까?'

'말하자면 핍박받고 서럽게 살아왔다 이 말이지.'

'아니, 당신 같은 사람도요?'

'별수있냐. 원래가 센 놈한테는 대책이 없는 법이다.'

'도, 도저히 믿겨지지가 않는데요.'

'아니야. 당해보지 않은 사람은 절대 모른다. 그 손도 거칠고 입도 거친, 거기에다 힘은 항우장사도 저리 가라 할 여자에게 걸핏하면 멱살을 잡히고 그것도 모자라 맨땅에 거꾸로 처박히기도 해봐라. 그럼 이렇게 되고 만다. 자신의 본성은 어디론가 꼭꼭 숨겨 버리고, 그녀를 쏙 닮은 완전 재생판 판박이로 다시 나게 되나니.'

'설마요.'

'그 하늘을 붕붕 나는 꽃돼지, 하마. 대체 언제나 그 못된 하마의 마수에서 벗어날 수 있을지⋯⋯.'

'그래도 그렇지, 무슨 놈의 여자가 그리도 억세답니까?'

'흐흐⋯⋯. 그 여자 유모가 무시무시한 해적 출신이었단다. 그러니 뭘 보고 배웠겠냐?'

'아, 그래서 당신의 말투도 그리 살벌하군요?'

'나 정도는 그 축에도 못 껴, 새꺄.'

서러운 약자의 자문자답, 창피해서 누구에게 말도 못할 그 심사.

나오는 것은 딱 하나 비통한 한숨뿐이었다.

"휘유우우……."

"어인 한숨을?"

참으로 못 말릴 놈이다.

지겨운 녀석.

그냥 무시했다. 그러자 놈이 저 혼자 알아서 자동으로 놀았다.

"혜, 헹님."

얼씨구.

아구는 그가 가만히 있자 마치 허락이라도 받은 양 단 한시도 쉬지 않고 입을 놀려댔다. 자기는 뭐 서안의 춘장대가 주무대였다느니, 형님 모시기를 조상처럼 하는 사람이라느니, 앞으로 잘 부탁드린다느니…….

하여간.

길은 보보가 풍광이고 절경이었다.

배 타고 오십 리, 말 타고 오십 리라 하더니만.

군데군데 그림같이 수려한 전각들이 서 있었다. 게다가 각 전각과 전각을 연결하는 길은 하나가 아니었다.

지금처럼 도보로 걸을 수 있는 물길이 있었고, 배로 닿을 수 있는 수로가 따로 있었다. 북경에서 배를 타면 원하는 장소, 장몽궁의 그 어느 전각에라도 직접 닿을 수 있다는 말은 정말 빈말이 아니었다.

떠버리 아구도 절경에 취했다.

"정말 아름다운 곳이지 않습니까요?"

"그렇구나."

봄인지라 물가에 늘어선 수양버들은 한껏 물이 올랐다.

곳곳이 연못이요, 잘 가꾸어져 있는 정원이다. 수로와 육로가 교차되는 곳에는 조각이라도 해서 세워놓은 듯 정교한 반월형의 돌다리.

마침 그 밑으로 지나가고 있는 쪽배 한 척이 있었다.

사내 하나가 노를 젓고 있고 화려하게 차려입은 젊은 여인이 한 송이 꽃처럼 그윽하게 앉아 있었는데, 정말 그림이 따로 없지 싶은 광경이었다.

"여어……."

아구가 손을 흔들었다.

그러자 여인이 손으로 입을 가리고 웃었다.

"호호."

쪽 져 올린 머리하며 차림새로 보아 분명 가기이다.

그녀를 태운 배는 막 각진 모퉁이를 돌아갔다. 기고만장, 아구가 다시 봤죠, 봤죠 하며 호들갑을 떨 때였다.

"여깁니다."

앞장서서 가고 있던 중년인이 발걸음을 멈추었다.

그가 선 곳은 다섯 갈래 길. 시비 다섯이 각 길로 나눠 서는 동안 그가 다시 입을 열었다.

"세 분은 각기 저 아이들 중 하나를 골라 따라가시오."

"엥?"

"두 번째 시험이 있소이다. 시험 내용은 저 아이들이 친절히 설명해 드릴 것이오."

"두 번째?"

계속 말대꾸를 하는 사람은 아구였다.

그뿐 웅거란 사내는 가타부타 말이 없었고, 허방산이 슬쩍 끼어들었다.

"그 시험이라는 것이 몇 차까지 있지?"

"두 번째가 마지막이오. 거기서도 통과하면 약 백 일에 걸친 묘객 수업을 받게 되고, 그 이후 정식 채용 계약이 이루어지게 되오이다."

"복잡하구먼? 만에 하나 계약 이전에 떠나고자 한다면?"

"물론 언제라도 가능하오."

"흠."

"자아, 그럼, 어서 골라들 가시오. 저녁 식사 시간이오이다."

"아, 밥!"

아구가 이제야 생각났다는 듯이 폴짝 뛰었다.

그리고는 허방산의 옷소매를 잡아끌었다.

"헹님 먼저."

허방산이 가운데를 택하자 아구가 바로 옆길로 와 서며 넙죽 허리를 꺾었다.

"또 뵙겠습니다요."

완전한 기억 자. 졸지에 연상의 아우가 생긴 셈이다.

붙임성이 좋은 것인가, 아니면 창자가 없는 놈인가. 어쨌거나 놈이 꼭 싫은 것만은 아니었다.

허방산은 픽 웃으며 몸을 돌렸다.

"앞장서라."

"예."

시비를 따라 걸었다.

주위엔 개나리가 한창이었다. 그러고 보니 앞장선 시비의 옷도 노란 황국색이다.

얼핏 봤을 때는 어려 보이는 얼굴이었는데, 뒷모습은 완연한 여인이다.

허리는 잘록했고, 엉덩이는 큼지막했다.

게다가 전족까지 했는지라 뙤록뙤록 걷고 있는 것이 기이한 풍정을 자아낸다. 하지만 안쓰러운 걸음걸이였다. 전족이라니. 한창 커가는 발을 꼭 잡아매고 있으니 얼마나 고통스러울까. 미친 짓이다. 시비는 꼭 노란 오리 한 마리가 걸어가고 있는 듯했다.

말도 없다.

벙어리는 아니었는데.

한참을 더 걸었다. 그녀가 말을 걸어온 것은 '영춘각'이란 현판이 붙은 전각의 앞뜰에 이르렀을 때였다.

"왜 아무 말도 묻지 않으십니까?"

"무얼?"

시큰둥한 반문.

"이차 시험에 대해서요."

"허허, 네가 말해 줄 것이 아니냐?"

"그럼, 제가 말씀해 올릴 때까지 기다리실 참이었습니까?"

"어련히 알아서 해줄까."

"호호… 재미있으신 분이로군요."

약간은 냉막해 보이던 얼굴이 그때서야 약간 풀어졌다.

"설명해 올립지요. 시험 내용은 이 영춘각에서 칠 일을 버티시는 거예요."

"버텨?"

"예. 영춘각에서 무얼 시키든 시키면 시키는 대로 두말없이 따라야 하는 조건입니다."

"무얼 시킬 건데?"

"암튼요. 싫으시거나 못 참겠다 싶으시면 그 길로 떠나시면 됩니다. 물론 한잔 하실 수 있는 노잣돈은 넉넉히 드려요."

"허허. 겁이 나는구나. 그래도 한 번 칼을 뽑았으니 썩은 호박이라도 잘라 봐야 되지 않겠느냐?"

"그럼 그리 하시지요."

"가자."

큰소리는 쳤으나 왠지 찜찜했다.

이곳은 다른 세계였다.

지금까지 살아왔던 노산의 비류연과는 완전히 딴판일 것이다.

그곳에서야 적적한 심산절곡의 생활, 그러나 이곳은 냄새부터가 다른 곳이었다. 분 냄새, 방향 냄새, 천지간에 가득하고 눈에 띄는 것들도 산중의 다람쥐가 아닌 모두가 여자, 여자였다.

보라, 가슴이 움푹 파인 여자가 그것도 여섯이나 한꺼번에 나와서 농탕한 눈웃음을 실실 치고 있지 않은가.

"봉봉이어요."

"여와이나이다."

"이년은 쌍봉……."

거기까지만 머리 속으로 들어왔다.

'야, 야단났다. 이거 괜한 짓을 한 거 아냐……?'

겁이 덜컥 났다.

장난하다가 애 밴다고 했다. 켕기지 않는다면 거짓말이다. 가슴은 쿵쿵, 귓속은 왱왱. 빼도 박도 못하게 됐다. 그렇다고 삼십육계 꼬리를 말기엔 자존심이 허락하지 않는다.

'좋아. 호랑이 잔등이다. 기왕지사 이렇게 된 것!'

아랫배에 힘을 주고, 호걸처럼 웅장하게.

"이봐라, 밥부터 먹고 보자."

"오호호."

"깔깔깔."

이상한 것들. 때가 됐으니 밥을 먹자고 한 것뿐인데 왜 웃고들 난리법석을 떤단 말이냐?

"설마 밥도 내가 해 먹어야 되는 것은 아니겠지?"

"크큭!"

"깍깍!"

"내, 내가 미쳐."

제2장 **시험**

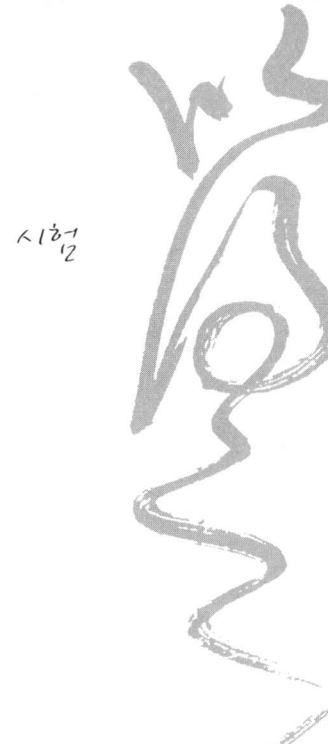

시험

시험이라는 것은 그 다음날부터 시작되었다.

내친김이다. 허방산, 에라 모르겠다 하고 해가 중천에 뜰 때까지 늘어지게 잤다. 그를 깨운 사람은 어제 영춘각으로 인도해 온 노란 옷의 그 시비였다.

"어쩜 이년의 이름도 묻지 않으십니까?"

대뜸 시비조다.

뽀로통해 삐죽 내민 입술이 꼭 제비 부리 같다.

"그래, 이름이 뭐냐?"

"양리요. 이곳에 온 이래 처음 말씀드리는 진짜 이름이에요."

"허허, 영광이로구나."

그녀가 문득 정색을 했다.

"일어나세요. 월모가 불러요."

'월모?'

하마터면 뭐냐고 물을 뻔했다.

하나 지금 이 판국에 풋내 나는 애송이 티를 낼 수는 없지 않은가.

장몽궁은 물론이고, 가기라는 것들도 여기 와서 처음 접해본 그다. 아는 것이라고는 전무한 실정, 목구멍까지 차 오르던 물음을 간신히 물렸다.

다행히 양리가 보충 설명을 해줬다.

"다른 곳에서는 어찌 칭하는지 모르나 여기에서는 각 전각의 기도(妓道)를 관장하는 왕파 할머니를 그리 불러요."

기도? 가기에게도 도가 있다?

게다가 월모. 거창하게 왕파 어쩌고저쩌고하지만 간단히 말해 나이 들어 옴팍 시든 퇴기를 말함이 분명하리라. 대충 감이 잡힌다. 허방산은 짐짓 너스레를 떨었다.

"아, 그 월모? 흐음… 내가 있던 곳에서는 대모라고 불렀지."

이 정도면 능청도 수준급이다.

양리가 홀딱 말려들었다.

"그리도 불러요? 어딘데요?"

"있어. 그런 데가."

"핏!"

또다시 샐쭉해진다.

아무튼 그녀를 따라나섰다.

월모라. 할망구? 머리 허옇고 살벌하게 표독한 과부 주막집의 바로 그 얼굴?

영춘각은 규모로 보아 최소 열 칸은 되어 보이는 집이었다.

하나 누구누구가 사는지는 아무도 말해 주지 않았고, 물어보지도 않아 몰랐다. 사실 아직 물어볼 필요도 느끼지 못했다. 게다가 자칫 입을 잘못

놀렸다가는 촌놈이라는 것이 발각되어 우세를 살 염려도 농후했으니까.

할망구라 상상했는데 그것이 아니었다.

한쪽 외진 방에서 그를 맞이한 월모는 근엄한 인상을 한 중년 여인이었다.

"어서 와요."

많아봐야 사십 초반일 것이다.

높이 틀어 올린 머리에 십여 개의 비녀를 줄줄이 꽂아 꽤나 무거워 보이는데, 그녀는 아무렇지도 않은 듯했다. 영춘각의 월모, 그녀의 어조는 왠지 쌀쌀했다.

"하실 일은 빨래요."

"빠, 빨래?"

입이 쩍 벌어진다.

그럴밖에. 기도 아니 찰 일이다. 빨래라니? 그녀와 마주 앉으려고 막 엉덩이를 방바닥에 붙이려던 참이었다.

엉거주춤한 자세로 그가 펄쩍 뛰자, 월모 양리를 가리키며,

"빨랫감이 어디에 있는지는 저 아이가 알려줄 거예요. 그럼, 나가보세요."

"이, 이……!"

"싫으신가요?"

"으으……."

기둥서방이라면 놀고먹는 건달이라 들었는데, 그것이 허울 좋은 말뿐이었을 줄이야. 이거야말로 종 놈보다도 더 못한 직업이 아닌가. 사나이 체면이 있지 어찌……!

'정말 가버릴까.'

생각이 굴뚝같아졌다.

그러나 이것도 인생살이의 하나라면. 더군다나 딱히 할 일도 없는 형편에 하마의 눈을 피해 숨어 있어야 할 처지, 우라질!

"알았다."

볼멘소리로 툭 내뱉었다.

이어 벌떡 일어났다.

묘한 눈빛이다. 웃는 듯 마는 듯, 월모라는 여자는 자리를 박차고 나가 버리는 허방산의 등에 기이하게 가늘어지는 시선을 끝까지 박아 넣고 있었다.

"그럼……."

양리가 뒷걸음질로 물러났다.

이것들이 작정을 했나 보다.

사람 꼭지를 돌게 해서 열받혀 죽여 버리기로.

무슨 용도에서였는지는 모르나 인내력 시험을 하는 것이라면 굳이 이런 지저분한 방법이 아니고도 많지 않을까? 일개 창굴의 묘객이 그 무슨 대단한 벼슬이라고 이런 시험까지 치르게 한단 말인가.

"크으……."

허방산은 코를 움켜쥐었다.

영춘각 뒤에 있는 연못에서였다.

아니, 좀 더 정확히 말하자면 영춘각을 스치며 길게 이어져 있는 수로의 일부분이 금방 쥐를 잡아먹은 구렁이 배처럼 툭 불거져 있는 곳이었다. 이놈의 동네는 전각 하나하나마다 이렇게 생긴 연못을 최소한 하나씩은 끼고 있다고 했으니, 말하자면 전용 빨래터다.

"우와……."

산더미 같은 옷.

모두가 여인네의 옷가지였다.

종류도 더럽게 많았다. 배자에 저고리, 속저고리에 속적삼, 고쟁이…….

"으희……!"

속속곳.

그 이름을 알고 있다는 자신이 용했다.

이것도 다 그녀에게서 눈물의 지도를 받았던 결과이다. 사내도 반드시 알아야 한다며 부끄러운지도 모르고 제 자신 것을 훌렁훌렁 까 보여주면서 친절히, 그리고 자세히도 설명해 주던 그 하마.

문제는 냄새였다.

코를 싸맨 것도 그 때문이었다.

분 냄새에 살 냄새, 젖 냄새, 그리고 얄궂은 피비린내까지.

"이것들을 다 언제 해치운단 말인가?"

고급스러운 비단 옷이니 살살 다루라고 했다.

그렇게 말했던 양리는 이미 가버리고 없다.

"제기랄."

돌판에 치마 몇 장을 주무르고 나니 심각해졌다.

장난이 아니었다. 팔뚝이 다 뻐근했다. 쥐라도 나려는지 손가락까지 저 혼자 바들바들 떤다.

"으흐흐… 살살 다루라고 했으렷다?"

궁하면 통한다고 했나. 마침 옆에 한창 새순이 돋고 있는 버드나무가 있었다. 놈을 통째로 잡아 휘어 팔뚝만한 굵기의 가지를 잘라 장봉 모양의 방망이로 가다듬었다.

"괘씸한 것들!"

옷가지 전체를 물에 담갔다가 돌판 위에 모두 얹었다. 그리곤 사정없이 후려 팼다.

철썩. 처얼썩… 철철썩……!

방망이 하나가 다 닳아 없어졌다.

새로 하나를 만들었다. 이번엔 훨씬 더 굵은 것으로.

양리가 혼비백산해서 달려온 것은 새 방망이로 막 쳐대기 시작했을 무렵이었다.

"세, 세상에 이렇게 하면 대체 어쩌란 말이야요?"

"므흐흐……. 왜 빨래에 빨래방망이가 갔을 뿐인데 뭐라도 잘못되었다니?"

"이를 어떡해. 아주 걸레짝이 다 됐네."

"그, 그리됐냐?"

"보세요."

"흠, 글쎄다. 난 눈이 좀 어두워서."

"뭐, 뭐야요?"

"난 그래도 네가 살살 다루라고 해서 엄청 힘을 빼고 한 거란다. 거 왜 너도 어제 봤지 않느냐. 그 큰 쇠종도 한 방에 콩가루가 됐는데, 제대로 했다면 어디 이나마도 남아 있겠냐?"

"으, 말이나 못하시면 밉지나 않지."

"시킬 것을 시켜야지. 안 그러냐?"

"모, 몰라요."

"핫핫. 다 가지고 나오라고 해라. 기저귀, 다리속곳도 좋고, 이불도 좋고, 어룽어룽한 요 빨래도 대환영이니라."

"흥, 시끄러워요!"

"프핫핫!"

호탕한 웃음소리, 그에 놀랐는지 손바닥만한 붕어 한 마리가 물 위로

풀쩍 뛰었다.

다음 과제도 만만치는 않았다.

아니, 그 정도가 아니었다. 아예 골을 집어 뜯었다.

"뭐, 뭐라고?"

허방산의 입이 쩍 벌어졌다.

이게 무슨 소린가. 계집의 때를 밀라니? 그것도 영춘각의 가기 년들을 여섯 명씩이나 말이다.

'이런 제엔장……!'

한 번 진창에 빠지니 갈수록 수렁이다.

한참 후에야 그의 굳었던 입술이 움직였다.

"좋다. 하나 껍데기가 홀랑 벗겨져도 나는 모른다."

"호호호… 설마요."

"설마 하다가 죽는 년, 내 여럿 봤다."

"히잉, 한 가지 더요."

"또 무엇이냐?"

"도중에 회가 동하면 마음대로 해도 좋다는 월모의 말씀이 있었어요. 단, 일을 본 즉시 궁을 떠나야 한다는 첨언도 있었구요."

"회가 동해?"

그러자 양리, 그것이 얼굴을 살짝 붉히며 입술을 삐죽였다.

"엉큼하게 내숭은……!"

"정말 모른다. 그게 무슨 말이다니?"

"진짜 이러실 거야요? 정 못 참겠으면 여체를 범해도 좋다 이 말 아니에요."

그때서야 허방산,

"으으… 이것들이 이 허씨 가문의 오대독자를 뭘로 보고 감히! 이것아, 그까짓 것들은 몽땅 거저 줘도 안 갖는다."

"두고 봅지요."

"그래, 두고 봐라. 내 이것들을 그냥 확 요절을 내버릴까 보다."

"왜요. 다른 직업을 알아보시게요?"

"내 자신 인내심에 회의를 느끼게 만드는구나. 관두자, 관둬. 어서 목간통 있는 곳으로 안내나 해다오."

"호호호……."

욕실. 목간통이 있는 욕실은 영춘각의 뒤에 붙어 있었는데, 물은 연못물을 길러 사용해야 한다고 했다. 신경질이 나는 것은 물을 데워 사용해야 한다는 바로 그 사실이었다.

내일 모레가 한여름인데 그냥 하면 어떻겠느냐 했더니 만날 하는 평상시 일과 중의 하나라며 개나리 고것이 일언지하에 거절한다.

망할 것!

"우선 수조에 물부터 채우세요."

"다음은?"

"그야 불을 지피는 것이지요."

아궁이는 욕실 밖에 있었는데, 불만 때면 안에 있는 돌 수조가 데워지게 되어 있는 구조였다.

"장작은?"

"눈은 뭐 장식으로 달고 다녀요? 아까 모퉁이 돌아오다 봤잖아요?"

"끙!"

"약간 뜨겁다 싶을 때 저를 부르세요."

참으로 매몰찬 것, 양리는 쌩하고 치맛바람을 일으키며 나갔다.

꼼짝없이 이젠 화부 노릇까지 해야 할 판이다.

도리가 있나.

"이런 젠장."

아궁이에 불을 지펴놓고 물을 길렀다.

두 말들이 물을 스무 통이나 길어 부은 수조였다.

수조 맞은편에는 영춘각의 내실로 통하는 쪽문이 있었는데, 어찌 생겼나 한번 열어볼까 하다가 그만뒀다.

그러다가 자칫 언 년하고 눈이라도 마주치게 된다면 괜히 쑥스럽게만 될 것이 아니겠는가.

그나저나 불길이 너무 약했다.

저리 비실비실해 가지고 언제 어느 세월에 그 많은 물이 다 데워진단 말인가. 다시 욕실로 들어갔다. 그리곤 수조에 가만히 두 손을 담가봤다. 미적지근하기는커녕 온기라곤 기별도 없었다.

허방산, 그가 갑자기 픽 웃었다.

"할아버지가 아신다면 기절하시고 말겠지?"

그때였다.

이상한 일이 벌어졌다.

냉수로 가득 차 있던 수조에서 문득 허연 수증기가 모락모락 피어오르기 시작하는 것이 아닌가. 도깨비장난도 아니고 그것은 물속에 뭔가 뜨겁기 이를 데 없는 열원이 있다는 뜻이었으니, 그 열원은 다름이 아니었다.

바로 허방산의 두 손이었다.

뭉게뭉게.

수증기는 더욱 자욱해졌다.

이는 데워지는 정도가 아니었다. 아예 부글부글 끓는다. 거의 순간적이라고 할 만큼의 짧은 순간에 그 많은 수조의 물을 끓여 버린 허방산의 양손은 완전한 핏빛이었다.

손목 아래부터가 홍옥처럼 붉다.

무엇인가. 절고한 내공을 지닌 내가고수의 삼매진화라도 되는 것일까? 아니면 그 무슨 특이한 열양기공……?

허방산은 씨익 웃었다.

"됐다."

손을 빼냄과 동시에 붉은 기운은 씻은 듯이 사라졌다.

참으로 믿기 어려운 광경이었다. 수십 년을 좌식으로 닦은 내공의 소유자라 할지라도 이만은 못할 것이다.

뽀송뽀송한 손, 마른 손을 툭툭 털고 밖으로 나왔다.

뭉클뭉클 새어 나오고 있는 수증기를 보기라도 했나 보다. 저만치에서 양리가 부리나케 달려오고 있었다.

"서, 설마?"

"쿵."

"설마 그 사이에 다 덥힌 것은 아니겠지요?"

허방산은 먼산만 바라봤다.

"왜 아니겠냐?"

"정말이야요?"

휘둥그레진 눈.

"이것이 속고만 살았나. 그러기에 일류화부라는 전문가가 따로 있는 것이니라. 잔말 말고 어서 가서 매미들에게 껍데기가 벗겨질 준비나 하라고 일러라."

"그, 그럴 리가?"

정말이었다.

"하악!"

직접 눈으로 보고서도 미덥지 않았던지 물속에 손을 담가본 양리가 펄쩍 뛰며 물러섰다.

"쯧쯧. 똥인지 된장인지 꼭 먹어봐야 안단 말이냐? 멍청한 것."

"너, 너무 뜨거워요."

"왜, 더 팔팔 끓여주랴?"

"되, 됐어요. 후아… 후아……."

일단 기선은 잡았다.

이것도 전투라면 전투였다.

더군다나 일 대 육이다. 자고로 여자 하나가 사내들 틈에 끼면 오히려 기가 펄펄 살아도 그 반대의 경우엔 아주 심각해지는 법이다.

제아무리 숫기가 많은 사내라고 해도 촉새 입부리 여섯 개에 난타당하기 시작하면 기는커녕 쪽도 못 쓰게 되니까. 그저 얼굴만 붉히다가 볼장 다 보고 만다.

과감하게 웃통까지 벗어 던졌다.

"뭐 하냐? 어서 식기 전에 오라고들 하라니까."

"예?"

"흐흐… 오늘 내 때밀이의 진수를 보여주마."

"아……!"

양리의 양볼에 슬며시 홍조가 떠올랐다.

건장한 남신이었다. 옷을 걸치고 있을 땐 그저 호리호리하게만 보이더니 실상은 옹골차기 그지없었다. 몸은 탄탄하게 균형이 잡혀 있었고, 가슴패기엔 거웃마저 무성하게 돋아나 있었다.

어깨도 굳건했다.

그 위, 어떨 땐 고집스러워 보이고 지금 같은 땐 패악스럽기 짝이 없어

보이는 입매가 슬쩍 뒤틀렸다.

"므흐흐… 원한다면 개나리 너부터 밀어주마."

"꺅!"

비명은 왜 질렀나 싶은 모양이다.

대번에 목덜미까지 빨갛게 익었다. 허방산이 팔을 벌리며 다가들자 양리는 살 본 노루처럼 화들짝 놀라며 내실로 도망쳤다.

기세등등.

때밀이는 팔짱을 끼고 서서 우렁차게 외쳤다.

"기왕이면 월모라는 할망구도 나오라고 해라. 내 오늘 무보수로 화끈하게 봉사해 주겠다."

고요— 적막—

그 적막이 깨진 것은 한참이 지나서였다.

"……!"

사박거리는 맨발자국 소리. 허벅지 맨살이 부딪치는 소리. 분 냄새와 어우러진 아찔한 살 냄새. 그와 더불어 나타나는 여섯 개의 희디흰 살덩이……!

마침내 전투는 시작되었다.

여차하면 개망신은 물론이고, 인생에 씻을 수 없는 오점을 남기고 말게 될 피 말리는 악투.

'으음…….'

한숨이 절로 났다.

이것들이 다 쇠종만 같았어도 이렇게까지 곤혹스럽지는 않았을 것이다. 깨버릴 수도 없고 비틀어 버릴 수도, 그렇다고 도망을 칠 수도 없는 무서운 강적.

하여간 이 모든 생각은 어제 인사를 했던 여섯 가기가 내실에 나체로 나타나면서 스쳐 간 순간의 잡념이었다.

심기일전, 다부지게 마음을 먹었다.

'그래. 또다시 도망을 칠 수는 없는 노릇……!'

어쩔 수 없었다고 자위는 하고 있지만 실제로는 누가 알까 겁나는 일이었다. 사내자식이 오죽 못났으면 제놈 마누라에게서 도망을 다 쳤을까? 지나가는 개도 조롱할 일이었다.

허방산은 내심 전의를 불태우며 하얗게 이를 드러냈다.

"껍데기부터 불러야지?"

"호호."

"이제야 답이 오는군요?"

상대는 여섯. 이들이야말로 영춘각의 육대가기다.

그녀들은 내실에 모습을 나타내면서부터 수조의 턱에 한 발을 들어올리기까지 뭐라뭐라 잠시도 입을 쉬지 않았다. 다만 허방산이 자신의 생각에 골몰해 있었던 터라 듣지를 못했을 뿐이다.

"흐으응……."

"어쩜 저리도 우람할까?"

"아아… 봉봉은 녹아버릴 것만 같아."

악마의 속삭임.

오히려 벗고 있는 것들이 입고 있는 것보다도 더 당당했다.

아찔한 유혹, 이야말로 환장할 일이 아닌가. 들어간 것도 반듯이 서 있는 것도 아니었다. 다리 하나를 수조에 올려 세우고 비스듬히 서 있는 자세는 그 하나하나마다 사람의 숨을 넘어가게 한다.

후덥지근한 열탕의 수증기. 여인들의 입에서 새어 나오는 달디단 정향, 욕실은 이내 후끈하게 달아올랐다.

'제기랄. 너무 데웠어.'

우물 여섯. 그 농염한 유혹의 수렁 속에서 사타구니가 뻣뻣해지지 않을 자, 그 누가 있겠는가. 신령님 가운데 토막이 아닌 이상 그것은 당연한 현상이었다.

아랫도리가 점점 묵직해졌다.

그렇지만 그럴수록 눈빛이 서늘해짐도 사실이었다.

때밀이가 천천히 팔짱을 풀었다.

"쳐 맞고 들어갈래, 그냥 들어갈래?"

"어마!"

"저, 정말 때릴 건가 봐."

"호호호… 난 맞고 들어갈 거야."

쫑알쫑알, 다 물속으로 들어가는데 하나가 남아 더욱 도발적인 몸짓으로 가슴을 내밀었다.

"흐으응……."

"쌍봉이라 했으렸다, 네 이름이?"

"기, 기억력도 좋아요."

쌍봉. 말마따나 풍만하기 그지없는 젖가슴이다. 자신의 이름까지 기억하고 있다는 것에 고무되었는지 쌍봉은 한 마리 화사처럼 비비 꼬는 율동을 시작했다.

"하아아……."

눈까지 게슴츠레해진다.

하지만 그 눈에 극렬한 고통이 떠오른 것은 눈가에 춘색이 영그는 바로 그 순간이었다.

짜악—!

"악!"

통렬한 격타음에 이어진 짤막한 비명, 그 비명 소리조차도 마지막 부분은 물속에서 터져 나왔다.

"어푸푸……."

거꾸로 처박혔는지라 한 사발이나 물을 들이키고 난 이후에야 쌍봉은
기절초풍, 튀듯이 일어났다.

커다란 바가지만한 엉덩짝에 금방 핏물이 배어 오른다.

정말이었다. 때밀이의 우악스런 손길은 그녀의 하얀 둔부에 선명하기
그지없는 손도장 하나를 박아버렸던 것이다.

"흐흐흑……."

눈물이 글썽했다.

엄청 아팠을 것이다. 그러나 허방산의 손가락 하나가 자신을 가리켜
오자 막 터져 나오려는 격한 울음도 거짓말처럼 쏙 들어가 버렸다.

"말했지? 이제라도 알아들었으면 제대로 해봐."

"흑!"

손가락이 아래로 꺾였다. 그와 동시에 백련의 나신도 엎어지듯이 물속
으로 주저앉았다.

첨벙!

허방산의 입가에 희미한 미소가 떠올랐다.

'역시 매라니까. 매엔 장사가 없지. 계집의 몸에 손을 댄 것이 좀 체면
구기는 일이긴 하지만 할 수 없지 뭐. 상황이 상황이니만큼.'

허방산은 내심 쾌재를 불렀다.

맛 뵈기. 우물 여섯 개의 입이 그 한 수에 조개처럼 꽉 다물려지고 만
것이다. 그래도 눈빛들은 초롱초롱했다. 설마 죽이기야 하겠냐는 듯, 아
니면 또 다른 뭔가를 믿고 있는 듯.

어쨌거나 귀는 편해졌다.

물속에 들어가 있으니 눈도 한결 수월해졌다.

문제는 그 다음의 과정이었다.

촉각.

청각보다, 시각보다 백배는 더 무서운 촉각.

손. 그래, 때를 밀려면 맨살에 손이 닿아야 할 것이 아닌가.

한쪽에 있는 돌 탁자가 바로 그런 용도였다.

영춘이었다.

바로 이 영춘각의 간판 가기. 보일 듯 말 듯 볼우물 하나가 매혹적인 그녀가 사뿐사뿐 걸어나오더니 돌 탁자에 가서 길게 몸을 늘였다.

"하으음⋯⋯."

팔로 턱을 받치고 엎드린 우물.

머리끝에서 발끝까지 뽀얀 우윳빛 곡선은 어느 한구석 남고 모자라는 부분이 없다. 가히 완벽하다 할 유혹 그 자체. 게다가 따끈하기까지 했으니 정말 죽을 맛이었다.

진짜 고역은 이제부터였다.

'죽겠군.'

여자 보기를 길바닥 돌같이 하라고 어느 분이 말했다더라? 모르긴 몰라도 그것은 아마 희망 사항이었을 것이다.

웃기는 소리, 해보라고 해라. 그것이 마음대로 되나.

사타구니가 터질 듯했다. 심지어는 아랫배 어디쯤이 슬슬 아파오기까지 했다.

때밀이.

다행스럽게도 때밀이에겐 때밀이용 사건이 있다.

그것이라도 있어 다행이었다. 그것마저 없었더라면 맨손으로 문질러야만 했을 테니까. 그랬다면 보나마나 터져 버렸을 것이다.

손에 사건을 둘둘 말았다.

"힘을 주고 있는 것이 좋을 것이다."

"흐응……."

그렇게 하겠다는 건지, 만다는 건지.

다섯 쌍, 열 개의 눈이 진한 호기심과 뜻 모를 열망을 담고 빤히 지켜보고 있는 가운데 드디어 때밀이의 본격적인 작업이 시작되었다.

등에 첫 손이 갔을 때였다.

영춘이,

"아래서 위의 순서로 하는 거예요, 이 양반아."

녹일 듯한 코맹맹이 비음이다.

메치나 뒤치나, 결과만 같으면 됐지 순서 따위가 무슨 상관이 있을까 싶었지만 일단은 하자는 대로 했다.

발이었다.

손바닥 하나로 감춰지는 앙증맞은 크기.

일컬어 교족(嬌足)이다.

허방산은 모르고 있으나 영춘은 창뿐만이 아니라 춤에도 일가견이 있는 가기였다.

몸이 섬세하고 가벼워 가끔은 손바닥 위에서도 논다는 장몽궁 명기 중의 하나. 그래서 그녀가 가진 또 하나의 기명은 나는 제비, 비연(飛燕)이었다. 그러니 오죽이나 섬세할까.

'으으…….'

어찌어찌해서 발과 장딴지를 지났다.

오금을 넘어 허벅지와 그 윗부분은 대충 스치듯 건너뛰어 허리로 옮겨 갔다. 그때였다.

"호호……."

계집이 나직이 웃었다.

비웃는 건가, 용기없음을? 아니면 때밀이의 무성의를 조롱하는 건가?
부지불식 간에 낯이 뜨거워졌다.

'못된 계집!'

꼭 쥐면 다해봐야 한 줌이나 될 것이다. 허리가 휘청거리도록 힘을 줬
다가 어깨쯤에 이르렀을 때였다. 축 늘어져 있던 영춘의 손이 허방산의
사타구니를 슬쩍 스쳤다.

대번에 짜르르 전율이 인다.

그렇지 않아도 아플 정도였다. 오죽했으면 뱃가죽이 다 당기고 있었을
까. 그러나 우연이란 것도 있는 것인바 한 번 정도는 그럴 수도 있겠거니
하고 넘어갔다.

한데 우연이 아니었다.

두 번, 세 번. 게다가 대담해지기까지 했다. 단순히 그냥 스치는 정도
가 아니었던 것이다.

네 번째 직전이었다.

때밀이가 확 인상을 썼다.

"한 번만 더 장난쳤다간 너는 싹둑 잘린 네 손모가지가 어찌 생겼나
네 눈으로 직접 확인할 수 있게 될 것이다."

"……!"

하초 부근에서 영춘의 손길이 딱 멈추었다.

허방산의 어조는 전에 없이 냉혹했다. 으스스하다 할 정도, 거기에다
내용조차 손목을 잘라 버리겠다는……!

무서리가 내린 듯 욕실이 싸늘하게 식었다.

뿌옇게 떠돌던 수증기가 물방울이 되어 떨어져 내렸고, 수조 안에 들
어 있던 여인들의 눈빛도 차갑게 식었다.

"나는……."

이어지는 허방산의 음성. 그 목소리는 닭 소름이 파랗게 돋아나 있는 영춘의 목덜미로 무겁게 내려앉았다.

"나는 지금 때밀이지 잡놈이 아니다."

"……!"

"알았으면 돌아누워라. 앞을 밀어야겠다."

"됐어요."

"되다니?"

"다 민 셈 치겠다 이 말이지요."

"그럼 너희 시험은 이걸로 끝났다 이 말이냐?"

"그래요."

"그래?"

때밀이의 말투가 이상해졌다.

"끝났다 이 말이지?"

혼잣말과 함께 활짝 펴진 오른손이 높이 치켜 들렸다.

그때는 막 영춘이 몸을 일으키려 나신을 뒤척일 때였다. 큼지막한 손바닥이 가차없이 떨어져 내렸다.

짝!

"으흑!"

다짜고짜 느닷없는, 게다가 인정사정없는 손찌검.

무지막지한 손바닥은 영춘의 볼기짝 두 개를 한꺼번에 벌겋게 물들여 놓았고, 비명과 함께 여체는 자지러졌다.

까무러치기 직전, 얼마나 아팠으면 숨조차 쉬지 못할까.

얼굴은 새파랗게 질렸고, 몸은 돌덩이처럼 굳었다.

하긴 아픔은 고사하고 영문조차 몰랐으니……!

영문을 몰라 쳐드는 영춘의 그 눈에 때밀이의 손바닥이 다시 솥뚜껑만하게 확대되었다.

"세 대는 맞아야 한다. 감히 나를 가지고 논 죄, 사내라면 골통을 부숴 버렸을 것이로되 계집이니 볼기로 대신하겠다."

"……!"

영춘은 말을 못했다.

그것은 다른 가기들도 마찬가지, 입을 연 것은 양리였다.

뒤에서 내내 신경을 곤두세우고 있었던 모양이다. 그녀가 내실 문을 벌컥 열며 앙칼지게 쏘아왔다.

"불한당, 이게 무슨 막돼먹은 짓이야요."

"막돼먹어?"

"아님 그렇게나 무식하게 폭력을 쓴답니까? 그것도 연약한 여자에게 말이에요."

"연약 좋아하네. 꼴도 아닌 시험을 빙자해 겁대가리 없이 장부를 놀려 대는 계집을 어찌 연약하다 할 수 있단 말이냐?"

그 말과 함께였다.

짜악!

볼기 한 대가 더 떨어졌다.

전의 그 자리, 벌겋게 부어오른 살집에 핏물이 튀었고, 기겁한 양리가 뛰쳐나오는 순간 세 번째 손바닥이 마저 떨어져 내렸다.

"고약한 것들……!"

"으……."

모두가 망연자실, 뛰어든 양리까지 엉거주춤 멍하니 서 있는데, 분위기는 아직도 험악했다.

"감히 남자를 시험하다니……!"

하되 이미 다한 매였다.

의외는 영춘이었다.

처음엔 죽는 것 같더니만 나중에는 오히려 차분하게 안정된 느낌을 갖게 한다. 여느 단순한 여자가 아니었다. 이어지는 행동에도 그녀는 기품 있는 절도를 느끼게 했다.

영춘은 천천히 몸을 일으켰다.

그리고는 조용히 욕실을 걸어나갔다.

그것은 쌍봉을 비롯한 다른 가기들도 마찬가지, 모두가 약속이라도 한 듯이 말없이 수조에서 나와 몸의 물기도 닦아내지 않은 채 천천히 내실로 사라졌다.

너무나도 갑작스럽게 벌어졌던 상황이었다.

허방산은 고개를 외로 꼬았다.

"이거 여우 년들한테 홀린 것도 아니고……."

꿈만 같았다.

있는 것이라곤 지금도 아스라이 코끝에 맴돌고 있는 그녀들의 살 냄새와 떼거리로 남겨놓고 간 물 발자국뿐이었다.

"허어… 그것참."

에라, 모르겠다.

어쨌거나 이미 지나간 일…….

죽간을 어디서 봤더라? 전투도 대충 끝난 것 같고 하니 그래 오랜만에 낚시나 좀 해보자.

"제기랄……!"

욕실을 나서는데 바늘로 콕콕 쑤시는 듯 아랫배가 아파왔다.

다 젊어서 생긴 아픔이다. 이럴 땐 그저 쭉 한 잔 걸치고 느긋하게 한숨 늘어지는 것이 상책이다.

있으나마나한 것.

아니 있어서 더 아프게 하는 것.

직방 듣는 그 특효약은 그림의 떡에 불과한 것이었으니까. 물론 이 길로 때려치울 작정이라면 그것도 가능했다. 널리고 널린 것이 여자요, 여체가 아니었던가?

*   *   *

가녀리기만 한 손가락. 섬세한 그 손이 붓을 잡았다.

앞에는 백지가 한 장, 누런 황지가 한 장 놓여 있었는데 붓끝은 황지에 먼저 떨어졌다. 붓은 이내 일필휘지로 흘렀다.

용입니다… 그는 마룡이든 신룡이든, 삼십육호.

먹이 마르기를 기다렸다가 그 손의 임자는 투명한 액체를 종이 위에 살짝 뿌렸다. 그러자 수려하던 그 글씨는 온데간데없이 사라졌다. 이어 무슨 모양을 만드는지 그 손은 황지를 이리저리 복잡하게 접었다.

다음은 백지.

허방산. 이차 시험 결과. 만점에서 결(缺) 하나. 세상과 타협할 줄을 모름.

백지는 두 번 접혔다.

*   *   *

푸른 하늘엔 뭉게구름이 떠가고 있었다.

참 곱기도 하다. 하늘도, 그리고 한가로이 노닐고 있는 저 한 조각의 구름도. 문득 구름이 주홍색으로 물들기 시작했다.

벌써 노을이 지고 있었던가?

고개를 돌려보니 정말 그랬다.

서쪽 하늘이 오늘은 유난히도 붉었다. 비가 오려는 것인가? 저리도 유별나면 꼭 비가 내렸었다. 산동에서도 그러했으니 여기도 아마 그럴 것이다.

"봄비라… 좋지."

팔베개를 하고 누워 허방산은 나직이 중얼거렸다.

세우로 내리는 봄비를 헤치며 걷는 것도 운치가 있다. 억수로 쏟아 부어 엉망을 만들어 버리는 여름철 장대비만 아니라면 어느 계절의 비든 일단은 좋다.

비를 맞는 것도 좋고 비 갠 뒤의, 그래서 더욱 청명한 하늘과 풀잎에 맺혀 있는 싱그러운 물방울을 보는 것도 좋다.

그러고 있는데 갑자기 시야가 어두워졌다.

큼지막한 개나리꽃 한 송이, 양리다. 어느 결인지 그녀가 다가와 그를 굽어보고 있었다.

"과제가 또 있었더냐?"

"풋!"

살짝 만들어지는 보조개가 어여쁜 아이다.

허방산은 천천히 일어나 앉았다.

물가, 발 아래엔 바로 물이다. 반쯤 잠겨 있는 망태기엔 주둥아리를 벌름거리고 있는 붕어도 몇 마리 들어 있었다.

"많이 낚았네요?"

"다 눈먼 놈들이야. 저 죽을지도 모르고 덥석 미끼를 물었으니."

"호호호… 설마 눈이야 멀었겠어요?"

"……."

하류 저만치, 노란 개나리꽃이 한 아름 떠내려가고 있었다.

영춘각 일대가 온통 개나리 천지였는지라 바람만 한 번 크게 불어도 수로는 물 반 개나리 반이 된다. 그뿐이 아니었다.

누런 종이배 하나도 개나리꽃과 함께 흘러가고 있었다.

누가 저런 추억의 종이배를……?

"네가 띄웠더냐?"

"뭔데요?"

"저기, 저 종이배 말이다."

"아니야요."

"난 또 네게 저런 운치도 있었구나 했다."

종이배.

예쁘게 접혀진 종이배는 수많은 개나리꽃에 호위되어 두둥실 흘러간다. 어디에서 떠내려 와 어디를 향해 가고 있는 것일까.

종이배를 보니 불현듯 옛 생각 한자락이 떠올랐다.

어렸을 때였다.

막간을 이용해 간간이 학도 접었고 종이배도 접곤 했었다.

그러다가 언제부터인가는 그나마도 손을 놔야만 했다. 하루 반 시진의 취침만이 허용되는 혹독한 십년연공이 마침내 시작되었던 것이다. 그래도 그전에는 두 시진은 꿀잠을 잘 수 있었는데…….

문득,

"종이배만 떠다니는 것은 아니야요. 간혹 사산된 태아도 떠다니는걸요?"

"뭐, 뭐야?"

학이고 종이배고 모든 것이 확 달아났다.

"그, 그런 일도 있느냐?"

"다 낙태시킨 아이지요."

"……!"

기분이 더러워졌다.

양리의 말이 침울해서가 아니었다. 세상사 그 무엇이 쉬운 것이 있으랴마는 그래도 너무하지 않은가. 아니, 오죽했으면 그리했을까? 아니야, 그래도 그렇지.

저 북망산, 그 많은 이름없는 묘지 하나에도 다 사연은 있다. 꾀꼬리 우는 사연, 소쩍새 우는 사연 없는 인생이 어디 하나나 있겠는가. 어디에고 다 있다. 그 질긴 사연이란 것은……!

"우린 그리 살아요."

"……!"

할 말이 없다.

양리, 이 아인 참으로 못된 아이다. 괜한 사람을 붙잡아 이토록 가슴을 아리게 만들어놓다니.

"왜 왔지?"

"아, 참. 내 정신 좀 봐."

"왜 왔냐니까?"

신경질을 좀 냈다.

"월모가… 시험이 끝났다 전하래요."

"어? 사흘이나 남았는데……?"

"암튼요. 해서 결정하시래요. 지금 곧장 묘객원으로 가시던지 예서 사흘을 쉬시다가 가시던지 좋으실 대로 하세요."

"묘객원?"

"장몽궁 묘객들의 수련원이지요. 휴식처이기도 하구요. 책임자는 묘객부장 먹치. 그 사람한테 가면 된대요."

"먹치?"

"있어요. 나이가 한 오십쯤 되는 사람. 별명은 꺼먹귀신."

"꺼먹귀신 먹치라, 하하하……."

"어찌하실래요? 지금 가시겠다면 이년이 모셔다 드리구요."

"우선 이놈들로 매운탕이나 끓여봐라. 독한 걸로 화주도 몇 병 가져오고."

"여, 여기로요?"

"그럼, 네 방에서 먹으랴?"

"호호… 바라신다면 침구도 깔아드리지요. 이년이 자리끼 시중도 들어드릴 수도 있고요."

"쥐방울만한 것이 못하는 소리가 없구나. 아서라, 얘야. 그냥 시킨 것이나 해다오."

"헹, 저같이 큰 쥐방울 봤어요? 그리고 애라니요. 이래 뵈도 나이가 열여섯이나 된 처녀이고, 이 나이면 진짜 애도 너끈히 낳을 수 있다는 것을 모르시나 보죠?"

"허어, 너도 한 번 물속에 처박혀 보고 싶은 게로구나."

"치잇……!"

제3장 백리향의 묘객

백리향의 묘객

묘객원.

장몽궁의 묘객원은 복도로 빙 둘러 이어져 있는 사각형의 이 층 건물이었다. 말하자면 건물 자체가 울타리를 형성하고 있다는 얘기다.

방이 이백 개. 정문을 들어서면 연무장이 있고, 그 맞은편에는 주 건물인 중청이 버티고 있다.

그 중청에서 만난 사람이 먹치였다.

묘객부장 먹치.

그는 이제 막 귀밑머리가 세기 시작한 초로의 중년인이었다.

별호대로, 그는 꺼먹귀신이라 불릴 만큼 시커먼 피부색을 지녔다.

하되 그의 눈은 사려 깊은 유생의 눈을 하고 있었다. 번듯한 이마에 깊숙이 자리잡고 있는 두 개의 눈, 그의 첫인상은 조용한 성품에 먹물깨나 허비한 사람이라는 것이었다.

"허방산이 이름이고, 나이는?"

"스물세 살."

먹치의 집무실에서 신상명세서를 작성하는 중이었다.

"출신?"

"산동."

"산동 어디인가? 그 넓은 산동성이 다 자네 집은 아닐 테고."

제법 깐깐하게 묻는다.

허방산의 이맛살이 미미하게 찌푸러졌다.

"산동 동산."

"동산? 그런 곳도 있었던가?"

"있다."

"있다……?"

"그래."

순간 먹치의 두 눈이 유리알처럼 투명하게 번쩍였다.

허방산의 어이없는 반말에 노화가 솟구쳤던 것이다. 그러나 허방산은 태연했다. 오히려 사뭇 도발적인 태도로 느긋하게 팔짱까지 꼈다.

긴장된 순간이었다.

마주친 시선 사이에서 불똥이 튄다.

한쪽에서 먹치와 허방산의 대화 내용을 기록하고 있던 댕기머리 계집아이의 얼굴은 이미 하얗게 질려 있었다.

한순간, 먹치가 눈에 힘을 풀었다.

"말본새가 원래 그런가?"

"휴우우……."

계집아이가 가슴을 쓸어 내리는데 허방산,

"그래."

"허허, 좋아. 자고로 개 버릇은 고치기 힘든 법이니까."

"홋홋홋······."

"가족은?"

"할아버지와 할머니, 두 분이 계시다."

"부모님은?"

"안 계시다."

"그런가. 괜한 걸 물었군. 혼인은?"

"했지."

"자녀는?"

"아직 없다."

"자신하는 주특기는?"

"주먹질."

"그건 들은 바 있고 더는 없나?"

"늦잠자기. 더 꼽으라면 내리 닷새를 한 자세로 자기."

"허허허… 한 자세로 말인가, 대단하구먼?"

"크크. 좀 무리하면 이레도 가능하다."

"좋아. 이것으로 마치지. 나가보게. 자네 방은 사십사 호실이야."

"끝났나 보네. 그럼 한 가지만 물어보자. 내 월봉은 언제부터 계산이 되는 거지?"

"자네가 땡 하고 종을 친 날부터."

"다, 당연히 그래야지. 처음부터 김새면 서로가 곤란해지니까. 먹 부장, 그럼 또 보자구."

완전히 안하무인이다.

예의라곤 정말 눈곱만큼도 없는 종자였다.

그가 꽝 하고 문을 닫고 나가자 먹치가 똥 밟은 얼굴로 탁자를 내려쳤다.

"싸가지없는 자식……!"

사십사 호실은 중청 우측에 있는 일층에 위치해 있었다.

문패 번지수는 확인했다. 막 문을 열고 들어서던 허방산이 흠칫하며 멈춰 섰다.

"어?"

먼저 방을 차지하고 있는 놈이 있었던 것이다.

아니, 그랬나 했는데 그것은 아니었던 모양이다. 놈이 넙죽 허리를 꺾지 않는가.

"헷헷… 어서 오십시오, 헹님."

"너는?"

"저, 접니다요, 아구."

바로 그놈이었다. 자신을 달단양인가, 달다냥인가 라고 소개했던 떠버리 놈.

"이놈이 청소도 하고 일차 관물도 손을 봤읍죠, 예."

느끼한 녀석, 아주 입 안의 혀처럼 논다. 딸랑이 체질이란 바로 이런 놈을 일컬음이리라.

"흠……."

허방산은 방 안을 둘러봤다.

모든 것이 하나였다. 침상 하나, 탁자와 의자, 그리고 옷가지를 걸 수 있는 횟대도 하나. 이불과 요 한 채. 그것이 관물의 전부였다.

구태여 볼 것도 없었다. 침상에 팔베개를 하고 벌렁 드러눕는데 아구가 연방 입을 나불거렸다.

"재수없게 죽을 사 자가 둘이나 되다니. 사십사 호라, 헹님은 이제 사삽사 번 예비 묘객입니다요. 이번 일이차 시험을 통과한 오 인의 맨 마지막 후보이기도 하굽쇼."

"그래?"

"예. 저는 옆방 사십삼 호구요. 제 앞에 있던 곰 새낀 사십이 홉니다."

"……!"

때밀이 시험이 혼자만의 관문은 결코 아니었으리라.

그것은 일차의 쇠종 울리기와는 비교도 할 수 없는 인내력의 시험이었다. 겨우겨우 사타구니를 움켜잡고 버텨냈던 그 관문을 통과한 자가 넷이나 더 있었다니……!

사실 말이지만 산사의 고승이라 할지라도 열에 아홉은 함락되고 말 관문이 바로 그 여체의 늪이었다.

의문이 고개를 치켜들었다.

'어떤 자들일까, 그리고 이곳은……?

이튿날 아침나절이었다.

뭐라 떠벌이거나 말거나 계속 지껄여 대고 있는 아구의 말을 한쪽 귀로 듣고 한쪽 귀로 흘리며 낮잠을 청하고 있는데, 밖에서 갑자기 종소리가 요란하게 들려왔다.

땡땡땡땡— 땡땡땡—

"거참, 염병하게도 시끄럽네. 어디 호떡집에 불이라도 났나?"

아구가 인상을 쓰며 투덜거릴 때였다.

짜증스런 종소리가 연신 방문을 두드리는 가운데 복도를 울리는 급박한 발자국 소리와 함께 카랑카랑한 고함 소리 몇 줄기가 여기저기를 사정없이 질타하기 시작했다.

"집합. 모두 연무장으로 모여라."

"눈썹이 휘날리게 튀어나와라. 동작이 느린 놈은 반드시 그 대가를 치르게 해줄 테니까."

"어서 나오지 못할까!"

"튀어라, 튀어……!"

그와 함께 어우러지는 날카로운 호각 소리.

삐익— 삐익— 삐삐삐이이익—

분위기가 갑자기 살벌해졌다.

아구가 흥 하고 코웃음을 쳤다.

"어디 변방 병영의 초짜들 겁주는 것도 아니고… 정말 웃기고 있네, 짜식덜."

그래도 말이 먹히긴 먹혔던 모양이었다.

한바탕의 난리통. 문을 박차는 소음과 더불어 요란한 발자국 소리가 어지러이 뒤범벅되더니, 밖은 금세 조용해졌다.

"……."

뉘 집 개가 왕왕거렸냐는 것일 게다.

허방산은 다리를 꼬며 재차 눈을 감았고, 그래도 뒤가 켕기긴 켕겼던 지 아구가 문을 살짝 열고 밖을 엿보았다.

그러더니,

"헤… 헹님, 우리도 이거 나가봐야 되는 거 아닙니까? 다 모인 것 같은 데요. 어라, 저것들 줄도 서네?"

"……."

"주무시우?"

"너나 나가봐라."

"헹님은요."

"난 됐다. 볼일이 있으면 제놈들이 찾아오겠지."

"여, 염병. 이미 늦었시다."

"왜?"

"아까 지랄발광을 떨던 놈들이 묘객부의 조교나 전령이었던 모양인데 세 놈이 한 놈을 몽둥이로 개 잡듯이 패고 있소."

"언 놈인데?"

"맨 꼴찌로 줄 선 놈이요."

"그럼 선착순?"

"예."

"크크크. 정말 놀고 있구나."

"헹님, 이거 좀 쩔리는데요."

"원 자식. 그런 새가슴으로 밥이나 먹겠냐. 먹치는?"

"아직요."

"그럼 나도 한숨 잘 테니까 먹치가 보이면 깨워."

"그, 그렇죠. 기왕지사 이렇게 된 마당에 까짓거 죽기밖에 더 허겄슈?"

"……."

주특기, 마음만 먹으면 닷새도 잘 수 있고 서서도 잘 수 있다. 그리고 서서 자는 것보다 더 쉬운 것은 눕자마자 코를 고는 것이었다.

가르르… 가르르…….

"하여간 헹님 배짱 하나는 알아줘야 해."

아구는 어처구니가 없다는 듯 설레설레 고개를 젓다가는 다시 문틈에 눈을 붙였다.

그가 퍼뜩하며 눈을 뗀 것은 한 식경이나 지났을 때였다.

"나왔소, 헹님."

"큥."

허방산의 코 고는 소리가 멎었다. 천천히 눈을 뜨더니 느릿느릿 일어나 침상 모서리에 걸터앉는다.

"먹치는 뭐 하냐?"

"단상에 올라갔소. 묘객들은 사열 종대로 서 있고."

"연설이라도 할 모양이지?"

"그럴 것 같은데요. 어어? 헤, 헹님. 드디어 우리가 빈 것을 발견한 모양입니다. 조교 놈 하나가 우리 방을 가리키는데요?"

"……!"

"하긴 줄을 저리 세워놨으니 하나라도 빠지면 바로 표가 나겠지."

"그래서?"

"놈들이 오고 있소."

아구가 부리나케 물러섰다.

숨 한 번 크게 쉬는데 옆방에서 꽝 하는 소리가 났다.

"야, 사십삼 호!"

발로 걷어찼나 보다.

이어서 문가가 시원해졌다. 방문이 벌컥 열렸던 것이다.

기가 막혔나, 칼자국도 선명한 험상궂은 낯짝 셋이 멍하니 서로를 마주 보고 있다가는 하나같이 피식피식 웃었다.

"간이 배 밖으로 나온 놈들이거나……."

"아예 없는 종자들이 아니면……."

"완전히 맛이 간 놈들."

형제 판인가, 짝짜꿍이 완벽했다.

허리엔 박도, 한 손엔 몽둥이를 든 흑의인 셋.

그들은 진짜 형제였다.

묘객부장 꺼먹귀신 먹치 휘하 잔혈삼교라 불리는 혁씨 삼형제가 바로 그들이었는데, 이마빡의 칼자국이 맏형인 혁대일, 콧잔등은 혁중이, 뺨

따귀가 혁삼종이었다.

셋이 이구동성으로,

"씨벵이."

"뭐라구?"

아구가 반문하자,

"씨방새."

무슨 말인지는 모르나 욕설임에는 틀림이 없었다. 허방산이 천천히 일어섰다.

"용건이 있나?"

"있나?"

대번에 눈 꼬리부터 휘어진다.

"우흐흐흐… 참으로 귀엽게 노는 자식일세."

"그러게나. 어찌 주물러 줄까나, 그것이 고민이로다."

"우선 네놈의 그 버르장머리없는 아가리부터 물가리로 만들어주겠다."

혁삼종이 다짜고짜 몽둥이를 휘두르며 달려들었다.

쉬이익……!

몽둥이가 허공을 가르며 내려치고 있는 곳은 허방산의 정수리. 맞으면 깨진다. 아구가 기겁해서 외쳤다.

"피, 피하세요, 헹님!"

하나 늦었다.

빠악!

경쾌한 격타음. 깨졌다.

아니, 부러졌다.

맞긴 정통으로 맞았으되 허방산의 머리는 멀쩡했다. 부러져 나간 것은 그의 머리가 아니라 오히려 팔뚝 굵기의 박달나무 몽둥이였다.

"이, 이럴 수가?"

손목이 얼얼했던 모양이다.

혁삼종이 도저히 믿지 못하겠다는 눈빛으로 반 동강이가 난 몽둥이와 허방산의 머리를 번갈아 바라보다가는 선뜻 허리춤의 박도를 뽑아 들었다.

"돌대가리, 네 어디 칼에도 안 썰리나 보자."

일촉즉발의 그 순간, 혁대일이 갑자기 혁삼종의 옷소매를 잡아끌었다.

"그만 해둬라, 막내야."

"노, 놓으시오."

"그만두라니까?"

그래도 난 건 형이었다.

혁대일, 그는 몽둥이가 작렬하기 전, 우두커니 서 있던 허방산의 눈에서 번쩍이던 무서운 섬광 한줄기를 보았던 유일한 사람이었다.

흑백이 또렷한 눈은 구슬처럼 맑았으되 그 섬광 하나는 마치 눈에서 새파란 불칼이 튀어나오는 것 같았다. 설사 그것은 헛것을 잘못 보았다고 쳐도 그는 사십사 번. 오백 근이나 나간다는 쇠종을 깨부숴 버렸다는 무쇠 주먹의 소유자였다.

그는 바락바락 대드는 동생을 뒤로 잡아 돌리며 허방산을 마주했다.

"모이라는 소리를 듣지 못했나?"

"듣긴 들었지."

"그럼?"

"할 말이 있으면 와서 해라."

"뭐, 뭣이라고?"

"그렇게 메뚜기 뜀박질을 하려고 여기 오진 않았다. 묘객으로서 해야 할 일이 있으면 말을 하라. 그렇게 할 테니까. 그리고 볼일 다 봤으면 그만 가봐. 잠을 자다 말았거든."

혁대일의 안색이 샛노래졌다.

"으으……."

주먹이 하얘지도록 힘을 주며 부들부들 떤다.

묘객원 군기반장으로서의 자존심에 심각한 타격을 입은 것이다. 그러나 뒷골목 서른다섯 살의 나이를 거저먹은 것만은 아니었다. 다른 것은 몰랐으나 사람 보는 눈은 있었다.

판단컨대, 지금은 물러나는 것이 상수였다.

"……!"

찢어죽일 듯이 노려보다가 말없이 물러났다.

허방산은 다시 드러누웠고, 방문 또한 다시 닫혔다. 부글부글 끓어오르는 잔혈삼교의 심사인 양 아주 거칠게.

꽝!

"후아, 간 떨어질 뻔했네."

아구가 긴 숨을 몰아쉬며 다시 문가로 달라붙었다.

이어지는 상황 중계, 아니, 아구의 말을 애써 들을 필요도 없었다. 잠시 후 묘객부장 먹치의 목소리가 단상에서부터 바람을 타고 커다랗게 들려오기 시작했으니까.

"먼저 본 장몽궁의 규모에 대해 설명하겠다, 제군들. 궁엔 대소 전각이 오백여 채가 있고, 현역 가기 삼천이 있다. 제군들과 같은 묘객이 일천에 여타 업무에 종사하는 다른 식술까지 합하면 도합 일만을 상회한다."

"우와… 어, 엄청나군요!"

"쉬잇."

"전각 하나에는 크기에 따라 차이가 있으나 평균으로 치자면 가기가 여섯, 묘객이 둘, 월모를 비롯한 찬모와 침모가 여섯, 이렇게 총 열넷이 각 전에 소속되니 그 대략을 충분히 짐작할 수 있을 것으로 믿는다. 알겠는가, 제군들이 해야 하는 것은 바로 이 일만에 달하는 식솔들의 생명과 재산을 보호하는 일이라는 것을?"

천하제일의 색향이라더니.

그래도 그렇지 대체 어떤 미친놈들이 이 많은 사람들을 먹여 살리고 있을까? 열띤 먹치의 연설은 점점 더 그 정도를 더해갔다.

"다음은 본 궁의 묘객도(廟客道)에 대해 말하겠다. 묘객 따위에게 무슨 도가 있냐고도 생각하겠지만 천만의 말씀이다. 장몽궁의 묘객은 다르다. 다시 말해 세인들이 멸시하는 일개 기둥서방이나 백수건달이 아니라는 뜻이다. 본 궁의 묘객은 가기들의 고혈을 빨지 않는다. 그녀들의 머리 위에서 군림하는 것이 아니고, 말 그대로 그녀들을 보호하는 호기무사인 것이다. 제군들은 제군들의 직업에 자부심을 가져도 될 것이다."

어쩌고저쩌고…….

거기까지는 정확히 들었다.

장몽궁의 묘객은 가기들에게서 금품을 뜯어내지 않는다, 그녀들의 몸을 탐할 수도 없다, 묘객의 편제 조직은 다음과 같다 등등의 말을 흘려들으며 허방산은 혼곤한 잠 속으로 빠져들었다.

어제 술이 과했나 보다.

양리, 고것이 가슴을 울적하게 만들어놓는 바람에 그만 취해 버리고 말았던 것이다. 정신이 들었을 때는 날이 제법 어둑어둑했다.

"좀 드시고 주무시지라."

아구 놈, 재주도 좋다.

어디서 데려왔는지 주근깨투성이의 계집아이 하나에게 소반을 들려가지고 잠을 깨웠다.

"헷헷. 다 먹고살자고 하는 짓거린데 끼니를 걸러서야 되겠습니까?"

"음……."

"숭늉도 가져올게요, 오라버니."

오라, 어찌 꼬드겼는지 보지 않았어도 훤했다. 분명히 오라비가 되어주겠다느니 어쩌니 하며 구워삶았을 것이다. 탁자에 소반을 내려놓은 계집아이가 아구에게 살짝 고개를 숙여 보이곤 쏜살같이 달음질쳐 나갔다.

밥엔 시원한 탕도 있었다.

늦은 해장이었지만 완전히 꿀맛이었다.

마파람에 게 눈 감추듯 싹 쓸어 넣고 있는데 아구가 옆에서 양념을 쳤다.

"요번에 묘객을 모집한 데에는 이유가 있었다고 합니다, 헹님."

"뭔데?"

"아, 예. 두어 달 전에 장몽궁이 저 아래 남경에 있는 진회하를 쳐서 수중에 넣었다고 합니다. 그 과정에서 백여 명에 달하는 묘객의 결손이 생겼는데, 그걸 충원하기 위해서였다고 말이죠."

"진회하?"

"예. 거기도 홍등가하면 빠지지 않는 곳입지요. 규모로 치자면 여기의 삼 할 정도 된다고 할까요."

"일백이라… 피를 많이도 봤군."

"대권 싸움이었으니까요. 뭐, 이 세계에서야 종종 있는 일이 아니겠습니까요?"

"그래?"

"예."

"그건 그렇고 어찌 됐나, 먹치는… 아무 말도 없었나?"

"저도 그것이 이상합니다요. 그냥 조용했으니까요. 들어보니 한성깔하는 인간이라고 하던데, 혹시 무슨 앙심을 품고 수를 쓰고 있는 것은 아닐까요?"

"글쎄다. 이거 좀 신경이 쓰이는구먼. 그래, 다른 친구들은?"

"예. 대부분 서고에 처박혀 있습니다."

"서고?"

"뭐, 무예일반총론이니 뭐니 하는 것하고 논어, 맹자, 지리, 역술. 가보니 오만 잡동사니 책은 다 모여 있습디다."

"책이라……."

"이곳에서의 백 일은 그 서고의 책을 읽는 것이라고 합니다. 먹치의 지시인데요. 묘객도 무식해선 안 된다고 하면서 마지막 날은 시험도 보고 강평도 있을 거라 했다 합니다."

"제법이군."

"흐흐… 먹물 냄새가 나는 놈 같지 않아 보였습니까? 저는 꺼먹귀신을 그리 보았는데요."

"나도 그리 봤다."

"그나저나 어쩌시렵니까. 다 주무셨으면 서고나 한번 구경하시죠"

"흠, 그래 볼까."

"제가 모시겠습니다, 헹님."

서고는 중청의 이층이었다.

이백 평 정도의 거실이었는데 그 큰 방이 전부 서가요, 책이었다.

제아무리 천하제일의 색향이라지만 일개 창굴 속에 이런 대형 서고가 있다는 것은 내용의 허실 여부는 차치하고라도 존재한다는 그 하나만의 이유로도 경이감이 들었다.

천장에는 야명주가 곳곳에 박혀 있어 실내는 대낮처럼 밝았다.

문가에서 마주친 혁대일이 인상을 썼다.

그렇다고 시비는 걸지 않았다. 팽 하는 코웃음 한 번으로 거만하게 못 본 체 외면한다. 그를 지나쳤다.

"대단하군."

정말 놀라웠다.

사다리를 밟고서야 맨 위에 닿을 수 있는 서가였다. 서가 사이사이엔 탁자가 연이어 있었고, 군데군데엔 사내들이 앉아 책을 보고 있었다. 아니, 책을 본다기보다는 구경을 하고 있다는 표현이 맞을 것이다. 일견에도 책과는 거리가 먼 사람들로 보였으니까.

시정의 건달들.

그중에서도 힘깨나 쓴다는 자들이다.

그들도 허방산의 존재는 알고 있었던 모양이다. 몇 놈이 낯간지러운 미소를 던져 왔다.

"오셨습니까."

"헤헤, 이리로."

그 미소는 아구가 받았다.

"하던 짓거리들이나 마저 허슈, 제씨들."

찬바람이 쌩하고 돌았다. 표정들이 일그러지고 여차하면 터질 분위기로 치달아간다. 그러나 허방산은 무심히 지나쳤고, 지나가는 그들의 뒤에다 사내들이 주먹으로 알감자를 먹였다.

문득,

"……!"

뒷짐을 진 채 걷고 있던 허방산의 발걸음이 우뚝 멈춰 섰다.

탁자에 한 아름의 책을 쌓아놓고 뭘 그리 찾는지 바삐 책장을 넘기고 있는 자, 놀랍게도 그는 여자였다. 그것도 눈이 번쩍 뜨일 절색의 미녀였다.

"홍일점입죠. 이름은 몽니(朦柅)."

쪼르르 옆구리에 달라붙은 아구의 설명이다.

"몽니?"

"예."

"하긴, 여자라고 묘객이 되지 말란 법은 없으니."

허방산이 고개를 끄덕이자,

"나이는 스물다섯. 운남 태생입니다."

"벌써 쭉 꿰었군?"

"헤헤… 그런 것이 바로 제 전공입죠. 어떻습니까, 헹님이 보시기에도 쌈박하지 않습니까요?"

"삼삼하긴 하구먼."

그 소릴 들었나 보다. 검은 옷을 입고 있던 그녀가 눈에 칼을 세우며 쏘아봤다. 그리고 으스스한 한마디.

"눈깔을 쭉 빨아버릴까 보다."

기겁할 수밖에.

"윽!"

"……!"

바삐 지나쳤다.

뛰는 놈 위에 나는 놈(?)이 있다더니만. 제길, 입 한 번 잘못 놀려가지고 이 무슨 망신이란 말인가.

몽니, 그녀는 허방산이 서고에서 만나본 특이한 인상을 지닌 두 사람 중의 하나였다. 또 다른 한 사람, 그는 묘한 기품이 있어 보이는 이십 중반의 해맑은 청년이었다.

"나 아구요."

"여치(如稚)라 합니다."

선 채로 서로가 인사를 나눴다.

그가 서가에 기대어 보고 있던 책자는 '황제내경'이라는 제목을 가진 침구술 편. 허방산이 불쑥 물었다.

"의원이냐?"

그러자 웬걸, 아녀자처럼 곱게만 보이던 청년의 표정이 냉엄하게 굳어졌다.

"돌팔이다."

"……!"

진짜 강적은 그였다.

정말 유순한 생김과는 완전히 딴판이었다.

반말이니 반말이라 이건가? 뭔 일이라도 날까 싶어 잽싸게 허방산의 눈치를 살피는 아구의 얼굴은 핼쑥하게 변하는데 허방산, 그는 실로 그답지 않게 환한 웃음을 지어 보였다.

"원, 자식. 사내자식이 삐치기는……."

"……!"

"또 보자."

그것이 끝이었다.

허방산은 그의 어깨를 툭 치며 지나쳤고, 여치라는 이름의 청년은 그의 뒷모습을 꽤나 오랫동안 바라봤다.

"바로 그것들입니다, 헹님."

"뭐가?"

"이차 시험 통과자 말입니다."

구석 쪽이었다.

아구의 은근한 말에 건성으로 서가를 훑고 있던 허방산의 눈에 이채가 반짝였다.

"몽니와 여치 말이냐?"

"예. 이번 묘객원에 든 사람은 모두 마흔네 명인데, 그중 헹님같이 깨끗하게 통과한 사람은 겨우 다섯, 아까 보셨던 자들과 사십이 호실의 곰 새끼 웅거가 거기에 포함되어 있습니다."

"웅거……!"

"진짜 곰이죠, 둔하기가. 그러니 수월히 통과했을 것입니다. 그리고 몽니는 똑같이 째진 것들이니 하나마나 했을 것이고, 제가 직접 알아본 바에 의하면 여치 놈은 눈 하나 깜박하지 않았다고 합니다."

"그래?"

"예. 제 보기엔 모두가 물건들입니다요, 헹님."

"물건들이라, 흠……. 그건 그렇고 나머지 하나는?"

"에헤헤헤……."

"아구 너?"

"맞습니다. 바로 저 아구올습니다, 헹님."

"……!"

"헹님, 혹시 까막눈이 아니시우?"

"네가 아니고?"

"으헤헤헤… 이거 왜 이러십니까요. 이래 뵈도 이름 석 자 정도는 눈을 감고도 쓰는 놈입니다."

"나는 발로도 쓴다."

"그럼 왜 뱅글뱅글 서가만 도십니까?"

"쯧쯧, 생각해 봐라. 이 따분한 수련을 백 일이나 해야 한다니. 대체 무엇으로 그 시간을 때운단 말이냐. 나는 책과는 담을 쌓은 사람이다. 해서 내 수준에 알맞은 책을 고르고 있는 중이야."

"그럼 제일 두꺼운 것으로 고르시죠. 두꺼워야 속도 제일 알찰 것이 아니겠습니까?"

"그, 그렇겠지?"

푼수 둘.

그들은 이내 목적물을 찾아냈다.

" '주역과 육갑둔법에 대한 이해와 고찰' 이라……."

서가 맨 위. 두께가 족히 한 자는 되어 보인다. 허방산이 관심을 보이자,

"저거 혹시 점쟁이들이 보는 책 아닙니까?"

"점쟁이, 무당?"

"예. 주역은 점쟁이의 필수 과목이라고 알고 있는데요."

"저걸로 하지."

"왜요, 부업으로 돗자리도 깔게요?"

"제일 두꺼운 것으로 고르자며?"

"그래도……."

"내려다가 내 방에다 갖다 놔라. 한데 그건 뭐냐?"

아구도 두어 권의 서책을 골라 겨드랑이에 끼고 있었다. 허방산이 뭐냐고 물어오자 아구는 잽싸게 등 뒤로 감추었다.

"아무것도 아닙니다요, 예."

"뭐냐니까?"

눈을 부라리자 마지못해 내놓는다.

제목이 빨간 주사로 씌어져 있는 책,

"'규방비기총람', '방중술 실기론'. 허어, 너?"

"흐흐… 개 눈에는 똥만 보이는 법입죠. 저는 이것이나 뗄랍니다. 기회라는 것이 날이면 날마다 오는 것은 아니니까 한 번 왔을 때 확실히 죽여놓으려면 열나게 갈고닦아 놔야 되지 않겠습니까?"

말은 정말 청산유수다.

허방산이 어리둥절하고 있는 사이에 아구가 재빨리 책자를 낚아채 품안으로 쏙 집어넣곤 다람쥐처럼 사다리를 올랐다.

"그놈 참."

내려진 책은 정말 두꺼웠다.

그뿐만이 아니었다. 진짜 무녀가 쓴 것처럼 단정하고 섬세한 필체가 깨알만한 크기로 면면을 가득 메우고 있었으니.

"흐흐… 백 일이 아니라 천 일이라도 너끈하겠습니다요. 그러지 마시고 차라리 제가 고른 옥방 도서나 보시죠. 이거 시간 죽이는 데는 그만이라구요."

"됐다."

"제가 먼저 보고드릴까요?"

"됐다니까!"

진드기는 벌컥 화를 내자 떨어져 나갔다.

반출이 되느니 안 되느니 서기와 한참의 실랑이 끝에 분실이나 파손하면 책임진다는 각서를 써주고서야 서고 밖으로 나올 수 있었다.

잠과 책.

그것이 그로부터의 일상이었다.

귀찮은 것은 시도 때도 없이 찾아오는 아구와 끼니였으나 그마저도 없었으면 심심해서 어쩌누?

그렇게 달포가 지났다.

"어……?"

그 두터운 책자에서 이상한 문구 한 구절을 발견한 것은 배 깔고 소일 삼아 글자 수를 헤아리고 있던 차, 책자의 중반을 훨씬 넘어선 부분에 이르렀을 때였다.

"억?"

저도 모르게 벌떡 일어나 앉았다.

뜻도 모를 괘(卦)가 어떻고 효(爻)가 어쩌고 하는 내용을 지나 십간(十干)과 십이지(十二支)의 언급 사이. 묘하게 시선을 끄는 팔언절구 하나가 거기에 숨어 있지 않은가.

천응일비(天鷹一飛) 만리비상(萬里飛上).

"천응이 한번 날면 만 리를 날아오른다?"

필체는 동일했다.

다른 것은 내용이었다.

너무도 동떨어진 내용이었던 것이다. 잘 나가다가 갑자기 천응은 무슨 놈의 천응?

궁금증이 모락모락 피어올랐다.

"어디……?"

게슴츠레하던 눈이 샛별처럼 초롱초롱해지며 뒷장이 천천히 넘겨지기 시작했다. 그러다가 갈수록 속도가 빨라졌다.

이윽고 마지막.

"도합 사백 자. 이것은 무공의 요결이다. 정확히는 진짜 매처럼 하늘을 헤집을 수 있는 경공운신, 풍가의 상승 비결이다."

허방산은 책자를 덮었다.

육갑을 풀이해 놓은 내용에 교묘하게 섞어놓은 사백 자의 글씨, 그것은 무림도상의 경공신법 하나를 표현하고 있었다.

허공에서의 방향 전환이 매의 움직임처럼 자유롭고 표홀하다.

특이한 것은 한 번 도약해 오르면 진기의 큰 소모 없이 장시간 허공에서 머무를 수 있다는 점이었고, 가장 오묘한 것은 마치 매가 사냥물을 낚아채 오를 순간에 이어지는 일련의 동작처럼 지상에서의 운신이 말로 표현할 수 없을 정도로 신비하다는 사실이었다.

대체 누가?

왜, 여기에다……?

암만 생각을 해봐도 이해가 되질 않는다.

"천웅이라……."

그 어떤 신비 방파의 비전절기일까. 그리 오래되어 보이지도 않는 책자 하나가 머리 속을 가득 채웠다.

너무나도 분량이 방대하고 따분한 내용이라 아무런 생각 없이 봤었기에 망정이지, 뭐라도 뜻을 두고 봤었더라면 제아무리 대단한 인내력의 소유자라 했을지라도 벌써 초장에 내던지고 말았을 것이다.

책자의 작성자는 대체 무엇을 의도했던 것일까?

"에라, 모르겠다."

책자를 집어 던지고 벌렁 드러누웠다.

골치가 아플 때는 잠이 최고였다.

일단은 자고 볼 일이다. 그사이 밖이 훤했다. 그도 그럴 것이 허방산 본인은 자각하지 못했으되 '창웅일비 만리비상'의 첫 구절을 발견했던 때가 간밤의 초저녁이었던 것이다.

그나저나,

쿨······.

허방산, 그는 금세 곯아떨어졌다.

특별하다면 특별한 일이 생겼다.

그랬다. 이 무료한 나날에 바깥바람을 쏘일 일이 생겼으니 말이다.

짜증이 나는 것은 새벽 댓바람부터 말을 전하러 왔던 전령 놈이었다. 혁삼종이 식전의 속을 박박 긁었다.

"나와라, 너희 꼴통 둘. 부장님이 너희 콧구멍에 바람을 넣어주신댄다, 아이고!"

말을 하다 말고 혁삼종이 정강이를 붙잡고 깡충깡충 뛰었다.

다름이 아니었다. 아구가 그를 사정없이 걷어차 버렸던 것인데,

"으흐흐··· 새끼, 깨금발 대회를 나가도 되겠다."

"훗!"

허방산의 입가에도 미소가 떠올랐다. 하는 양이 꼭 깨갱거리는 강아지 한 마리를 연상시켰던 것이니,

"가지."

그랬으나 나갈 필요는 없었다.

먹치가 문밖에 몸소 와 있었으니까. 그가 성큼 들어섰다. 주위를 휘둘러보더니 천천히 의자에 앉는다.

"도술을 닦고 있다고 들었네만."

"때려치웠어, 지겨워서."

"헛헛, 그런가?"

먹치의 눈에 침상 한구석에서 목침 대용으로 짓이겨지고 있는 책자가 보였다. 그가 픽 웃었다.

"하긴 앞으로 보나 뒤통수로 보나 보는 건 마찬가지일 테니까. 아, 참

내 정신 좀 보게. 이따위 흰소릴 지껄이려고 온 것이 아닌데."

"무슨 일이지?"

먹치를 보는 허방산의 눈엔 기이한 집요함이 담겨 있었다.

명색이 이 묘객원의 수장이니 그는 혹시 알고 있지 않을까, 저기 저 책자의 비밀을?

그러나 이내 실망하고 말았다. 먹치는 이상한 기색을 전혀 내비치지 않았던 것이다.

'아니로군.'

서체로 봐선 여자였다.

지은이의 서명도 없었다.

알 수 있는 것이라고는 가히 절정이라 할 수 있는 수준의 내가경공결이라는 점과 여간한 끈기가 아니고서는 결코 찾아내지 못할 정도로 그 구결들이 교묘하게 숨어 있다는 사실뿐이었다.

허방산의 눈길을 아는지 모르는지,

"남경에 다녀와야겠네."

"남경?"

"노 저을 사람이 필요해."

"노?"

이 자식은 잘 나가다가 꼭 옆길로 샌다.

제놈 졸개가 그리도 망신을 당했으면 뭐라 한마디쯤은 했음직도 한데 전혀 아니었다.

하여간에 말인즉슨, 남경에 누가 가는데 따라가서 힘 좀 쓰고 오라는 뜻이 아닌가. 그것도 이 뜨거운 뙤약볕에, 한 번도 해본 적이 없는 뱃놈 노릇을 말이다.

허방산의 눈썹이 꿈틀했다.

그러나 먹치는 태연했다.

오히려 느릿느릿 의자 등받이에 몸까지 기댔다. 그리곤 비스듬히 실눈을 떴다.

"자네들 둘이 가게."

"……!"

허방산은 꺼먹귀신 먹치를 다시 봤다.

아구가 꼬아 바친 내용에 따르면 먹치는 여쾌(인신매매꾼) 출신이라 했다. 젊었을 적에는 청운의 뜻을 품고 글깨나 읽었으나 그 좋은 머리로 여쾌의 두목이 되어 악명을 날렸단다.

그러다가 이십 년쯤 전 이랬나, 장몽궁이 태동될 시기에 들어와 얼씨구나 좋다 하고 자리를 잡아버렸다는 너구리가 바로 그였다.

그래서 그럴까.

생김과는 달리 먹치는 아주 유들유들했다.

"남경에서 가장 이름난 무가인 마가대원에서 자기네 원주의 회갑연을 기해 본 궁의 호선무(胡旋舞) 경연을 초청했네. 그 일행을 데려갔다 데려오면 되는 일이네."

호선무는 장몽궁에서 자랑하는 춤이다.

마차바퀴보다 빠르게 회전하며 너울거리는 춤인데, 그 춤을 추는 무녀를 호선녀라 불렀다.

양귀비 뺨친다는 미모의 호선녀, 그녀가 만들어내는 호선무가 절정에 이르면 감히 기립 박수하지 않는 자가 없다고 했다. 왜냐하면 천상의 선녀무가 바로 호선무였으니까.

하되 허방산에게는 알 바 없는 일이었다.

문제는 이 더운 한여름에 진땀을 빼야 한다는 것이었으니. 먹치 놈, 치사하게 이런 식으로 앙갚음을 하는 것인가?

일면 의문도 일었다.

"왜 하필 우리지?"

"내 맘일세."

"……!"

할 말이 없다. 묘객원주, 제놈 마음이라는 데야.

불쑥 물었다.

"장몽궁의 주인이 누구지?"

이는 오래 전부터 품어왔던 의문이었다.

묘객원의 젓가락 숫자도 다 파악하고 있는 떠버리 촉새 아구도, 심지어는 먹치의 제일심복인 혁대일도 그것만은 모르는지 마른침을 꿀꺽 삼켰다.

그 또한 먹치는 간단히 대답했다.

"왕고(王姑)."

별것 아니라는 듯한 한마디…… 왕고.

"왕고? 그녀가 누군데?"

"나도 모르네."

역시 서슴없는 대답이었다.

시원하기는 했으되 의혹은 눈덩이처럼 커졌다. 들척지근한 어조로 슬쩍 물었다.

"그럴 리가 있나?"

"모를 수밖에. 보지도 못했고, 이름조차 겨우 한 번밖에 못 들어봤으니 말이네."

"누구한테?"

"총집사 어른."

"총집사? 차천곤(扯天棍) 차 늙은이?"

"그렇다네."

"기가 막히는군. 묘객원의 책임자가 총수의 그림자도 못 봤다니. 그걸 말이라고 하나?"

"상관없지 않은가. 그래도 장몽궁은 잘만 굴러가고 있으니, 허허. 그리고 더 이상은 알 필요도 없네. 자네들이야말로 시키는 대로 일하고 월봉만 챙겨가면 그뿐 아닌가?"

"하, 하긴……."

"하나 가보는 게 좋아. 이번 출장은 차 집사의 인솔에 빙화전주가 오대무선을 이끌고 직접 나섰으니까."

"빙화전주? 그럼 설빙염(雪氷艶)이 말입니까? 으와……."

아구의 입이 쩍 벌어졌다.

설빙염이 누군가. 바로 이 장몽궁 제일의 명기라는 백리쌍염의 하나가 아닌가.

설빙염, 그녀는 몸을 팔지 않는다.

춤도 팔지 않았다. 노래만 팔았다. 그래도 그녀는 장몽제일화라는 검미인(劍美人)과 더불어 백리향 제일의 미녀로 손꼽혔다.

당금 천자의 부름마저도 거절했다는 설빙염이다.

고고하기 이를 데 없고, 차갑기가 북풍보다 더하다는 냉심의 소유자가 바로 그녀임에랴.

먹치가 묘하게 웃었다.

"눈요기가 괜찮을 걸세. 게다가 잘만 하면, 흐흐… 혹시 아는가. 한 번 줄지도."

"줘? 무얼?"

"거기."

어리둥절해하는 허방산의 아랫도리를 먹치가 턱 끝으로 가리켰다.

그러자 허방산의 얼굴이 홍시처럼 붉어졌다.

"이런 씨앙!"

전직이 여쾌라더니, 껍데긴 번지르르해도 역시 출신은 못 속이는가.

'호로 자식. 대체 사람을 어찌 보고……!'

하마터면 주먹이 나갈 뻔했다. 그런 그를 보고 먹치가 껄껄 소리 높여 웃었다.

"와하하하……!"

제4장 호선무

차천곤(扯天棍).

괴악한 이름이었다. 직역을 하자면 '하늘을 찢어발기는 몽둥이'란 뜻이 아니고 뭔가. 누군가 했는데 면식이 있는 사람이었다.

일차 시험 때 접수대에 말없이 앉아 있던 그 머리 허연 노안. 그가 바로 차천곤, 차 집사였다.

그때는 그냥 스쳐 봤었다.

그러다 관심을 갖고 보니 그냥 늙은이가 아니었다.

칠순은 넘었을 것이다. 허리도 약간 굽었으나 그에게는 장몽궁의 일만 식솔을 관장하는 총집사의 관록이 전신에 배어 있었다.

어디를 봐도 한 마리 늙은 구렁이요, 노회한 이무기다.

흐릿한 눈빛에 내심을 종잡을 수 없는 요물, 그 눈이 지금 웃는 듯 마는 듯 웃고 있었다.

"부탁함세."

고저장단없는 목소리.

왠지 기분 나쁜 늙은이다.

늙었다는 것은 긴 세월을 살았다는 의미이고, 그 얼굴은 지나온 연륜을 이야기하는 법이다. 하늘에 순응해 살았다면 곱게 늙었을 것이고, 파란만장하게 살았더라면 인상깨나 더러울 것이다.

일견에도 그는 절대 조용히 살지는 않았던 사람이었다.

하긴, 장몽궁의 집사이니……!

허방산은 픽 웃었다.

"그러지."

나이도 나이 나름이지.

건방진 그의 대답이 의외였던지 차천곤의 눈이 순간적으로 푸르스름해졌다. 하지만 그뿐이었다. 그는 힐끗하는 시선을 던지곤 이내 돌아서버렸다.

고얀 놈!

분명 그랬을 터, 그러나 그래 봤자지 뭐.

허방산은 금세 그를 잊어버렸다.

그럴 수밖에. 눈앞이 갑자기 엄청나게 환해졌던 것이다.

아아, 우물… 우물들. 저 우물들을 보라.

"으으……."

아구의 숨결이 단번에 거칠어졌다.

그와 허방산은 빙화전이란 전각의 앞뜰 물가에 배를 대놓고 있던 참이었다. 크지 않은 배였으나 비와 햇빛을 가릴 작은 선실도 있었고, 꽃무늬 가득한 화선이었다.

우물 다섯이 배 위로 오른다.

"주… 죽이는구먼요."

연분홍 얇은 비단에 휘어 감긴 여체들이다.

일컬어 오대무선. 개중에는 벽안금발의 호녀도 둘이나 섞여 있었는데, 하나하나가 다들 눈알이 튀어나올 정도의 절세가인들이었다.

"으으으……."

뱃전으로 오르며 언뜻 벌어지는 두 다리의 속살은 그야말로 옥을 깎아 만든 듯하다. 헤 하고 벌어져 있던 아구의 입은 백의면사녀 하나가 나타나는 순간 아예 귀밑까지 찢어졌다.

"서, 설빙염……!"

그녀는 그저 아름다웠다.

옷인지 살인지 모를 하얀 하늘거림에 면사 위로 보이는 그린 듯한 아미와 빙정처럼 냉염하게 반짝이고 있는 두 개의 눈망울은 그 정도만으로도 이미 절정이었다.

그 눈이 일순 아구를 쏘아봤다.

뱃전에 한 발을 디딘 채다.

바로 코앞, 세상이 멎는 듯한 순간의 정적!

"천한 놈."

여자의 면사가 약간 일렁였다. 그리고 아구 일생의 개망신이라 할 수 있는 사건은 그때 일어났다.

퇴에…….

쩍 벌어져 있는 아구의 입 안으로 뭔가가 쏙 날아들었다.

"우욱."

아구가 헛구역질을 했을 때는 이미 늦었다.

설빙염은 선실로 훌쩍 들어가 버렸고 웩웩거리느라 얼굴이 새빨개진 아구는 부서져라 이를 갈았다.

콰드드득!

이어지는 허방산의 한 소리, 그것이 결정타였다.

"소원성취했구나."

"우아아악!"

배는 한 척이 아니었다.

두 척이었다. 악공들과 빙화전 소속의 묘객 넷, 그리고 차천곤을 태운 배는 먼저 출발했다.

요물 여섯을 태운 꽃배는 그 뒤를 따랐고.

삐꺼덕… 삐꺼덕…….

하되 잘 나아갈 턱이 없었다.

왼쪽으로 가려니 오른쪽으로 가고 반대로 가려니 오히려 그 반대다.

"빌어먹을. 야, 그만 발광하고 어서 붙어."

"난 모릅니다."

"야, 그러지 말고 어서 와."

"모른다니까요!"

"너 죽을래?"

"으으… 참자, 참아. 참는 자에게 복이 있나니."

아구가 겨우 분을 삭였다. 하지만 노를 잡을 때까지도 식식거림은 좀체 멈추지 않았다.

"패는 시어미보다 말리는 시누이가 더 밉다 하더니, 내 오늘 그 말 뜻을 완전히 이해했시다."

"원, 자식. 어디에서 처 맞고 누구한테 화풀이야?"

"엠병할……!"

"뭐야?"

"쿵, 노나 저읍시다."

그래도 아구가 노를 잡자 배는 방향을 제대로 잡아간다. 결국은 한 바퀴를 빙 돌고서야 꽃배는 속력을 내기 시작했다.

"내가 젓는 것을 보고 그대로 따라하슈. 서로 박자가 맞아야 하니까 말이우."

"오오라, 그렇게 하는 것이었구먼?"

아구가 좌현, 허방산이 우현. 한바탕의 웃지 못할 악연 하나를 안고 배는 이내 살같이 흘렀다.

드디어 장강으로 접어들었다.

이제는 물살을 타고 흐르는 것이 아니라 거슬러 올라가야만 한다.

칠월의 마지막, 남동풍이 없었다면 정말 죽을 고생을 할 뻔했다.

돛을 장착한 배들은 바람을 안고 휙휙 지나가는데 이게 무슨 꼴인가. 순전히 완력으로만.

"먹치, 그 꺼먹귀신이 아예 작정을 했었구나."

"그, 그랬나 봅니다요."

앞 배만 해도 그렇다.

돛을 하나 올리니 그냥 거저 간다.

그러나 이 배는 아니었다. 암만 봐도 돛은커녕 돛대 세울 구멍조차도 없었다. 꽃배라서 그런가?

"빌어먹을……."

다행이라면 노질에 요령이 붙었다는 것이었다.

박자를 타니 좀 나았다. 그래도 팔뚝에 알통은 면할 길이 없다.

덥기는 또 얼마나 더운가. 머리 가죽을 홀랑 벗겨 버릴 것만 같은 엄청난 더위, 폭염도 그런 폭염이 없었다.

또 하나의 다행은 아구의 입이 귀를 심심치 않게 했다는 것, 그나마도 없었다면 진짜 괴로웠을 것이다.

"헹님, 마가대원에 가면 각별히 언행에 주의를 해야 합니다."

"왜, 놈들이 사람 잡는 백정이라도 되나?"

"농담할 기분 아닙니다, 저."

그러고 보니 아구의 안색이 전에 없이 심각했다.

희한한 놈일세. 그까짓 마가대원이 뭐라고 제놈 주제에 어울리지 않는 무게까지 다 잡는단 말인가.

"뭔데?"

"정말 모르시우?"

"몰라."

"창응겁(蒼鷹劫)은요?"

"몰라."

"그럼, 칠석지쟁(七夕之爭)은요?"

"모른다니까?"

"흐으……."

아구의 눈빛이 이상해졌다.

생전 처음 보는 신기한 동물을 바라보는 듯한 눈초리다.

저게 정말 묘객이 맞나? 아니, 이 땅에 사는 주먹잡이가 맞나? 그렇다면 어찌 강호사의 기본, 더하기 빼기의 기초도 모를 수 있단 말인가?

단순무식은 진즉에 알아봤었다.

그렇다고 이 정도였을 줄은 정말 몰랐다. 이것이야말로 완전 깡통이 아닌가.

"하이고."

아구의 눈빛에 연민이 섞였다.

저 얼쑹한 얼굴, 마치 신천지를 대하고 있는 듯한 더벅머리 촌뜨기의 표정에 초롱초롱하기만 한 저 눈동자라니.

으와, 미친다.

"에효……."

어디부터 설명을 해주어야 하나?

그러고 있는데 위인 왈,

"누구 죽었냐? 짜식… 젊은 놈이 한숨은."

"어이구, 내가 못살아."

"임마. 어서 읊어봐. 네가 그러니 더 궁금해지잖아?"

그래. 꺼벙한 촌놈 귀 틔워주는 차원에서 내 인심을 쓰자.

아구는 헛기침 몇 번으로 목청을 가다듬었다.

"과거 이백 년 전 구천무문(九天武門)이라는 곳과 척천오장원(斥天五
將院)이란 무리가 서로 강호의 패권을 놓고 싸웠답니다. 그러다가 칠월
칠석 날을 기해 구천이 척천을 완전히 까부쉈다는데, 그것이 칠석지쟁이
고요."

"계속해."

"그 후 구천무문은 넷으로 나누어져 강호에 군림했습니다. 물론 소림
을 위시한 전통의 구파일방이 건재해 있었지만 지금까지도 그들을 어찌
하진 못했습니다. 그 정도로 구천사가는 강했던 것이지요."

"그런데?"

"예. 그런데 이십사 년 전인가, 그중 둘이 합세해 하나를 공격했습니
다. 연합한 자들은 북천밀가(北天密家)와 촉산이매가(蜀山魑魅家)란 자들
인데, 그들에게 불시에 공격당한 창응만리가(蒼鷹萬里家)는 그만 초토화
되고 말았습니다. 그때의 혈사를 일컬어 창응겁이라 하지요."

"왜, 왜 그랬대?"

"창응이 강했기 때문이지요."

"강하다고 쳤단 말인가, 그것도 두 놈이서?"

"예."

"추잡한 족속들이로구면."

"두말하면 입 아프죠."

"한데 그딴 것들이 우리와 무슨 상관이 있다고 그러지?"

허방산의 관심은 그 정도였다. 그는 칠석지쟁이나 창응겁 따위에는 아무런 흥미도 없었다.

그가 멀뚱멀뚱하자 아구의 눈에 서려 있던 연민지정이 이제는 안타까움으로 변했다. 아구는 다시 한 번 한숨을 푹 내쉬었다.

"참 답답합니다."

"뭐가?"

"제가요."

"왜?"

"눈치가 없으면 코치라도 있어야 하는데, 헹님 같은 완전 깡통 돌머리를 헹님으로 모시고 있는 제가 너무나 한심하다 이겁니다."

"뭐, 뭐야? 오라… 그럼 너 그 마가대원이라는 곳이……?"

"…곳이?"

"그 촉산인가 북천인가 하는 곳은 설마 아니겠지?"

"촉산은 사천에 있고 북천은 천진에 있시다. 그러나 헹님의 말씀도 그리 틀린 것은 아니오."

"그, 그게 무슨?"

"마가대원이 선 자리가 바로 구천무문의 종가요, 장문가였던 창응만리가의 옛 터전이라오. 그리고 현재의 마가대원은 촉산이매가의 전위 세력이고요."

"아하."

"그러니 조심하란 말씀이외다. 자칫하단 쓱싹, 이렇게 되고 마니까요."

아구가 손으로 목을 긋는 시늉을 했다.

"흠, 그렇게 못된 놈들이더냐?"

"말씀 마십쇼. 촉산이매가는 말 그대로 도깨비, 천하사마의 종주격인 놈들인데, 그런 놈들에게 피와 눈물이 있겠습니까?"

"그래도 설마?"

"설마가 사람 잡는답디다. 하여간 조심허슈, 헹님."

"알았다."

간단한 설명이었으되 그것이 당금 강호무림의 판도였다.

당세는 구천사가의 천하.

그중 창웅만리가는 이미 멸망했고, 다른 일가인 춘추백검가(春秋百劍家)는 파양호에 칩거해 있으니 중원무림을 남북으로 나누어 지배하고 있는 절대강자는 바로 촉산이매가와 북천밀가였다.

"……?"

아구의 고개가 갸우뚱해졌다.

허방산, 그가 갑자기 침묵을 지키기 시작했던 것이다.

아니, 그냥 침묵 정도가 아니었다. 노질마저 멈출 정도로 그는 깊은 상념에 빠져들었다.

단아한 얼굴에 굴강해 보이는 입매. 저것이 그의 본모습일까?

어떨 때는 너무도 폭급하고 어떨 때는 너무도 능글능글한 이면을 보여주는 사람. 대체 무슨 생각을 저리도 골똘히 하기에 노질마저 잊고 있는 것일까?

허방산이 고개를 든 것은 한줄기 싸늘한 교갈 때문이었다.

"쓸모없는 것들. 배가 뒤로 가고 있지 않느냐?"

“……!”

“억!”

아구가 부랴부랴 노를 저었다.

그마저도 허방산을 보고 있느라 손을 놓고 있었던 것이다.

허방산도 보조를 맞추기 시작했다.

노질 한 번, 두 번, 세 번째에 이르렀을 때 그는 장몽궁 예비 묘객 본연의 표정을 완전히 회복했다.

아울러 걸쭉한 입담도.

“계집년이 함부로 입을 놀리는구나.”

“뭐, 뭐라? 계집… 년?”

보나마나 서슬이 퍼럴 것이다.

아나나 다를까, 선실 쪽 문이 꽝 하고 열리며 설빙염의 서리같이 서늘한 교구가 나타났다. 그와 더불어 쌍심지가 돋아 있는 두 개의 눈도 나타났다.

“어디 다시 한 번 주둥아릴 나불거려 보아라. 계집년이 어쨌다고?”

“허어, 참으로 고약한 계집이로다. 생긴 것은 그렇지 않거늘 아녀자의 입이 어찌 그리 시궁창이란 말이냐?”

“……!”

기가 막혔나 보다.

설빙염은 말도 하지 못했다.

“이, 이……!”

그러나 허방산은 픽 웃으며 그녀를 외면해 버렸다.

“계집만 아니었다면 벌써 패대기를 쳐도 열 번은 쳤을 것이다. 하나 한 번만 더 함부로 입을 놀렸다간 너는 이 장강의 뱀장어 새끼 얼굴이 어찌 생겼는지를 직접 네 눈으로 보게 될 것이다.”

"……!"

설빙염의 시선이 걷잡을 수 없이 흔들렸다.

한데 분노가 극에 달하면 오히려 잦아들어 버리는 것일까.

그녀가 그랬다. 설빙염은 이내 소맷자락을 떨쳐 내며 후르르 선실로 들어가 버렸다.

"헤, 헹님 최고!"

아구가 엄지를 추켜세웠다.

딴에는 고소했던 모양이었다. 그는 이어 나직하게 다짐하듯 중얼거렸다.

"내 언제고 반드시 저년의 몸뚱이에 초장을 발라 버릴 거야."

"아서라. 오히려 긁히지나 말고."

"두고 보십쇼. 내 꼭 해내고 말 테니."

"자식, 쫀쫀하기는."

그러자 아구가 벌컥 화를 냈다.

"쫀쫀하다니요. 나같이 천하절세 인내심의 소유자였기에 망정이지, 모르긴 몰라도 헹님 정도였다면 벌써 피를 보고도 남았을걸요?"

하긴……!

그 정도의 망신이었으면 웬만한 성질들은 벌써 혀를 깨물었던지, 물로 뛰어들었던지 이미 끝을 보고 말았을 것이다.

여자도 독했고 사내도 독했다.

그런 의미에서는……!

고도 남경. 후한의 오나라 손권이 건업이란 이름으로 도읍을 삼았던 곳이고, 명의 건국과 함께 응천부라 불린 수도였으며 북경으로 수도를 옮긴 후엔 남경으로 불려지기 시작한 역사의 도시이다.

그 북동쪽.

장강에서 수로로 이어진 큰 호수 하나가 있었으니 바로 현무호였다.

그리고 그 현무호에 그림자를 드리우고 있는 청량산 기슭에 자리하고 있는 대장원이 바로 마가대원이었다.

마가대원.

아니, 창응만리가의 옛 터전.

대지 면적으로 치자면 거의 백만 평에 달하는 광대한 규모이다.

과거 창응겁이라 불린 대혈사 이후 북천밀가는 창응만리가의 기진이보와 장경고를 털어갔다. 그리고 촉산이매가는 그 땅에 아예 자신들의 둥지를 틀고 마가대원이라 불렀다.

마가대원은 아침부터 붐볐다.

오늘은 마가대원주 염마사혼(閻魔死魂) 마등(馬登)의 환갑 잔치가 있는 날이다.

남경 일대의 이름있는 무가, 관계, 상계의 거두란 거두들이 앞을 다투어 줄을 섰고, 그들이 내놓은 선물이 산더미처럼 마당에 쌓였다.

"만수무강하십시오, 마 원주."

"헛헛헛… 고맙소이다, 이 대인."

마등.

그리고 그의 동료이자 휘하인 마가의 오대고수.

그들은 일렬로 늘어서 축하객들을 맞이했다. 기나긴 축하 행렬은 거의 점심 무렵이 되어서야 겨우 끝을 보였다.

이어지는 것은 본격적인 주흥.

그 너른 본청의 앞마당도 천 명 이상이 술상과 함께 들어앉자 오히려 비좁아 보일 정도였다. 중앙만 공연을 위해 얼마간의 공간이 비었을 뿐 마당 전체가 꽉꽉 들어찼다.

무가인지라 시작은 역시 검무였다.

예쁘장하게 생긴 동남동녀 한 쌍이 나와 손에 땀을 쥐게 하는 기예를 연출해 냈다. 머리칼이 잘려져 나가고, 칼날에 스친 목덜미에도 은은히 핏기가 배어 오른다.

실전을 방불케 하는 아슬아슬한 곡예.

좌중의 우레와도 같은 박수 소리와 함께 검무가 끝나고 드디어 장몽궁의 오대무선과 설빙염이 소개되었다.

"기대하셔도 좋소이다, 여러분. 황제 폐하께서도 보고자 하셨다던 바로 그 백리향의 호선무요."

"와아… 와……."

"우……."

소개자는 마가의 집순인 귀검(鬼劍) 음자해(陰嵫解).

음산하게 생긴 사십 중반의 사내였는데, 화려하기 그지없는 자색 장포가 그의 인상을 오늘만은 금칠을 해주고 있었다.

좌중이 일시에 물을 끼얹은 듯 조용해졌다.

악공들이 자리를 잡고 오대무선과 설빙염이 그 천상의 자태를 나타냈다.

자태 하나만으로도 숨을 멎게 하기에 부족함이 없는 그녀들이다.

여기저기서 마른침 삼키는 소리가 뇌성처럼 들리는 가운데 이윽고 반주가 시작되었다.

두웅— 두둥— 둥—

주악은 정고(正鼓)였다.

협악은 적고(笛鼓)와 동발(銅鈸), 그리고 공후(箜篌:하프와 비슷한 현악기). 이어서 무희들의 선무가 시작되었다.

돌고 돈다.

가슴은 현을 따르고 손은 북장단을 좇는다.

소맷자락 휘도는 눈처럼 허공을 맴돌고 빙글빙글, 휘어이 휘어이…….

나풀대는 붉은 사건 길고 길게 그림자를 남기고,

회오리바람처럼 흐르다, 흐르다 허공에 흩어진다.

가히 선녀선무.

그러다 어느 결인가, 노랫가락 한 소리가 선무의 박자를 넘나들기 시작했다.

두견이가 피를 토하듯 애절하기 그지없는 가락이었다.

가사도 모르고 내용도 모르나 그것은 알고 모르고가 도통 상관없는 가락이었다. 가슴에 슬픔의 문이 열리고 눈엔 눈물이 글썽해진다.

과연, 과연 천하제일창(天下第一唱)!

설빙염의 노랫소리는 마가대원의 심금을 울렸다.

그러나 그것은 결코 해서는 안 될 짓이었다.

왜냐하면 지금은 회갑연의 기쁜 자리, 울려야 할 자리가 아니라 웃겨야 할 자리였던 것이다.

쩡!

누가 검신을 튕겼던 것일까. 갑작스런 검음 한줄기가 날카롭게 일어나 설빙염의 소리 장단을 끊었다.

자연히 반주도 잦아들었고 선무도 멈췄다.

그와 동시에 한 사람이 바람처럼 설빙염의 면전으로 들이닥쳤다. 바로 음자해 본인,

"요망한 년……."

그는 자신의 애검을 뽑아 들고 있었다.

검신을 튕겼던 사람도 음자해였다.

"감히 어느 안전이라고, 흐흐흐… 좋아. 기쁜 날이니 내가 참지. 하지

만 노래는 그만 하고 대신 춤을 춰라, 알겠느냐?"

음자해는 당연히 그리될 줄 알았다.

그러나 그것은 오산이었다.

설빙염은 일언지하에 그의 명을 거절했다.

"소녀는 춤을 출 줄 모릅니다."

칼같이 단호한 어조는 금방이라도 무서리가 내릴 것만 같은 차가움이었다.

순간 음자해의 눈에서 섬뜩한 잔망이 흘러나왔다.

"그래?"

"예."

"죽는다 해도 말이냐?"

"죽는다고 어찌 못 추는 춤이 다 추어지리까."

"흐흐흐흐… 어디 두고 보자."

이미 빼어 든 칼이다.

그렇지 않아도 경망스럽게 괜히 뽑아 들었나 싶어 부담스러웠던 칼이었다. 칼끝으로 설빙염의 봉긋한 가슴 한복판을 지그시 눌렀다.

"다시 한 번 묻겠다. 추겠느냐, 죽겠느냐?"

"……!"

설빙염은 더 이상 입을 열지 않았다.

다만 얼음처럼 차가워진 눈으로 음자해의 눈을 주시하고 있을 뿐 그녀는 눈썹 하나 까딱하지 않았다.

"죽겠단 말이냐?"

난처해진 것은 음자해였다.

대촉산이매가의 고수가 무공도 모르는 일반 가기의 가슴에 칼을 겨누고 협박이나 하고 있다니.

무려 천 명이 넘는 하객이었다.

그 모든 눈들이 일제히 이 돌연한 변고의 귀추를 주목하고 있으니 이럴 수도 없고 저럴 수도 없다. 그야말로 장난하다 불낸 꼴이 아니고 뭔가.

"네 정녕……?"

눈이 확 뒤집혔다.

재수 옴 붙었다. 하나 이미 달리는 호랑이 잔등 위였다.

"이런 찢어 죽일 년이?"

칼자루에 힘을 줘 서서히 밀어 넣었다.

풍만하게 부풀어 올라 있는 젖무덤 사이, 그 하얀 백의가 선홍빛 핏물로 젖어들기 시작했다. 그래도 요지부동이었다. 설빙염의 시선에는 잔물결 하나 일어나지 않았다.

"도, 독한 년……!"

칼은 벌써 한 치 이상을 파고들었다.

더 이상 들어가면 진짜 절명하고 만다.

그때였다. 오대무선이 일제히 무릎을 꿇었다.

"대, 대인 어른… 용서를!"

"천한 것들이 어쩌다 대인의 심기를 어지럽혔나이다. 부디 자비를 베풀어주사이다, 대인."

이구동성의 애원이었다.

눈물의 애원, 게다가 마등의 만류도 있었다.

"좋은 날, 피를 보면 마가 끼는 법이다. 집순은 그 계집을 놓아주도록 하게."

"음……."

음자해가 마지못한 듯 칼을 거뒀다.

"괘씸한 계집. 운이 좋은 줄 알아라."

"……!"

설빙염은 눈을 뜬 채로 혼절해 쓰러졌고, 악공 하나가 허겁지겁 그녀를 들쳐 없고 마당을 빠져나갔다.

아연했던 좌중 여기저기서 들릴 듯 말 듯한 소란이 일어났다.

그 소리는 다시금 이어지는 북소리에 묻혀들었고, 한 여인의 애절한 반항 한 자락도 금세 잊혀져 버렸다.

두둥둥… 두둥둥…….

북소리는 슬프게도 높아만 간다.

더 슬픈 것은 춤은 더 계속되어야 한다는 바로 그 사실이었다.

눈은 울고 몸은 웃는다. 반주를 따라 돌아가고 있는 무선들의 발끝에 하얀 한이 맺혔다.

"허허, 참. 이거야말로 진퇴양난이 아닌가."

"그게 무슨 말입니까, 집사 어른?"

본청 밖.

설빙염의 상세를 응급조치한 연후, 외전에서였다.

심각한 표정으로 줄기차게 연초를 빨아대고 있는 차 집사에게 아구가 토를 달았다.

"자네들은 모르나? 빙화전주는 이곳에서 별도의 임무를 수행했어야 될 사람이었네. 한데 일이 그만 이 지경이 되고 말았으니…… 이젠 어쩐다?"

"뭘 어째요?"

"문제는 그녀로 인해 우리 전체의 일이 그르치고 말았다는 거지."

"그럼, 혹시?"

"허허… 마가의 초청 정도로 노부나 빙화전주가 어디 올 사람이던가?
당연히 다른 계획이 있었던 게지."

"아."

허방산이 불쑥 끼어든 것은 그때였다.

"노털, 무엇을 도와주면 되나?"

"허허허… 눈치가 빠르구먼?"

"말해 봐. 도와주겠다."

허방산, 그의 목소리는 약간 들떠 있었다.

그도 본청 앞에서 행해진 일련의 작태를 직접 목격했던바, 그의 음성
이 전에 없이 격앙되어 있는 것은 바로 그 때문이었다.

"한 사람만 있으면 되네. 빙화전주를 대신할."

"내가 하지."

"혜, 헹님?"

"좋네. 자네 정도라면, 허허… 닭 대신 꿩이 될 수도 있겠지."

대관절 무슨 소린지.

닭이나 꿩은 뭐고 계획은 또 무엇이란 말인가?

하여간 그들이 있던 자리도 잠시 후엔 텅 비었다.

제5장 창응표

창 응 표

땅굴 전문이라 하더니만 과연이었다.

파바바바박—!

기가 막혔다. 정말 두더지가 따로 없었다.

목발처럼 생긴 짧은 십자괴(十字拐) 한 쌍을 사용했는데, 채 일각도 되지 않아 그들은 벌써 일 장 가까이나 땅굴을 뚫었다.

서씨 형제. 저희끼리 말하는 것을 들어보니 형이 서량(鼠梁)이고 동생이 서추(鼠錐)였다.

"형님, 여기……."

"알았다."

반 식경 전이었다.

살금살금 도둑 고양이처럼 잔치를 벌이느라 텅 비다시피한 마가대원의 내원 가산을 파고들었다.

아니, 들어올 땐 걸어서 들어왔었다. 입구 근방에 오래된 석등 하나가

서 있었는데, 차 집사가 석등 어딘가를 더듬자 석등이 발랑 나자빠지며 시커먼 암도가 드러났다.

그러나 단 삼 장도 진입하지 못해 난관에 봉착했다.

암도가 왕창 무너져 내려앉아 있었던 것이다. 할 수 없이 암도 밖으로 나와 돌로 된 암도 벽을 따라 지하로 굴을 파면서 진행해 가고 있던 참이었다.

일행은 넷이었다.

차 집사와 그가 데려온 사십 중반의 서씨 형제, 그리고 허방산.

그중에서도 허방산은 완전한 국외자였다.

필요한 말은 저들끼리만 했고 허방산도 끼어들지는 않았다.

구태여 그럴 필요가 없었던 것이다. 그러나 한편으로는 뭐 하러 데려왔느냐고 소리쳐 묻고도 싶었다.

어쨌거나, 땅굴은 계속해서 이어졌다.

파파파… 파팟팟팟팟…….

대체 무슨 재간으로 파나가는지는 모르나 정말 대단했다.

겨우 사람 하나 엎드려서 지나갈 수 있는 원형의 공간이었지만, 완벽했다. 게다가 반출해야 될 토사도 나오지 않았다.

한참 만에야 그 이유를 깨달았다.

서씨 형제는 땅을 파내는 것이 아니라 그 주위 토사의 미세한 공극 사이로 잔토를 밀어 넣어버렸던 것이다.

귀신도 울고 갈 재주였다. 그래서 '땅굴 전문'인가?

놈들이 그랬다.

"이십 년이나 걸어온 외길이오."

"내년쯤엔 책도 내볼 참이오."

웃기는 자식들. 무덤이나 파먹고 살던 도굴꾼 주제에 책은……!

'제기랄……'

고역은 따로 있었다.

차 집사. 그 늙은이의 삐거덕거리는 엉덩짝이 바로 코앞에 있었던 것이다. 볼품없이 삐쩍 마른 엉덩이 두 짝, 그걸 보고 가자니 갑자기 헛웃음이 나왔다.

'이거야말로 땅강아지 놀음이 아닌가.'

흙투성이의 땅강아지 네 마리가 꼬리에 꼬리를 물고 굴을 파며 나아간다. 핫핫.

그러다 앞의 어떤 놈이 방귀라도 뀐다면……?

선두의 땅강아지 두 마리. 그들은 신통한 재주도 부렸다.

십여 장 거리 단위로 허리 정도는 펼 수 있는 제법 커다란 공간을 만들어냈으니.

"좀 쉬었다 합죠."

"헥헥… 헥……."

하긴 땀도 안 나면 그게 어디 사람일까, 진짜 두더지지.

힘이 들긴 드는지 가슴이 벌렁거리도록 가쁜 숨을 몰아쉰다.

차 집사도 뭐가 그리 긴장되는지 힘 한 번 쓰지 않은 주제에 이마에 땀방울까지 매달고 있었다.

불빛이라곤 서량 형제가 쓰고 있는 철모의 이마 부분에서 흘러나오고 있는 희미한 야광주의 광채뿐인 곳.

문득,

"아, 안 됩니다."

서량이 질겁해 외쳤다.

차 집사, 그가 이 와중에서도 담뱃대에 불을 붙이고 있었던 것이다. 알고도 그랬는지, 모르고 그랬는지는 모르지만.

서량의 입이 툭 튀어나왔다.

"다 죽이시렵니까? 이런 외통에서 연초를 태우면 숨이 막혀 다 죽는다고요."

"아, 알겠네. 노부가 그만 깜박했네그려."

뜨겁지도 않은 모양이다. 늙은이는 얼른 손으로 담뱃불을 비벼 껐다. 늙은 골초가 이젠 망령든 꼴통 소리까지 듣고 싶은가.

허방산은 그를 가만히 살펴봤다.

의혹투성이의 늙은이다.

이곳은 어찌 알고 또 무엇 때문에 굴까지 파가면서 진입하고자 하는 것일까. 말인즉슨 집 안의 모든 이목이 집중될 마등의 환갑 잔치를 이용했다는 뜻인데.

하면 이곳에 그 무슨 엄청나기라도 한 비밀이……?

'하긴…….'

이곳이 구천무가에서도 장문종가였던 창응만리가의 터전이라 했으니 뭔가가 있을 법도 하지 않은가? 그리고 보니 그는 석등의 비밀도 정확히 알고 있었고, 매사에 추호의 주저함도 없었다.

그렇다면?

가능성은 여러 가지였다.

하나는 그가 이미 멸문된 창응과 어떤 관계가 있다거나 최소한 그에 관해 뭔가를 알고 있다는 것. 다른 하나는 설빙염이란 장몽궁의 가기도 관련이 되어 있으니 그녀 또한 한패라는 것.

그럼 설마 떼거리로 도둑이나 도굴꾼?

그러나 분위기로 보자면 그런 것은 아니었다. 그럼 뭘까?

골이 띵했다.

'제길, 알 게 뭐야?'

그렇다. 알 바 없는 일이다. 뭔 짓거리를 하던지 간에.

서씨 형제가 다시 십자괴를 잡고 웅크렸다.

"시작합시다, 형님."

"그러자."

십여 장을 더 전진했다.

문제가 생긴 것은 거기에서부터였다.

팅! 팅……!

쇠로 만들어진 십자괴가 불똥과 함께 팅겨났다.

암반, 암반을 만난 것이다. 몇 번 더 해봐도 결과는 마찬가지였다. 결국 두더지들이 손발을 다 들었다.

"헥헥헥… 도저히 더는 안 되겠는데요, 어르신?"

"쇠만큼이나 단단한 화, 화강암입니다요."

"그래?"

차 집사의 엉덩짝이 재빨리 사라졌다.

이번엔 두더지 세 마리가 한꺼번에 달라붙었다.

그래, 자 무슨 뾰족한 수라도 있을까?

한데 그것이 아니었다. 늙은이는 뭔가가 달라도 달랐다.

십자괴가 그의 손에 쥐어지자 그 단단하기만 하던 암반이 마치 퍼슬퍼슬한 흙덩이처럼 힘없이 떨어져 나가고 있지 않은가.

우와, 늙은이가 힘도 좋네.

허방산은 새삼 경탄했다.

그러나 그것도 서너 자에 불과했다. 늙은 두더지도 힘에 부치는지 결국은 물러서고 만다.

"허어, 참……!"

난감한 모양이었다.

한참 혀를 차더니 허방산을 바라봤다.

은근한 눈빛, 네가 나서라는 뜻이다. 허방산이 손사래를 쳐서 그를 막았다.

"그러지 말고 이 옆을 뚫어보지?"

그가 손으로 탁탁 치는 곳은 암도의 석벽이었다. 그러자 서량 형제가 뭐 저런 놈이 있느냐는 눈빛을 쌍으로 던져 왔다.

"한 번 무너진 곳은 백이면 백, 또 무너지는 법이오."

"불가, 불가합니다."

그들도 장몽궁의 묘객이었다.

사십을 훌쩍 넘어선 나이인데도 허방산의 소문을 듣긴 들었는지 말만은 제법 공손했다.

사실 허방산 본인만 모르고 있었지 그에 대한 소문은 장몽궁 전체에 파다하게 퍼져 있는 실정이었다.

말본새 더러운 무식한 쇠주먹.

일명, 허치(許癡)라고.

놈에게 잘못 걸리면 한순간에 묵사발이 되고 마니 주의하라는 경고 사항도 함께 말이다.

"쩝……."

머쓱했다.

웬만하면 버텨보겠는데 전문가가 하는 말이니 아니라 박박 우길 수도 없고.

'오라질 곰배팔이 자식들…….'

나설 수밖에 없었다.

어차피 이럴 경우를 예상해 데려왔을 터, 서추의 십자괴를 건네받아 손바닥에 퉤에! 침을 발랐다. 그리고 일격,

퍽!

잘은 들어간다.

진짜는 그 다음이었다.

퍼낼 수도 까낼 수도 없는 돌덩이를 어찌할 수 있겠는가? 그저 쑤시고 쪼아댔을 뿐이다. 안 되겠다 싶었는지 차 집사가 그의 옷소매를 잡아 앉혔다.

"내 구결 하나를 일러줌세. 둔철파석결(遁鐵破石訣)이라는 것인데 이럴 경우에 요긴하게 쓰일 수 있는 것이라네."

"그, 그럼 당신이 직접 하지?"

"허허… 보았지 않았나? 마음만 있지 노부는 늙어서 힘이 없다네."

"그래도……."

"왜, 도와준다고 하더니 그새 마음이 변한 건가?"

"제길, 그럼 읊어봐."

차 집사가 일러주는 내용은 간단한 것이 아니었다.

진기를 나선형으로 폭장시켜 쇠도 뚫는다는 요지였는데 강호상의 내가고수가 아니라면 꿈도 꾸지 못할 진짜 무공요결이었다.

한참 후,

"어떤가, 한 번 더 외워줄까?"

"됐어."

"기억하기 어렵다면 내 실용 요령만 다시 설명해 줌세."

"됐다니까!"

팩 하고 돌아섰다. 처음엔 잘 되지 않았다. 하지만 요령이 붙고 나니 이건 돌개바람이 따로 없었다.

파바바바바박…….

돌먼지가 구름처럼 일어났다.

"윽!"

"캘록, 캘록……."

서량 형제가 재빨리 몸을 피했다.

하나 차 집사는 피하지 않았다. 파편처럼 부서져 나오는 돌 조각 사이에서 그의 눈은 혼돈의 연못처럼 유현하게 빛을 발하고 있었다.

그래 저놈,

저놈 정도라면,

저 정도로 깨달음이 빠른 놈이라면……!

"제기랄, 제기랄."

연방 투덜대면서도 허방산의 손길은 멈추지 않았다.

그러길 열 척이나 뚫고 들어갔을까, 돌 조각이 비산되는 양이 현저하게 줄어들기 시작했다.

맥이 탁 풀렸다.

사생결단, 죽어도 이루어야 한다는 사명이나 신념이라도 있었다면 모를까, 냄새 나는 늙은이 뒷구멍을 좇으려고 하는 짓거리니 있는 힘도 그냥 새나가 버린다.

"후아……."

십자괴를 내팽개치고 나와 털썩 주저앉았다.

이마에 흘러내린 땀방울을 훔치고 있는데 차 집사가 그를 함빡 추켜세웠다.

"대단한 용력이고 신력이네."

"신력은 무슨 얼어 죽을 신력."

"더 이상은 힘들겠는가?"

"죽겠어. 한데 대체 어디를 가려고 이런 미친 짓거리를 하고 있는 거야?"

"그건 두고 보면 알 걸세."

"그래?"

"아마 깜짝 놀라게 될 걸세. 그리고 정히 진력이 달리면 이것의 힘을 빌려보는 것이 어떻겠나?"

"뭔데?"

"보게."

차 집사가 품에서 옥갑을 하나 꺼냈다.

옥갑에서 나온 것은 밀랍에 싸인 단약 세 알이었다.

크기는 호두 정도, 밀랍이 떨어져 나가자 일순 머리 속이 다 시원해지는 향기와 함께 누런 금단이 나타났다.

차 집사가 히죽 엉성한 이를 보였다.

"약응이란 전설의 명의가 연단한 것인데 단약의 명칭은 패왕대력환이라고 한다네. 한 알만 먹어도 힘이 황소보다 더 세어지지."

"패왕대력환?"

"그렇다네. 어떤가? 노부가 보기에는 이 방법밖엔 도리가 없을 것 같네만."

"그렇게 좋은 것이라면 늙은이가 먹지 왜?"

"허허… 명약일수록 주인이 따로 있는 법. 노부가 복용한다면 모르긴 몰라도 약효가 절반도 나지 않을 걸세."

"그럼 저기 서씨들에게 먹여보던지."

"그들은 내공이 없어. 내공은 노부와 자네에게만 있네. 안 그런가?"

"쳇."

완전히 막다른 골목이다.

어쨌거나 영단이라는 데야. 설마 이 판국에 독약을 내놨겠는가. 못 이기는 척 한 알을 먹어봤다.

알싸한 약향이 식도를 타고 흐른다.

잠시 후, 허방산은 늙은이의 말이 거짓이 아니었음을 몸으로 실감할 수 있었다. 정말로 힘이 용솟음치듯 콸콸 솟구쳐 올랐던 것이다.

"정말이네?"

"허허… 젊은 친구가 의심도 많기는. 나머지도 마저 들게."

"그럴까?"

"그러게. 한 알 정도로는 어느 세월에 안가(安家)에 닿을 수 있을지 모르니 말일세."

"안가?"

"그런 게 있네. 허허… 가보면 안다고 하지 않았던가?"

안가라. 허방산은 조개처럼 다물어지는 차 집사의 입을 바라보며 남은 단약 두 개를 한꺼번에 꿀꺽 삼켰다. 이윽고,

"우웃……!"

그 옛날 세상을 창조했다는 반고가 이러했을까. 한 주먹으로도 산을 뭉개 버릴 것만 같은 거력이 창창하게 일어났다. 전신 경락에 회오리치듯 일어나기 시작하는 무궁무진한 진력.

"한번 해볼까?"

퍼버버버벅… 퍼퍼퍽…….

노도처럼, 패왕대력환의 약력에 둔철파석공의 요결, 거기에 합쳐진 허방산의 본신진력은 단 반 시진도 지나지 않아 무려 삼 장 길이에 이르는 긴 동혈을 만들어냈다.

"어?"

한데 뭔가가 이상했다.

다름이 아니었다. 그 용솟음치던 진력이 마치 썰물 빠지듯이 사라져 가고 있지 않은가. 이렇게 허망할 수가. 그 이름도 거창한 패왕대력환의

약효가 겨우 반 시진에 불과할 줄이야.

허방산은 씁쓸하게 웃었다.

'그럴 수도 있겠지. 줄기장창 약력이 계속된다면 그게 어디 약인가? 신령님 아랫도리지.'

아무튼 손바닥에 느껴지는 감촉은 굉장히 엷어졌다.

마지막 혼신의 힘을 다했다.

"이야아……!"

콰앙!

뻥 뚫렸다.

자욱한 먼지, 그리고 그 순간에 밀려드는 매캐한 냄새.

일순 눈이 부셨다. 태양처럼 느껴지는 빛, 그것은 주먹만한 크기의 야광주 하나가 발산하고 있는 보광이었다.

안가인가? 드디어 그 목표지에 도달한 것인가?

그랬는데,

"아이고……!"

어떤 놈이 무지막지한 힘으로 그를 밀쳐 냈다.

급속히 사라진 진력 때문이었다. 다리가 꼬여 털퍼덕 넘어지는 그의 등을 밟고 차 집사가 저만치에 훌쩍 내려섰다.

"으흐흐흐……"

기묘한 웃음이었다. 희열인가?

그의 웃음소리가 은은한 반향의 메아리로 들려온다.

"으으……"

열나게 파놨더니 이 늙은 싸가지가……!

허방산은 안간힘을 다했다.

겨우 고개가 들렸다. 사방 스무 자 정도 크기의 정방형 석실이 시야에 들어왔다.

석실은 텅 빈 공간이었다.

그 흔한 집기도 하나 없었다. 그저 횡한 석실의 바닥에 시체 두 구만이 썰렁하게 나뒹굴고 있을 뿐이었다.

시체 둘, 그리고 차천곤과 서씨 형제.

시체는 바싹 마른 목내이였다.

실내가 밀폐되어 있었는지라 그것은 이해가 되는데 시신의 모습이 보는 이를 깜짝 놀라게 했다.

"……!"

숨이 끊겨도 머리칼은 자라난다고 했다.

그래서인가. 바닥에 엎어져 있는 목내이의 머리칼은 회백색 수초처럼 길게 자라 온 바닥을 뒤덮고 있었는데 진짜 경악은 그 다음이었다.

차 집사가 발끝으로 시신을 뒤집는 순간이었다.

"지, 지독하다."

허방산의 입에서 헛바람이 새어 나왔다.

참혹했다.

'어떻게 저럴 수가……!'

전신에 성한 곳이라곤 한 군데도 없었다.

팔 다리는 거의 으스러지다시피했고 바싹 말라 있는 얼굴마저도 그 형용을 알아보지 못할 정도로 처참하게 짓이겨져 있었다.

알아볼 수 있는 것은 윤곽 정도, 그리고 입고 있던 옷이 하나는 금의였고 하나는 백의였다는 것이 전부였다.

둘 다 노인이었다.

목내이라서가 아니라 결코 오십 이하는 아니었다.

"흐흐흐……."

문득 차 집사의 괴기한 웃음소리가 또다시 반향을 일으켰다.

뒷모습만 보이고 있었기에 표정을 보지 못하는 것이 아쉬웠으나 격정에 흔들리고 있는 그의 몸은 볼 수 있었다.

원한일까, 감격일까. 그것도 아니라면……?

종잡을 수 없는 그의 흔들림을 보고 있는데, 그 늙은 싸가지 왈,

"들쳐 업게."

"예, 어르신."

"예."

서씨들이 인상을 쓰면서도 황급히 시신을 어깨에 둘러멨다.

그리곤 뒤도 돌아보지 않고 허방산을 타 넘었다.

뭐야, 이거 설마 그냥 가려고 하는 것은 아니겠지?

"어?"

일어나려고 하는데 아니었다.

일어나지기는커녕 오히려 그나마 들고 있던 고개마저 떨어지려고 하질 않는가.

"이, 이……!"

어찌 된 영문인지 한 올의 힘도 느껴지지 않는다.

몸은 완전히 물먹은 솜처럼 축축 늘어지기만 했다.

그 태산도 떠메고 갈 것만 같던 진력은 다 어디로 사라졌단 말인가. 이거야말로 속빈 강정 꼴이 아니고 뭔가.

"왜, 왜?"

이를 악물고 사력을 다했다. 그 결과 간신히 몸을 뒤집을 수는 있었다.

왜냐고?

그 대답이 바로 눈앞에 있었다.

죽일 놈의 영감쟁이, 차 집사의 주름살 가득한 입 부위가 묘하게 뒤틀

렸다. 내려다보며 한껏 웃고 있는 것이다.

그러면서 한마디,

"고생했네."

"으으……."

"한 가지 말해 주지 않은 것을 이제 알려주려 하네. 패왕대력환은 모든 것이 진짜야. 다만 부작용이 하나 있을 뿐이지. 그것은 복용한 사람의 진원잠력까지 깡그리 소모시켜 버린다는 것인데, 겪어보니 어떤가?"

"……!"

"진원잠력이 뭔지는 알 걸세. 한번 사용해 버리면 그 어떤 방법으로도 재생이 불가능한 선천지력이자 인간 최후의 근력임을."

"이, 이런 개같은 늙은이……!"

"하여간 고마웠네. 덕분에 수십 년에 걸쳤던 고민 하나를 말끔히 없앨 수 있었지 뭔가. 잘 가게. 그리고 노부를 원망치는 말게. 덕분에 이렇게 좋은 묏자리를 공짜로 얻었지 않은가. 으허허허……."

말미의 웃음소리는 저만치에서 들려왔다.

그렇다.

그는 이미 떠나가 버렸던 것이다.

적막이 찾아들었다.

무덤 같은 적막.

아니, 살아 있는 자가 있기에 진짜 무덤도 이만큼은 처절하게 고요하지 못할 것이다.

얼마나 지났을까.

허방산의 자조하는 웃음이 나직하게 실내를 울렸다.

"차라리 웃고 싶구나. 늙은이, 그러나 머리통은 너만 달고 있는 것이 아니야. 이래 뵈도 천 년을 이어온 천하제일 비류연의 적손이다. 그딴 쥐약은 세 알이 아니라 한 동이를 먹어도 상관없다."

패왕대력환이라고 했던가?

아무 대책도 없이 그 쥐약을 그냥 무턱대고 날름 삼켰던 것만은 아니었다.

"음……."

허방산은 특이하기 이를 데 없는 가전의 내공을 지니고 있었다.

그는 잠시 눈을 감고 자신의 내부를 자세히 들여다봤다.

여전히 드러누운 채로다.

확신 한줄기가 천천히 흘러나왔다.

"꼭 잘못되었다고만 볼 수는 없다. 전화위복, 덕택에 홍수가 쓸고 지나간 것처럼 전신 경락이 큰길처럼 넓어지고 쇠심줄처럼 질겨졌다. 못된 늙은이. 너는 나 허방산을 다시 만나보게 될 것이다."

그가 연성한 가전내공은 여느 내공심법과도 그 궤를 달리했다.

광양삼매결로 체내에 형성시킨 두 가닥의 이화진기를 서로 충돌시켜 가면서 일주천을 완료하고 이로 인해 형성된 뜨거운 내기를 단기로 축적하는 방식인데, 성격상 경락에 탁기나 노폐물이 머물지 못한다.

운기 도중 자연히 화기에 불타 버리기 때문이다.

일컬어, 이화단법(離火丹法)!

이화단법은 삼 단계의 경지로 나누어졌다.

단기가 정(精)으로 뭉쳐지는 최초의 소약경(小藥境)과 이화단정이 노숙해지는 대약경(大藥境), 그리고 마지막의 태신태약경(太神太藥境)을 말함인데 이 경지야말로 신마가 조화되는 이화금강의 경지였다.

가문의 염원은 바로 그 태신태약경의 완성을 보는 것!

허방산.

그는 소약이 형성되기 직전의 단계에 도달해 있었다.

한 번 형성되면 다시는 깨지거나 흩어지지 않는다는 내가단정이 소약으로부터 시작되는 이화단이다.

이화단정은 일정한 곳에 머물지 않는다.

제 마음대로 전신 경락을 흘러 다닌다.

그러기에 가만히 있어도 하루 열두 시진 내내 별도의 운기조식을 취하는 것만큼의 효력을 볼 수 있는 것이다.

"제기랄!"

지금까지 고련해 왔던 단기는 그 종적이 희미했다.

아직 단정으로 뭉쳐지지 못했기에 패왕대력환의 패도적인 약력에 대부분이 휩쓸려 가버렸던 것이다.

하되 그 근본만은 여전히 건재했다.

그 의미는 간단한 것이 아니었다.

이미 탄탄대로처럼 닦여져 있는 길이었기에, 다시 일어나기만 한다면 그야말로 질풍노도의 위력을 보일 것이었기에.

"시작해 보자."

그러길 얼마나, 허방산의 두 눈이 비스듬히 반개되었다.

입정. 이화단법을 운행하면 마치 고리눈처럼 눈동자에 하얀 원형의 테가 나타난다. 그 즈음이었다. 막 삼매경으로 돌입해 가고 있던 그 환안에 격한 떨림이 일어났다.

'뭐, 뭐지……?'

감정이라는 것, 그것은 의혹이었다.

반생반정(半生半定), 반은 깨어나 있고 반은 무아경에 머물러 있는 상태. 그는 자신도 모르는 사이에 숫자를 헤아리기 시작했다.

"하나, 둘… 아홉… 스물하나…… 서른여섯, 서른여섯 마리."

매[鷹]였다.

도합 서른여섯 마리의 짙푸른 벽응이 그의 망막 가득 떠오르고 있었다.

날고 스치며 반공으로 휘어진다. 날개를 퍼덕여 뒤로 날아오르기도 하고 발톱을 내밀어 허공 일각을 움켜잡기도 한다.

환상도 아니고 실체도 아니었다.

아아, 군무! 그랬다. 그것은 서른여섯 마리의 매가 이합집산하며 펼쳐 내고 있는 창공의 비천무였다.

"대체 어떻게 이런 일이……?"

허방산. 그는 서른여섯 마리의 비응에 둘러싸인 환각에 사로잡히며 순간적으로 자아를 잊었다. 그러나 결코 환각만은 아니었다.

그것은 이내 공포로 다가오기 시작했다.

엄청난 공포였다. 날카로운 부리는 서른여섯 개의 거대한 칼날로 변해 한순간에 전신을 난자해 들었다.

"우욱……!"

기혈이 들끓어 오르며 상중하 삼단전이 한꺼번에 들썩거렸다.

가히 혼돈경!

"시, 심마(心魔)……!"

탈피를 하려면, 기존의 껍질을 깨고 새로운 경지로 도약해 오르기 위해선 반드시 한 번은 겪어야 한다는 악마의 시험. 그것이 전혀 뜻하지도 않았고, 전혀 의도하지도 않은 상태에서 격하게 달라붙었다.

한 번 정신을 놓으면 영원히 놓아야 한다.

허방산은 비몽사몽 간에 두 눈을 부릅떴다.

"으으… 네 감히?"

그러나 똑같이 노한 눈.

서른여섯 마리 벽옹의 눈도 먹이를 덮치는 호랑이의 눈처럼 살기를 일으키며 덮쳐 들었다. 진검보다 더한 마음의 승부.

허방산의 몸에서 일순 불같은 기운이 폭발하듯 번져 올랐다.

이화단기가 마침내 일어났다.

삼매의 불기운이었다.

불은 천지간에서 가장 강렬하고 가장 신성한 것으로 모든 것을 태워 버린다. 사마요매도 마찬가지.

한 번 일어난 허방산의 이화단기는 마침내 뇌리를 파고드는 서른여섯 마리 비웅에게도 그 뜨거운 불 기운을 드리우기 시작했다.

"……."

언제부터인지는 모른다.

허방산은 좌정에 들어 있었다.

결가세, 책상다리의 자세. 그는 일체의 미동도 없이 언제까지나 그러할 듯 하나의 석상으로 머물러 있었다.

그렇게 얼마나 지났을까?

그의 몸에 장엄한 기운이 피어오르기 시작했다.

서기와도 같은 기운, 그와 동시에 한줄기 격한 법열이 그의 온 얼굴에 퍼져 나가기 시작했다.

한순간 그의 눈이 번쩍 뜨였다.

섬광과도 같은 광채가 한차례 실내를 환하게 물들였다.

그렇지 않아도 맑기만 하던 눈이었다. 그 눈이 지금은 심연처럼 더욱 청명하고 깊어 보인다.

"드디어 소약이 생성되었다. 십 년, 최소 십 년은 예상했었거늘……!"

약간 들뜬 듯한 목소리,

"할아버지가 이 사실을 아신다면 정말 기뻐하실 것이다. 이제는 추심

의 신녀공(神女功)도 내겐 맥을 추지 못하리라. 한데, 무엇이었을까. 그 새들은……?'

의혹 어린 표정, 그 표정이 한순간 경악으로 바뀌었다.

"저, 저것이다. 내가 봤던 것은……!"

그는 벌떡 일어섰다. 그리고는 꺾어져라 고개를 뒤로 젖혔다.

천장이었다.

아니, 더 정확히는 돌 천장에 양각되어 있는 한 폭의 부조.

천장 전체가 한 폭의 부조였다.

조각으로 표현되어 있는 도합 서른여섯 마리의 천웅이었는데, 모든 매가 날개를 펴고 있었다. 하지만 동일한 자세를 취하고 있는 매는 단 한마리도 없었다.

창공을 누비는 서른여섯 마리의 비천매.

"아아… 너무도 생생하다."

그가 봤던 것은 결코 환상이 아니었다.

그러나 꼭 진실만도 아니었다.

부조에 나타나 있는 매들은 모두 경직된 상태에 있었고, 그가 봤던 것은 그들이 함께 살아 어우러지며 군무로 그려내고 있는 일련의 춤사위였던 것이니.

"아아……."

지금의 부조만 봐서는 결코 당시의 비천무를 상상해 낼 수 없다.

보이는 것이 전부는 아닌 법, 진짜 중요한 것은 보이지 않는 것이 아니겠는가?

가히 일대의 기연!

마모된 상태로 봐선 근래의 작품이 아니었다.

최소 일, 이백 년 전의 솜씨였다. 대체 누가 이런 환상의 대작을 남겼

단 말인가?

그는 아마도 무림의 절대자였을 것이다.

왜냐하면 그가 부조로 나타내고자 한 것은 상상조차 하기 어려운 초상 승의 무공법문이었으니까.

"경공의 운신 요결이다. 굳이 이름을 붙이자면 창응표(蒼鷹飄)라고나 할까. 그러나 그것도 다는 아니니……."

그러다 보니 문득 생각나는 구절이 있었다.

"천응일비(天鷹一飛) 만리비상(萬里飛上)……."

바로 묘객원의 서가에서 꺼내 봤던 사백 자의 운신 구결이 아닌가.

어찌 된 영문일까. 어이해 그와 판박이처럼 일맥상통한단 말인가. 더 정확히 말한다면 글로 표현한 창응표의 기초 법문 정도.

대체 어떻게 이런 일이……?

"으으음……."

허방산의 표정은 경이에 가득 차 있었다.

게다가 가끔은 고개를 끄덕이기도 했고, 몇 번인가는 너울너울 춤을 추어보기도 했다.

그렇게 시간은 소리없이 흘렀다.

한 시진, 두 시진…….

하루가 다 가도록 그는 천장의 부조에서 눈을 떼어내지 못했다.

비밀의 석실. 차 집사도 이곳을 일컬어 안가라 했으니 과거 창응만리가의 중지임이 분명할 터, 여기엔 있어도 아마 커다란 사연이 깃들어 있을 것이다.

두 구의 시신과 창응표, 그리고 장몽궁…….

거기에 얽혀 있는 사연은 오직 신만이 알 수 있을 것이다.

제6장 낭월각에 둥지를

낭월각에 둥지를

우두두두둑…….

주먹 관절 튀는 소리가 요란하게 일어났다.

마른 콩깍지 튀어 오르는 소리와 함께 그의 고집스런 입매가 한껏 비틀어졌다.

"피하려면 피해봐."

무지막지한 주먹, 그 주먹이 곧장 허공을 갈랐다.

피하고 자시고 할 틈도 없었다. 사전 경고가 있었음에도 불구하고 먹치는 미처 피해내지 못했다. 허방산의 쇠주먹은 그대로 그의 아랫배에 틀어박혔다.

퍼억.

"우욱."

먹치의 허리가 기역 자로 꺾였다.

이어서 튀어나오는 한 덩이의 핏물, 먹치는 선지피를 토해내며 풀썩 주저앉았다. 안색은 이미 누렇게 떴고 눈에도 초점이 사라졌다.

"의리라고는 파리똥만큼도 없는 새끼덜!"

이가 갈릴 만도 했다.

허방산, 그는 바드득 이를 갈며 주먹을 부르르 떨었다.

어찌 그러지 않겠는가. 확 늙고 좀 덜 늙은 두더지 세 마리, 놈들은 그를 내팽개쳐 놓고 그대로 사라졌다. 그뿐이 아니었다. 놈들은 굴도 무너뜨려 놨다.

다시 길을 만들어 나오며 그 얼마나 분통을 터뜨렸던가. 손에 잡히기만 하면 껍데기를 홀랑 벗겨 버리겠다고 수도 없이 맹세했던 그였다.

"문턱만 넘어오면 그놈의 괭이자루를 확 부숴 버리겠다."

괭이자루?

"으......!"

허방산의 부라림에 막 한 발을 들여놓던 혁대일이 기겁하며 물러섰다. 그것은 그의 뒤에 있는 수많은 눈들도 마찬가지, 그들도 찔끔하며 물결치듯 물러선다.

묘객원에 큰 구경거리가 났다.

중청에서 풍운변색의 난리가 났던 것이다.

그도 그럴 것이 근 이레 동안이나 행적이 묘연했던 허치가 누런 땅강아지 행색을 하고 나타나 다짜고짜 묘객부장 먹치를 한 주먹에 주저앉혔던 것이다.

"일어나, 새꺄."

"크으......"

먹치는 한참 만에 일어났다.

그리곤 온갖 오물이란 오물은 다 게워놓고서야 겨우 제정신을 차렸다.

"왜 맞는지는 알고 있겠지?"

"으음……."

"뭐, 노만 젓다 오면 돼?"

"음……!"

유구무언. 할 말이 있을 리 없다.

그것은 사실이었으니까. 그러나 먹치에게도 나름대로의 변명거리는 있었다.

"나는 자네의 사망 보고만 받았을 뿐이야. 불의의 사고라고 했는데 그게 아니었던가?"

"사망 보고? 누가?"

"차 집사 어른."

"으… 그 똥물에 처박을 늙은 골초새끼!"

금방이라도 튀어나갈 태세다.

아니, 그가 아니었다면 확 튀어나갔을 것이다. 아구가 나타나 허방산의 발길을 붙잡았다.

"뭐, 뭐야… 헤, 헹님이 돌아오셨다고?"

문밖의 구경꾼들이 쫙 좌우로 갈라졌다.

어디서 뭐 하다가 이제야 나타났던 것일까, 그 사이로 아구가 얼굴을 벌겋게 해가지고 바람처럼 들이닥쳤다.

"하이고, 우리 헹님……!"

제놈 죽은 조상이라도 맞이하는 듯, 그러나 그 반가움도 잠시에 불과했다. 얼싸안으려는 아구의 양팔은 헛되이 허공만 부여잡았다. 멈칫하던 허방산이 밀치듯 그를 스치며 중청을 나가 버렸던 것이다.

"어?"

어리둥절할 수밖에.

흘낏 본 먹치는 사색이 되어 있고 이미 죽었다고 들었던 '헹님'은 벌건 얼굴로 자신조차 못 본 척 뛰쳐나갔으니…….

"아니, 어… 어딜 가신당가요?"

기세로 봐선 뭐가 작살나도 크게 작살나고 말 것이다.

휑하니 연무장을 가른 허방산은 반쯤 닫혀 있는 묘객원의 대문도 거슬렸는지 한 주먹으로 바숴 버렸다.

꽝!

"크, 큰일 났구나."

한결같이 철렁하는 마음…….

화가 난 허치는 이미 미친 바람이었다.

박살이 난 것은 묘객원의 대문만이 아니었다.

꽝꽝꽝!!

문이란 문은 모두가 부서져 나갔다. 문설주째 떨어져 나가고 있는 것은 집순각의 통행문이었다.

"끼아악… 깍!"

"웬 놈… 커흐흑!"

남녀노소를 막론하고 마주치는 이마다 제각기 얼굴을 감싸고 몸을 숨기는데, 당닭처럼 통통하게 생긴 중년의 사내 하나가 눈을 부라리다가 단번에 멱살이 잡혀 올려졌다.

"캑캑… 캑……."

질겁하는 그 얼굴에 비치는 것은 횃불같이 이글거리고 있는 두 개의 광구! 그 눈이 번쩍했다.

"차천곤은?"

"저, 저어기……."

사내의 눈이 한쪽으로 돌아간다.

집순각의 식솔은 대략 백여 명, 대개가 사무나 궁의 잡일을 보는 사람들이었는데, 그중에는 묘객도 열 명 끼어 있었다. 허치에게 잡힌 사내도 집순각 소속의 묘객이었는데 그가 가리키고 있는 곳은 서 있는 마당 맞은편의 내실이었다.

"……!"

허방산의 얼굴에 기이한 미소가 만들어졌다.

그것은 징그럽기 짝이 없는 반가움. 보라, 낯익은 얼굴 두 개가 그 내실에서 뛰쳐나오고 있지 않은가!

"오오라!"

반가움이 더 더욱 짙어졌다.

"네놈들도 여기서 죽치고 있었다 이거지?"

그는 진심으로 흡족해했다.

서량, 서추 형제. 난데없는 소란에 놀라 맨발로 뛰쳐나왔던바, 두 사람의 얼굴은 마당에 발을 딛기가 무섭게 납 덩이처럼 굳어져 버렸다.

"저, 저놈은……!"

"어떻게 저자가?"

왜 아니랴. 그는 분명히 죽어 있어야 할 자였다.

그래서 굴까지 무너뜨려 주는 인심까지 썼질 않았던가 말이다. 비록 행색은 흙투성이였으되 그는 영락없는 허치 그 본인이었다.

무쇠주먹 허치.

영춘각의 간판 가기라고 했던가. 눈을 어지럽혔다는 죄목 하나만으로도 그 보드라운 엉덩짝을 걸레짝으로 만들어 버렸다고 소문난 백정 놈!

어디 그뿐인가.

모든 것이 제멋대로라는 묘객원의 문제아가 바로 그였다.

위아래도 모르고 아무에게나 반말을 갈겨댄다는 천둥벌거숭이, 그런

그를 이용해 먹은 것도 모자라 만고의 원한까지 샀으니,

'죽었다!'

'으… 시체에 절이라도 한번 하고 나올걸!'

아니나 다를까, 허치는 손에 잡혀져 있는 멱살을 저만치 던져 버렸다.

꽝! 으악!

그러거나 말거나, 그는 이내 서씨 형제를 향하여 보폭을 늘리기 시작했다.

그때였다.

"형님… 튑시다!"

서추가 먼저 옆으로 몸을 날렸다.

자신의 목숨을 어찌 추호라도 소홀히 할 수 있겠는가. 모르긴 몰라도 죽을힘을 다했을 것이다.

그것은 형인 서량도 마찬가지였다.

우레 소리에 놀란 개 뛴다더니만 허겁지겁, 그 와중에도 머리를 굴린답시고 동생과는 반대 방향으로 줄행랑을 놓았는데, 결국은 한낱 부질없는 몸부림이 되고 말았다.

간신히 담벼락 가까이에 이르렀을 때였다.

뭔가가 스윽 앞을 가로막았다.

"억!"

그 찰나에 번쩍인 것은 불똥이었다.

짜악! 그 소리가 뭔 소린지는 하늘이 노래진 다음에야 비로소 깨달았다.

"우와악……!"

그나마 목이 꺾어지지 않은 것이 천만다행이었다.

얼마나 세차게 따귀를 맞았으면 얼굴의 절반 이상이 다 너덜너덜해졌

을까. 거의 열 척이나 날려가 맨땅에 처박힌 서량의 정신은 이미 송장이었다.

"까으으……."

기괴한 소리와 함께 한 줌의 이 섞인 핏물을 뱉어내고 있는데, 밑에서 뭔가 물컹한 것이 자신을 밀어내려 바둥거렸다.

"혀, 혀니이……."

다름 아닌 동생 서추였다.

그 또한 입과 볼이 우므러진 합죽이.

대관절 언제 그리되었나, 서씨 형제는 서로 열십 자로 겹쳐져 있다가 겨우겨우 몸을 사려 앉았다.

눈앞에 건각 두 개가 쇠기둥처럼 서 있다.

저도 모르게 다리를 따라 올려다본 얼굴은 바로 돌주먹 허치, 저승사자보다도 더 무서운 그 얼굴이 히쭉 콧구멍을 넓히며 내려다보고 있지 않은가!

"흐으으……."

결코 꿈이 아니었다.

생시였다.

"사, 사려 주시……."

"제바아알……!"

네 발로 엎드려 빌었다.

어떻게든 살아야 될 것이 아니겠는가. 사력을 다한 그들의 애원 위로 으스스한 사신의 목소리가 떨어져 내렸다.

"지금부터 정확히 반 각의 시간을 주겠다. 지금 그 자리에 구덩이 세 개를 판다. 제원은 반경이 한 자에 깊이는 다섯 자, 만에 하나 이를 어길 시엔 명년의 오늘이 너희 생쥐들의 제삿날이 될 줄 알아라."

"예?"

"그, 그게 무슨……?"

시간이 빠듯했으나 전공이 땅굴이니 구덩이 정도야 가능할 듯도 싶었다. 하나 문제는 그것이 아니질 않은가.

가슴이 철렁하는 것은 그 의도 때문이었다.

'설마 파묻어 버리겠다는……?'

끔찍한 상상 하나에 형제의 안색이 잿빛으로 변하는데, 허치는 이미 몸을 돌리고 있었다. 다음 순간 그는 한 걸음에 이 장 거리를 내달았다.

쿠당탕퉁탕.

내실이 송두리째 뒤흔들렸다.

한데 어인 일일까. 문을 부수며 사라졌던 허치가 완전히 폭발 직전의 상태가 되어 다시 나타났다.

"늙다리 잡털! 네가 숨었다 이거지?"

찾아도 없었나 보다.

길길이 뛰던 그가 주먹을 쳐들었다.

한 주먹에 콰직, 기둥 하나가 자끈동 부러져 나갔고, 세 번째 주먹질엔 전각 자체가 와르르 주저앉았다.

아수라장이 따로 없다.

먼지구름이 자욱하게 일어나며 일대는 아예 엉망이 되어버렸다.

마당가에 빙 둘러 늘어서 있던 집순각의 식솔들은 아연실색하며 벌린 입을 다물지 못했다.

그리고 이제야 도착했나, 시근벌떡거리며 아구가 나타나 쌍수로 허방산의 옷소매를 잡았다.

"헹님, 고정하시우……!"

하나 허치는 가라앉지 않았다.

벌컥, 오히려 화를 더 냈다.

"치워 새꺄. 싸가지가 없는 것은 네놈도 마찬가지… 아니, 네놈은 더 나쁜 놈이야. 그래, 그렇다고 네놈만 달랑 혼자서 돌아와?"

"그, 그게 아니고요."

"시끄러, 자식아. 확 패 죽이기 전에……!"

불난 집에 부채질을 한 꼴이랄까, 한마디로 아구를 일축시킨 그가 살벌한 눈초리로 한 바퀴를 빙 돌았다.

"어서 차 집사 그 늙은이 나오라고 해라. 그렇지 않으면 이놈의 집구석을 깡그리 불살라 버릴 테니까!"

누가 감히 그 눈을 마주칠까.

흉흉하다 못해 포악하게 느껴지는 그 눈빛.

하나같이 슬금슬금 고개를 숙이는데 빙 돌던 그의 시선이 멎은 곳은 바로 서씨 형제에게였다.

간이 콩알만해졌을 것이다.

그래도 덜 존 사람은 동생인 서추였다.

쭈뼛거리던 그가 대표로 입을 열었다.

"며, 명을 완수했습니다."

반 이상의 이가 나가고 입 언저리 전체가 퉁퉁 부어 있었기에 정확한 발음은 아니었으되 알아듣지 못할 정도는 아니었다.

보니 정말이었다.

그사이 형제는 구덩이 세 개를 말끔히 파놓았다. 자로 잰 듯이 정확한 한 자 반경에 다섯 자 깊이.

덩달아 서량도 용기를 냈다.

"부디 용서를……!"

묵묵부답.

그 대신에 불같은 눈길.

차 집사가 있었다면 또 다른 상황이 전개되었을 것이다.

하나 지금 이 순간 성날 대로 성난 허치의 불길을 고스란히 받아야 할 상대는 불행히도 서씨 형제뿐이었다. 마침내,

"뭘 어찌해야 되는지는 잘 알고 있겠지?"

"네?"

"들어가라."

"네?"

"네놈들이 판 구덩이로 기어들어 가라고, 자식들아. 왜 내가 처박아주랴?"

이게 무슨 소린가!

그러나 살기등등한 허치의 험악함은 일순간의 망설임도 불허했다.

그의 쇠주먹이 불끈 쥐어지며 우두둑거리는 소리를 내자마자 서씨 형제는 날듯이 구덩이로 뛰어들었다.

"묻어라."

아구를 향해서였다.

질겁할 수밖에. 그러나 어찌하겠는가. 미적거리며 삽 자루를 잡는데 허치가 하얗게 이빨을 내보였다.

"빈 구덩이는 네놈을 위해서 쓰일 수도 있다. 보이지?"

이건 또 무슨 소리?

요는 차 집사를 위해 파두었던 구덩이에 그를 대신해 자신이 묻힐 수도 있다는 말이 아닌가.

"헤, 헹님요⋯⋯!"

"개소리."

단 한 마디로 입을 막는다.

저놈의 쇠고집……!

대체 무엇을 어찌 당했기에 저토록 포악하게 군단 말인가. 그래도 대신 죽을 수는 없는 일, 바싹 졸아든 가슴으로 내심 투덜거리며 삽질을 시작했다.

'빌어먹을 놈들. 불가항력의 사고였다고 지랄병을 떨더니만 그것이 아니었던 모양이지?

머리통만 빠끔히 내어놓은 서씨 형제.

그리고 막무가내의 허치, 허치는 재촉도 득달같았다.

"너 지금 장난하냐?"

"제에길!"

삽질이 빨라졌다.

메워지고 쌓인다.

순식간에 구덩이는 메워지고 숨 몇 번 쉴 사이에 서씨 형제는 쟁반 위에 놓인 수급 꼴이 되고 말았다.

"사… 살려 주시오, 허형. 아니, 허 대협!"

"제발 용서를! 다, 다시는 그러지 않겠소이다."

이제는 절규에 가까웠다. 서씨 형제는 울부짖으며 닭똥 같은 굵은 눈물을 줄줄 흘려댔다. 그런 그들에게,

"늙은인 어디로 숨었지?"

"수, 숨은 것이 아니오. 총집사 어른은 외출하셨소."

"외출?"

갑자기 피가 식었다.

없었다니, 이런 빌어먹을……!

차천곤의 부재를 확인해 준 사람은 묘객부장 먹치였다. 언제 왔던 것일까, 그의 파리한 얼굴이 뒤쪽에 나타났다.

"맞네. 그는 지부 관아에 일이 있었네."

"……!"

"그만 역정을 풀게. 이게 어디 죽인다고 해결이 될 일인가?"

"그으래?"

허방산의 눈초리가 매서워졌다.

보아하니 그는 일의 대략을 알고 있는 듯, 그가 후들거리는 걸음걸이로 두어 걸음을 더 다가왔다.

"참게. 그리고 다 내게 맡겨주지 않겠나. 어찌 됐든 그는 궁의 운영진에 속한 사람이고, 또한 위계 질서라는 것도 있으니 자네가 이러면 내 체면이 어찌 되겠는가?"

"개나발 불지 마라."

"그렇게 하세. 내 정말 명쾌하게 처리함세."

"웃기는 소리!"

말은 그래도 안색은 한결 풀어졌다.

먹치가 힘있게 고개를 끄덕였다.

"내 약속하지."

"……!"

"대신 그간의 경과는 내게만 말해야 하네. 궁이 시끄러워지는 것은 자네도 바라지 않을 것이니, 무슨 말인지 이해하겠는가?"

"음……."

자못 솔깃해한다.

하긴 폭도로 오인받아 모두에게 껄끄러운 입장이 되는 것이 좋을 리 없고, 사람을 쳐 죽여 관아에 불려 다니는 것은 더 더욱 바랄 바가 못 되는 일이다.

게다가 한 번 내친걸음이 아니던가. 어쩌다가 묘객일도에 발을 들여놓긴 했으되 끝만은 반드시 명예롭게 당당해야만 했다. 그깟 늙은이 하나로 양양한 구만리 전도에 초를 칠 수야 없는 일.

푸르르 끓는 그릇이 빨리 식는 법이다.

성정이 그러하니 한 번 마음을 돌리자 탱중했던 분기는 스르르 봄눈 녹듯 녹아갔다.

그가 가만히 있자 먹치가 은근하게 목소릴 낮췄다.

"어떤가, 나를 한번 믿어보겠는가?"

"……"

"여보게."

허치, 결국은 수긍하고 만다.

"좋다. 내 당신의 입장을 생각해 늙은이의 목숨은 붙여두겠으되 조건이 있다."

"그래, 무엇인가."

"난 당하고는 절대로 못 사는 사람이다. 저기 빈 구덩이 보이지? 그 늙은이도 저기 저 서가 형제 놈과 똑같이 묻어라. 열흘 후에 꺼내줄 것이며 그동안은 물 한 모금도 내리지 말라. 내 조건은 이것이다."

먹치의 입이 쩍 벌어졌다.

기가 막혔는지 멍하니 있다가는,

"여, 여보게, 다 좋은데 열흘은 너무… 그 정도면 죽고 말 게야."

"나도 더 이상은 양보하지 못한다."

"끄응."

사내라면 끊고 맺음이 확실해야 한다.

안가에서의 그 일을 어찌 잊을 수 있겠는가. 이 정도도 사실은 크게 생각한 것이다. 먹치가 하는 수 없다는 듯이 돌아섰다.

"알겠네, 내 그리하도록 하지. 그럼 편히 쉬게."

먹치는 비틀거리며 마당을 질러갔다.

역시 주먹이 제일이었다. 묘객원의 수장조차도 일개 병아리 묘객에게 고개를 숙일 정도였으니 말이다.

아구가 소매를 잡아끌었다.

"가, 가시죠. 이놈이 벌주를 거하게 한잔 사겠습니다, 헹님."

"입 닥쳐 새꺄. 네놈하곤 말도 섞기 싫으니까."

"쫀쫀하시기는……!"

"뭐야?"

"아, 아닙니다요…… 아무것도."

"네게도 임무를 주겠다. 앞으로 열흘 간 너는 이곳의 보초다. 그것으로 네놈의 죄를 사해주마."

"헤, 헹님!"

"다시 말하거니와 더 이상 성질 돋우지 마라. 간신히 참은 것이 와락 터져 버릴지도 모르니까."

"……!"

"그땐 나도 날 책임 못 져."

"으……."

그랬다.

그날의 난동은 일단 그렇게 결론지어졌다.

*　　　*　　　*

장몽궁의 주인은 왕고였다.

해괴한 것은 그 왕고를 아는 사람이 전무하다는 사실이었다. 심지어는 묘객원주조차 대면하지 못했다는 사람이었으니.

장막에 가려져 있는 신비의 왕고.

일설에 따르면 그가 여자라고는 하나 그것조차 실제는 의문이었다.

공식적이든 비공식적이든 간에 그는 단 한 번도 모습을 내보이지 않았으니까.

그래도 장몽궁은 아무 탈 없이 잘만 굴러갔다.

사업은 일로 번창했으며 얼마 전에는 남경의 진회하마저 휘하에 편입시켰다.

장몽궁은 날로 건실해졌다.

허방산은 아구가 알아온 내막을 듣고 나서야 비로소 그 이유를 대략이나마 짐작할 수 있었다.

궁의 각 기루는 월모의 통제 하에 하나하나가 독자적인 방식으로 운영된다. 그리고 그 오백여 개소의 기루를 유기적으로 연결하고 관장하는 조직이 있었으니, 그것이 바로 묘객원과 차천곤이 총집사로 있는 집순각이었다.

대내, 대외를 막론하고 대소사는 집순각에서 처리했다.

묘객원은 치안 담당, 그러나 집순각이나 묘객원은 겉으로 드러난 행정 조직에 불과했다.

장몽궁의 밤을 지배하는 진짜 조직은 따로 있었다.

그 조직이야말로 장몽궁을 장몽궁으로 유지시키고 있는 실세이자 근간으로 대방(大房)이라 칭했다.

대방.

일천 묘객의 위계 조직이다.

십 인을 수하로 부리는 십대방이 있고, 그 십대방을 거느리는 백대방이 있으며, 그 백대방이야말로 장몽궁의 꽃이자 핵심이었다.

현재 백대방의 지위에 올라 있는 자는 모두 다섯.

대방이란 이름은 주어지는 것이 아니었다.

쟁탈하는 것이었다.

힘이 서열을 정하고 힘이 관할 구역의 범위를 결정했다.

구역이 넓다 함은 그만큼의 부와 명예가 보장된다는 것에 다름이 아니었으니. 묘객원에서 나오는 월봉이라는 것은 실제에 비하면 속된 말로 새발의 피였다.

진짜 짭짤한 것은 부수입이었다.

말이 그렇지 기둥서방 묘객과 가기의 관계가 어찌 그리 단순하기만 하겠는가.

궁의 행정진에서도 묵인하는 불문율, 그것은 각 기루에서의 상납금이었다. 물론 강요로 인해서 만들어지는 돈은 절대 아니었다. 그것은 계율로서 엄격하게 금지된 것이었기에.

가기들은 자신들의 수입에서 이 할을 뗐다.

그것이 묘객의 몫이었다. 필요악일 수도 있었으나 좋은 것이 좋다고, 서로 돕고 살자는 것이 아니겠는가.

묘객은 가기의 안전과 제반 불미스런 일들을 책임지고, 가기는 그들의 노고를 인정한다.

악어와 악어새의 사이랄까.

상호공조.

그것이 백리향의 묘객과 가기의 관계였다.

*   *   *

낭월각(朗月閣).

전면에 넓은 잔디 마당이 있고, 그보다 더 넓은 연못을 비스듬히 사선으로 끼고 있는 곳이다.

허방산의 모습이 그 낭월각의 연못가에 나타났다.

마가대원에서 돌아온 지 하루 만의 일.

"운치가 제법이네."

낭월각은 대전각이었다.

장뭉궁에서 가장 크다는 십팔 금루의 하나로, 크고 작은 이십 칸의 방으로 구성되어 있고 백리 십팔 향이라 부르는 최고 명기 중의 하나가 간판을 내걸고 있는 곳이기도 했다.

기명은 낭월아씨 산산(珊珊).

낭월각이란 명칭은 바로 그녀의 기명에서 따다 붙인 것이었다.

"낭월각이라……."

이곳은 그가 처음으로 배속된 곳, 말하자면 첫 근무지였다.

우선은 전각의 이름부터가 마음에 들었다.

게다가 한창 물이 올라 있는 수양버들은 물 위로 녹음을 드리웠고, 물에 비친 전각의 고요함도 그림처럼 아름다웠다.

"괜찮아, 정말 괜찮아……."

막 잔디밭으로 들어서던 참이었다.

웬 자가 앞을 떡 막아섰다.

"……!"

뉘엿한 저녁 햇살에 번쩍이는 대머리가 이채로운 자, 삼십 초반의 두툼한 사내였는데 첫 인상이 그리 나쁘지는 않았다.

문제는 눈빛이었다.

다분히 도발적인 시선으로 상당히 고약했다.

"훗."

피식 웃음이 나왔다.

첫 대면을 눈싸움으로 하자 이건가?

하긴, 뭐 사람 사는 곳인데 어찌 위아래의 서열이 없겠는가. 하물며 산골 촌 동네의 개들도 서열을 놓고 피를 흘리거늘……!

그러나 눈싸움은 그리 오래가지 않았다.

"뭉구리, 지금 뭐 하자는 거지?"

뭉구리는 까까중의 속칭.

단 한 마디였다.

철렁하는 기색을 보이더니 놈의 눈에 스르르 힘이 빠졌다.

그도 그럴 것이 허방산은 방금 전의 목소리에 약간의 진기를 섞었던 것이다.

놈이 슬쩍 고개를 숙였다.

"낭월각 소속이요. 왕주어정이라 부르면 됩니다."

"왕… 머?"

"왕주어정이요."

"골치 아픈 이름이군. 난 그렇게 긴 이름은 외우지 못한다. 뭉구리, 딱 보면 자연히 생각나는 좋은 이름이 있는데 앞으로는 그걸로 하지. 뭉구리, 나는 알지?"

"예."

"좋아. 다른 친구들은?"

말하자면 신참 전입식이다.

환영식이 될지 신고식이 될지는 모르지만 어쨌거나 뭉구리와는 그렇게 일단락이 되었다.

한데 뭉구리의 대답이 조금은 의외였다.

"없습니다."

"없어?"

"예. 원래는 저까지 다섯이 있었는데 다들 다른 곳으로 옮겨가 버렸는지라……."

흐리는 말꼬리에 여운이 있다.

하여간 문제없는 곳이 없다.

설마 먹치가 일부러 골치 아픈 곳을 배정해 줬을 리는 없고.

그는 분명히 말했었다. 낭월각이 가장 노른자위라고. 그래서 생각해서 배속하는 것이라고.

암만해도 손을 써야 할 일이 있을 듯싶었다.

노른자위가 이렇게 썰렁하다면 그에 합당한 이유가 반드시 있을 것이 아닌가.

"우선은 들어가서 밥부터 먹자."

"바, 밥이요?"

"허어, 힘을 쓰려면 배가 든든해야 될 것이 아니냐?"

"힘이요?"

뭉구리의 눈알이 갈수록 커졌다.

"쯧쯧… 이렇게 눈치가 없어서야, 원."

"예?"

그를 젖혀두고 성큼 낭월각 대청마루로 올라섰다. 아니, 그전에 돋웠던 목청은 이미 쩌렁하게 일대를 울렸다.

"얘들아, 서방님 오셨느니라."

웬 서방님?

장몽궁에서 그리 자칭하는 사람은 하나도 없다.

만에 하나 가기와 눈이라도 맞은 묘객이 있다면 그는 그 길로 장몽궁을 떠나야만 한다. 그것이 법이었다. 사적인 일로 영업에 지장을 줄 수는 없다는 것이 그 이유였다.

한데,

"어?"

돌아와야 할 메아리가 없었다.

분명 내실에서 콩닥콩닥 뛰고 있는 심장의 박동 소리를 열두 줄기나 감지하고 있거늘. 허허, 미친놈. 뉘 집 개가 짖느냐 이건가?

대충 짐작이 간다.

이것들이 낯을 가리고 있는 것이다.

내친김에 일단은 마루에 자리를 잡고 앉았다.

"애기야."

애기는 일정 기간 교방에서 실습 나온 어린 동기를 말한다.

역시 아무도 나오지 않는다. 그러나 허방산은 유난히 콩콩거리기 시작하는 박동 소리 하나를 정확히 찾아낼 수 있었다.

"셋을 헤아릴 때까지 나오지 않으면 내 너를 찾아내 확 잡아먹어 버리겠다. 하나……."

"……!"

"두울……."

"……!"

"세에……."

그때다.

빨간 옷을 입은 계집아이 하나가 문을 박차고 뛰어나왔다.

울먹울먹 자그마한 어깨를 들썩이며,

"절… 자, 잡아먹진 마세요."

"프하하하…… 그래, 잡아먹진 않으마."

허방산은 시원하게 대소를 터뜨렸다.

악동. 그의 표정은 미운 아홉 살 짓궂은 촌장 집 막내아들에 더도 덜도 아니었다. 그는 싱글싱글 웃으며 면전에 무릎이 깨져라 덜퍽 엎드리고 있는 댕기머리 소녀를 봤다.

많아봐야 열서너 살이나 되었을 것이다.

꽤나 귀엽게 생긴 소녀였는데 금방 새파랗게 질려간다.

그도 그럴 만했다.

궁내에 쫙 퍼진 소문을 귀가 아프게 들었던 데다가 그 소문의 주인공이 시큼털털한 얼굴을 바싹 코앞으로 들이대며 입을 크게 벌렸던 것이다.

"이 아저씨처럼 잘생긴 사람이 어찌 사람을 잡아먹을 수가 있겠느냐. 잘 봐라, 세상에서 이 아저씨보다 선량하고 준수하게 생긴 사람을 너는 본 적이 없을 것이다. 맞지? 그치?"

"아, 아니야요."

"어? 그럼 봤단 말이냐? 그, 그럴 리가 없는데?"

"꼭 한 분 봤어요."

역시 아이는 아이였다.

교방의 혹독한 수업을 받았다고는 해도 소녀는 솜털 보송보송한 어린 아이에 불과했다. 아이는 금방 말려들었다.

"그놈이 어떤 놈이냐, 감히 이 아저씨보다 잘생긴 놈이?"

"있어요. 그런 분이."

"누구냐니까?"

"구, 군역에 끌려가셨다가 이… 이태 전에 돌아가신 울 오라버니요."

"……!"

움찔할 수밖에.

아이는 그 큰 눈망울에 벌써 눈물을 매달고 있었다.

제기랄, 하필이면 아픈 곳이란 말인가. 이럴 땐 재빨리 화제를 돌려야 한다. 그게 수다.

"밥 있지?"

"네?"

눈물 그렁그렁한 눈이 동그래진다.

"없어?"

"소, 소쿠리에 담아놓은 것이 조금은 있을 거예요. 하지만 쉬었을지도 모르는걸요?"

"괜찮다. 느끼한 만두만 아니라면 나는 썩은 밥도 잘 먹는 사람이란다. 쉰밥 정도는 그냥도 먹는다. 네가 이 아저씰 위해 그 밥이라도 가져다주런?"

"나, 나으리……."

"나리는 무슨 개코같은 나리. 그냥 아저씨라고 불러라. 그리고 기왕이면 지금 가져오는 것이 좋겠다. 너무 배가 고프니 네가 다 먹을 것으로 보이는구나."

큭큭— 크크큭—

아까부터 내실에서 들려오던 숨죽인 웃음소리다.

그러다 이젠 아예 까놓고 웃는다.

"오호호호……."

"어, 언니… 나 죽어."

보지 않아도 배꼽을 잡고 있을 것이다.

그러나 소녀는 심각했다.

"쉬었으면 물에 씻어서 말아오겠습니다, 아저씨."

"그러려무나. 한데, 네 이름이 뭐냐?"

"호, 홍리(紅李)."

엄청 부끄럼을 타는 아이였다.

아이는 조그맣게 제 이름을 말하곤 새빨갛게 변해서 도망쳤다.

허방산은 다시 한 번 커다랗게 웃고는 마루 아래 섬돌에 엉거주춤하게 서 있는 뭉구리를 바라봤다.

"뭉구리."

"예."

"묘객들이 도망가고 식솔들이 나를 피할 정도로 겁을 내고 있다면 거기엔 그에 합당한 이유가 있을 터, 무슨 일이더냐?"

"……!"

단순무식의 대명사 허치라 하더니만 그것이 아니었다.

정말 날카로운 눈썰미가 아닌가.

뭉구리는 새삼스럽다는 눈초리로 치를 올려다봤다.

그러다가 고개를 숙였다. 자신을 주시하고 있는 허방산의 눈빛이 밤하늘의 별빛처럼 찬연했던 것이다.

"악치(惡癡) 때문입니다."

한참 만의 대답이었다.

"악치?"

"예. 뒤에 있는 벽송각의 묘객인데 맹 대방 휘하의 십대방으로 맹 대방 본인조차도 껄끄럽게 여기는 잡니다. 그놈이야말로 아무도 건들지 못하는 인간 맹수요."

맹 대방은 장몽궁 오대백대방의 하나인 염라부(閻羅斧) 맹호연(猛虎然)을 말함이다.

"그런데?"

"놈이 낭월각을 노렸습니다."

"왜?"

"허치께선 잘 모르실 것이나 낭월각은 장몽궁에서도 가장 잘 나가는 곳 중의 하나입니다. 그걸 탐냈던 거지요."

"그럼 그를 맞아들이면 될 것이 아닌가?"

"아씨가 그를 싫어합니다."

"산산이?"

"예."

"흐음, 그랬었다. 그래서……?"

"놈이 꼬장을 부리기 시작했습니다. 어찌나 심하게 갈구고 패악을 부리던지 이곳의 묘객들은 거의 반병신이 되다시피해서, 그것도 반강제적으로 전출을 가야만 했습니다. 그뿐이 아닙니다. 놈의 끈질긴 방해로 낭월각은 근 넉 달이나 손님을 받지 못해 거의 개점 휴업 상태입니다."

뭉구리는 한숨을 푹 쉬었다.

"놈은 낭월 아씨가 손을 들길 기다리고 있는 것이지요."

허방산의 눈썹이 꿈틀했다.

"고약한 놈이로군?"

"고약하다뿐입니까? 놈은 인간 말종입니다. 오죽했으면 이름조차 악치겠습니까?"

보아하니 뭉구리도 악치라는 자와는 말 못할 사연이 많은 듯했다. 두 주먹을 불끈 쥐고 치를 떨고 있으니…….

"좋아, 뭉구리."

"예."

"오늘 중으로 어떻게든 놈을 이곳으로 데려와라."

"예, 예?"

뭉구리가 깜짝 놀란다.

그 인간 같지도 않은 자를 데려오라니, 그가 어디 오라 해서 오고 가라 해서 갈 종자인가. 그러나 허방산은 이미 그에게서 시선을 거두고 있었다.

"너를 믿어보겠다."

"……!"

말이나 말지.

뭉구리는 한동안 가만히 있었다.

그러다간 이내 결연한 표정을 지으며 섬돌 아래로 내려섰다. 그리고는 천천히 낭월각을 돌아나갔다.

까라니 깔 수밖에.

그는 허치.

묘객부장의 속 창자도 게워내게 했다는 바로 그다.

제아무리 악치라 한들 제깟 놈이 별수있을쏜가?

그렇다. 자신의 코뼈를 두 번이나 내려앉게 만들었던 그놈도 결국은 임자를 만나고야 만 것이다. 그 같아 마셔도 시원찮을 곱슬머리 튀기 놈도 결국은……!

악치는 오지 않았다.

그렇다고 뭉구리가 왔냐면 그것도 아니었다. 그도 돌아오지 않았다. 온 것은 달랑 쪽지 한 장이었다.

그것도 밤이 이슥해져서였다.

삼경. 일월교 다리 밑.

"밑이야, 밑이야?"

"예?"

쪽지를 가지고 온 여자가 화들짝 놀라며 두 눈을 치켜떴다.

둔부가 함지박만하게 발달해 있는 이십대 후반의 여자, 홍리가 귀엣말로 일러주길 그녀는 벽송각의 가기 언니라고 했다.

그녀가 이상하게 눈 꼬리에 봄꽃 한 송이를 매달았다.

농염한 눈웃음이었다.

생각없이 물었다가 그 순간에 아차 했다.

"쯧쯧… 그저 생각하는 것이라곤. 알았으니 그만 가봐라."

"호호호……."

여인은 입도 가리지 않고 웃었다.

그러다가 요란하게 둔부를 흔들며 사라져 갔다.

참으로 어처구니없는 계집이 아닌가. 허방산도 이내 피식 웃고 말았다. 하지만 아직도 홍리는 고개를 갸웃거리고 있었다.

"밑? 아래……?"

묘객에게 있어 가장 중요한 것은 재물도 아니요, 여자도 아니었다.

그것은 서열이란 것이었다.

서열이야말로 목숨보다 더 소중한 절대의 의미를 지니고 있었고, 실제로도 그 때문에 종종 목숨이 왔다 갔다 하기도 했다.

하위자가 상위자에게 도전할 수 있다.

하되 도전자는 자신의 목숨을 담보로 내놓아야만 한다.

결전장은 다리 밑.

시각은 삼경.

그것이 밤의 전통이었다.

아무리 막돼먹은 무뢰배라 한들 손님이 있는 곳에서 치고 받고 할 수야 없지 않은가.

장몽궁에 다리는 무수하게 많았다.

그중 낭월각 일대에서의 자리 싸움은 보통 일월교라 칭하는 돌다리 아래에서 치러졌다. 한적하고 외진 곳에 있어서 일을 치르기엔 그만인 곳이었다.

게다가 한밤중의 다리 밑이니 얼마나 으슥한가.

"좋구먼."

좋은 것은 산들산들한 밤공기뿐만이 아니었다.

뭉구리가 거기에 있었던 것이다.

어스름한 달빛 아래 그가 있었다. 양 무릎이 모래 바닥에 꿇려진 채였다. 얼마나 얻어맞았는지 얼굴이 퉁퉁 부어 있었고, 여기저기가 온통 핏물이었다.

그래도 아직 눈빛만은 살아 있었다.

"으흐흐흐……"

웃음인지, 울음인지.

뭉구리는 허방산을 두 눈에 담고서야 모로 픽 쓰러졌다.

가물가물해져 가고 있는 정신에도 한 쌍의 가죽 신발은 보였다. 피투성이의 신발이다. 저 피는 바로, 바로 나 뭉구리의 피……!

"조… 조미따 보자, 자쪼새끼."

발음도 제대로 되지 않는다.

이빨까지 왕창 나갔다. 잡종새끼란 말을 끝으로 뭉구리는 의식을 완전히 잃어버렸다.

마침내 상면.

악치다.

신발의 임자는 그 이름조차 악랄한 악치, 바로 그였다.

"훗훗훗, 아가리를 찢어버리려다 불쌍해 놔뒀더니……"

"흠……"

무슨 일이 있었는지 대략 그림이 그려진다.

가네, 못 가네 하다가 언성이 높아졌을 것이고, 결국은 뭉구리가 놈의 일격을 견뎌내질 못했을 것이다.

허방산은 비릿하게 웃고 있는 악치를 유심히 살펴봤다.

나이는 스물일곱, 여덟 정도. 땅딸막했으나 실로 다부진 체격이었다. 잘록한 허리에 떡 벌어진 어깨가 놈이 어떤 자인지를 말해 준다.

푸른 벽안에 붉은 고수머리.

그는 한눈에 알아볼 수 있는 혼혈아였다.

"좋군, 정말 괜찮아."

허방산은 진정으로 감탄하고 있었다.

눈이 살아 있었던 것이다. 이글거리는 숯불처럼 마치 한 마리 잔뜩 독이 올라 있는 투견을 정면으로 보고 있는 듯했다.

타고난 싸움꾼 악치.

그는 이미 전투에 임해 있었다.

"네가 먹치를 뉘었다고 들었다. 후후훗… 하지만 그는 빛 좋은 개살구일 뿐이다. 허우대만 그럴듯한 자이지. 그러나 나 악치는 그따위 종자와는 무늬 자체가 다른 사람이다."

씹어뱉듯 내뱉는다.

우선은 말로써 기를 죽여보자는 심산이다.

서로 간의 거리는 이 장여. 그 공간이 순간적으로 팽팽하게 긴장되었다.

"자근자근 밟아주겠다."

"허어……."

허방산은 습관처럼 픽 웃었다.

"말로만?"

“……!”

악치가 움찔했다.

그의 눈이 밤 고양이의 눈처럼 새파랗게 빛났다.

아니, 빛났다 싶은 순간이었다. 그의 몸이 바람처럼 이 장 공간을 찰나적으로 단축해 들었다.

쉬아아아…….

쇠갈퀴처럼 변해 허공을 찢어오는 다섯 개의 손가락, 바람 소리가 보통이 아니다.

그러나 헛방이었다.

허방산이 슬쩍 상체를 흔드는 순간 악치의 손가락은 그의 어깨를 간발의 차이로 비껴 나갔다. 그야말로 깻잎 한 장의 차이.

“흐으……”

악치가 급격하게 숨을 몰아쉬며 신형을 반전해 세웠다.

전력을 다한, 그것도 급습이나 마찬가지였거늘……!

악치의 눈빛이 급격하게 가라앉았다.

원래가 타인을 자신의 머리 위에 두는 것을 죽기보다 싫어하는 성격의 소유자가 그였다.

악치, 그가 하얗게 이빨을 드러냈다.

“나 가등(苛騰)이 왜 악치라 불리는지를 이제 보여주겠다. 준비하라. 나는 비도를 쓰겠다.”

“비도?”

“훗훗… 절정비를 피한다면 내 네놈의 발바닥이라도 핥아주마.”

“절정비? 하하… 기대되는데?”

“아가리에 비수가 박히고도 어디 웃음이 나오나 보자.”

악치가 허리춤에서 뽑아 드는 것은 일곱 치가량의 작은 비수였다.

일견 여인네의 노리개처럼 앙증맞게 보였다.

하지만 그것이 악치의 수중에 들리자 비수는 그야말로 살아서 펄떡거리는 물고기처럼 맹동하기 시작했다.

비수가 놀고 있었다.

섯섯.

왼손, 오른손. 눈에 보이지도 않았다.

순간을 늘려서 보면 비수가 양 손바닥 위를 옮겨 다니고 있는 것이었는데, 맨눈으로 보고 있자니 머리가 다 어지러울 지경이었다.

설마 비도술의 달인들이 사용한다는 양수절정식……?

비수가 어디를 노릴지 모른다.

환상적인 손놀림에 잠시 눈을 뺏기고 있다 보면 그 순간에 이미 혼은 명부를 향해 떠나간다는 것이다. 자신의 어디에 비수가 박혀 있는지도 모르고 말이다.

그것이 바로 양수절정식.

비수는 정녕 섬광이었다.

슈웃.

"이크!"

허방산의 목이 자라목처럼 쑥 내려앉았다.

과연이었다. 악치의 비도는 풀썩 일어나는 허방산의 머리칼을 자르며 쌩하고 지나갔다. 원래는 양미간을 노렸던 것.

그러나 진짜는 그 다음이었다.

무엇을 어찌했는지는 모르나 연이어 또 다른 비도가 어둠을 끊었다. 그것도 두 자루가 한꺼번에!

칼끝이 파고드는 것은 허방산의 양쪽 젖꼭지.

명재경각!

순간이었다.

힘없이 축 늘어져 있던 허방산의 우수가 환상처럼 치켜 들리며 허공 두 점을 가로 훑었다.

퍗퍗.

가히 신기.

악치가 날린 두 자루의 비도는 허방산의 손가락 사이에 끼어들었고, 악치의 눈이 황소의 눈알처럼 동그래질 때엔 비도가 역으로 날아가고 있었다.

쉬이익, 악치의 눈에 되돌아오는 자신의 비도 끝이 대추알만하게 확대되어 들어왔다.

"으헉!"

놀랄 틈이 어디에 있는가.

악치는 기절초풍하며 급급히 고개를 꺾었다.

그가각.

비도의 손잡이가 바가지 긁는 소리.

"큭!"

한순간 골이 휑했다.

그도 그럴 것이 비도 두 자루가 나란히 그의 정수리 뒷부분을 긁으며 지나가 버렸던 것이다. 다행이었으나 그 바람에 악치의 머리 가죽은 두 줄로 쭉 갈라져 버렸다.

그뿐이 아니었다.

언제 다가와 내질렀을까, 허방산의 주먹 하나가 새우처럼 몸을 구부리고 있는 악치의 아랫배에 손목 어림까지 박혀들었다.

"쿠우우욱……."

이건 사람의 주먹이 아니었다.

쇠뭉치였다. 그 상태 그대로 악치의 전신이 푸들푸들 경련을 일으키기
시작했다. 그러나 그것도 잠깐,

"으웨에엑……."

먹치는 그래도 나왔다.

그래도 그는 일어나기라도 했으니까.

악치는 울컥 피거품과 오물을 토해내며 길게 뻗어버렸다.

허방산이 그의 기도를 트여주지 않았더라면 악치는 아마 숨이 막혀서
라도 영영 일어나지 못했을 것이다.

"쿨럭, 쿨럭……."

허방산의 발끝이 두어 번 가슴과 목 줄기에 박혀들자 악치는 기침과
함께 깨어났다.

이승인가, 저승인가.

누운 채로 눈만 껌벅거리고 있던 악치는 한참 만에야 정신을 차렸다.

죽는 줄로만 알았더니 그게 아니었나 보다.

그 정도였으면 뭐가 작살나도 크게 작살이 났을 텐데 그게 아니었다.
몸은 의외로 거뜬했다.

"주, 죽여라."

조용~

응답이 없었다.

"죽여라. 실력이 모자라 패했으니 한도 없다. 죽여라, 허치."

역시 답이 없다.

순간적으로 격한 수치심이 우르르 몰려들었다.

너 정도는 더 이상 상대할 가치조차 없다, 이건가? 빌어먹을 허치 자
식, 악치를 이렇게나 무시하다니……!

"그래, 네놈 앞에서 내 배때기를 갈라 보여주마."

벌떡 일어났다.

한데 그가 보이질 않았다.

"어?"

없었다. 그도 없고 심지어는 뭉구리도 온데간데없었다. 그럼 여태껏 맨하늘에다 대고 혼자 발광을 떨었다는 말이 아닌가?

"개, 개자식……."

악치는 스르르 넘어갔다.

누워보니 하늘엔 참으로 별도 많았다.

언제 보았는지도 모를 하늘이었다.

그것도 이렇게 처참한 지경이 되고 나서야 보는 하늘이니 대체 얼마 만에야 제대로 보는 고향의 하늘인가?

"아아……."

아버지는 호인(胡人)이었다.

그러나 눈으로 보지는 못했다. 유복자였으니까.

곱슬머리 튀기 놈, 눈깔 퍼런 잡종 놈이란 소리를 들으면서 잔술을 팔아 사는 한족 들병이 모친에게서 자랐다.

모친은 밤마다 잠자리에 사내를 갈아들였다.

그래서 그는 캄캄해지는 밤만 되면 문밖 토방에 쭈그리고 앉아 '엄메, 나 죽어. 차라리 죽여라, 이눔아'라는 소리를 매일 고문처럼 들어야만 했다.

그때마다 올려다봤던 것이 지금의 밤하늘이었다.

한 번은 그 하늘의 별이 말했다.

"멍청아, 도망가. 무슨 미련이 있어 아직도 거기에 있다니?"

집이랄 것도 없는 집을 나섰다.

그때가 아홉 살이었을 것이다. 그 후 대체 뭔 지랄을 하고 살았던가.

이름조차 악치로 짓고 깡다구 하나로 버텨온 세월, 그렇게 스물일곱 살이란 나이가 되도록 살았다.

한데 이렇게나 허무하게…….

마음이 이상하게 편안했다.

또 한편으론 그럴 수 없을 정도로 시원하기도 했다.

정말 이렇게 단 한 방에 나가떨어지리라고는 상상도 하지 못했다. 이런 기분을 일컬어 차라리 홀가분하다고 하는 것일까?

"그래… 그럴지도."

발바닥이라도 핥아준다고 했으니 해주어야지. 그럼 아예 이참에 그에게 이 악치 가등의 남은 인생을 몽땅 투자나 해볼까?

그래 볼까?

묘한 일이었다.

창자가 뒤집어질 정도로 쳐 맞긴 했으되 어쩐지 그는 싫지가 않은 자였다.

"이상하군. 귀신에게 홀린 것도 아닌데……."

악치는 혼자 중얼거렸다.

미친놈처럼 키득키득 웃기도 하면서.

그런 그에게 화답이라도 하려는 듯 물가의 개구리 한 마리가 '개골'하고 울어줬다.

제7장 독종

독종

"그, 그러지 마세요."

꽃보다 더 고운 여인이 질색을 한다.

침어낙안, 화용월태란 형용구는 이 여인에게 써야 한다.

스물서넛이나 되었을까. 아련한 연청빛 비단옷에 휘어 감겨 있는 교구가 지금 안절부절, 몸 둘 바를 모르고 있었다.

다름이 아니었다.

웬 불한당같이 대책없는 놈이 그녀의 손목을 붙잡고 마치 떡 주무르듯이 주물러 대고 있었던 것이다.

"으으…… 어찌 이리도 보드랍단 말이냐? 당최 뼈라는 것이 있는지 없는지 모르겠구나."

허치였다.

베개는 그녀의 허벅지.

그 상태로 드러누워 별짓거리를 다 하고 있었다.

손을 잡아 제 얼굴에 비벼도 보고, 코도 킁킁거리면서 가관이 아니다. 그것도 훤한 대낮에.

"미, 미치겠구나."

변태도 아니고.

하여간 몇 달 전에 비하면 눈부신, 그야말로 장족의 발전을 한 셈이다.

"그, 그러지 마시라니까요."

언성이 약간 높아지자 그렇지 않아도 곱던 음색이 파란 하늘에 물방울을 튕겨내듯 더 청아해졌다.

그린 듯한 눈매엔 온통 당혹감뿐이다.

그러나 그 시선은 변태(?)에게 향해 있는 것이 아니었다. 그녀를 혼란스럽게 한 것은 따로 있었다.

보라.

"무례를… 그간의 무례를 용서해 주시오, 아씨."

그는 악치였다.

흰 천으로 머리를 친친 싸맨 그가 갑자기 안방 문을 열고 들어와 털썩 무릎을 꿇고 엎드렸던 것이다.

눈으로 직접 보고 있어도 믿지 못할 일이었다.

악치가 누군가?

장몽궁 제일의 독종, 아무도 건드리지 못한다는 인간 고슴도치가 바로 그 아닌가. 어느 누구에게도 허리조차 굽히지 않는다는 그가 무릎을 다 바닥에 대다니.

그것이 여인을 기겁하게 만든 진짜 이유였다.

낭월아씨 산산, 그녀가 바로 이녀였다.

"어디, 입도 한 번 만져 보자."

푼수.

하여간 대단했다.

무슨 재주를 피웠는지 위인은 채 하루도 아니 된 그 짧은 사이에 낭월각을 녹여 버리고, 일약 산산의 허벅지까지도 점령했다.

하나 은근슬쩍 들려지던 그의 손은 제 뜻을 이루지 못했다.

도톰한 입술에 닿는 찰나, 산산이 그 손을 꽉 잡아버렸던 것이다.

"저 사람이나 어찌해 봐요."

"뭘 어찌해?"

흥이 깨져서 그런가, 퉁명스럽기 그지없다.

그러자 산산이 방긋 웃었다.

희디흰 목련 꽃봉오리가 한 번에 벌어지는 듯하다. 위인의 입이 금세 헤벌쭉 벌어졌다.

"아, 알았어, 알았다구."

허방산은 마지못해 상체를 일으켰다.

"악치야."

"예."

"일단 침모에게 가서 갈라진 머리 가죽이나 꿰매달라고 해라. 그리고 뭉구리와 함께 어디 풍광 좋은 데다 자리나 마련해 봐. 저녁에 우리 코가 비틀어지도록 한번 마셔보자."

"예, 옛!"

"됐지?"

"예."

"그럼, 가봐. 좋은 일에 초 그만 치고."

"예, 그럼."

어찌 모를까, 악치의 마음을.

차마 당사자에겐 낯간지러워 용서를 빌지 못하고, 대신 산산을 잡고 늘어졌던 그 자존심을……!

악치는 횅하니 나갔다.

이어서 하다만 일이 계속되나 했는데, 그것이 아니었다.

허방산은 정색을 했다.

"낭월."

"예."

허벅지가 허전해져서일까.

산산의 대답에는 왠지 힘이 쭉 빠져 있었다.

"낭월각에 딸린 식솔이 모두 몇이지?"

"묘객을 빼고 나면 저까지 모두 열둘이에요. 왜요, 모두 다시 불러들일까요?"

아침에 인사를 받긴 받았었다.

그랬던 것이 산산의 손을 주물럭거리다가 모두 잊어버렸던 모양이다. 위인은 얼쑹하게 손가락을 헤아렸다.

"월모 하나, 침모 하나, 주방의 찬모가 셋, 그리고 홍리와 가기들… 맞지?"

"예."

"그럼 이렇게 해라. 침모와 찬모, 그리고 홍리만 빼고 모두 다 집순각으로 돌려보내 재배치를 받도록 해."

"어, 어이해……?"

"낭월각은 앞으로 손님을 받지 않는다. 알겠느냐?"

"아! 하, 하오나……."

"그만. 그리 하라면 그리 하라."

산산이 무슨 말을 하고자 하는지는 듣지 않아도 알 수 있었다.

장몽궁 전체 오백여 전각에서 영업을 하지 않는 전각은 단 다섯 채에 불과했다. 바로 백대방이 눌러앉아 있는 곳이고, 그곳이야말로 장몽궁의 밤을 지배하는 총사령부이자, 일천 묘객이 우러르는 성역이었다.

그 이외의 예외는 없다.

거부하면 그 즉시 보따리를 싸야 하니까.

그럼?

산산이 고개를 들었다.

근심, 우려. 심지어는 물기마저 보이고 있는 눈이다. 허방산은 그 눈을 보며 고개를 끄덕였다.

"다 잘될 것이다."

"……!"

"졸개보다는 두목이 나을 터, 기왕 벌인 판이니 이번에 내 궁의 위계 질서를 다시 짜볼 참이다. 어떠냐, 재밌겠지?"

"재, 재미요?"

"흐흐……."

"……!"

기가 막혔나 보다.

명색이 천하제일항이다.

세상의 색이란 색은 모두가 모여들고, 시정의 온갖 검은 물이 고일 대로 고여드는 곳이 바로 이 장몽궁이었다. 그런 세계의 위계 질서를 운운하다니, 그것도 재미로……!

잠시 멍해 있던 산산이 도리질을 했다.

그리고는 가는 한숨을 내쉬며 걱정스럽다는 눈빛을 했다.

몰라도 너무 모르는 사람, 그 무슨 애들 치기 어린 놀이도 아니고 게다가 저 태평이라니…….

허방산은 하품을 하고 있었다.

"주무시렵니까?"

"그래, 눈 좀 붙여야겠다."

말이 끝나기가 무섭게 그는 드러누웠다.

산산의 발치께였다. 그런가 싶더니 금방 드르릉! 하고 코를 곤다. 숫자를 헤아렸다면 빨리 세었어도 채 열을 헤아리지 못했을 짧은 순간이었다.

엉뚱한 사람.

장난인 줄 알았는데 그게 아니었다.

그는 정말 자고 있었다.

"......!"

산산의 눈빛이 기이해졌다.

저 사람. 천하의 난봉꾼인 줄로만 알았거늘, 생각해 보니 악치가 보고 있던 그때 잠깐뿐이었다. 아니었던가……?

잠든 얼굴이 평화롭게만 보인다. 색색 달착지근한 숨결을 흘려내며 깊은 잠에 빠져 있는 젖먹이처럼, 아니, 진짜 아이처럼 그는 그렇게 보였다.

"하아……."

웬 한숨일까, 박수를 치며 기뻐해도 모자랄 것이거늘?

낭월아씨 산산의 한숨은 꽤나 길었다.

낚시도 하고, 장장 오십 리나 된다는 백리향의 뱃길도 두루두루 섭렵하며 며칠을 보냈다.

그날도 그랬다.

이경이 되어가는 시각이었다.

방학정이란 정자에서였다.

이제는 형, 아우하며 서로 가까워진 악치며 뭉구리와 더불어 낮에 잡은 탕거리를 안주 삼아 술잔을 주거니 받거니 하고 있는데, 홍리가 헐레벌떡 달려왔다.

"크, 큰일 났어요, 아저씨!"

"큰일?"

반쯤은 혼이 나가 있는 얼굴에 오히려 보는 이가 더 놀랐다.

뭉구리가 제일 먼저 물었다.

"무슨 일이냐?"

"아, 아씨가."

숨이 턱에 차 말도 제대로 꺼내질 못한다.

악치가 허방산을 바라봤다. 그러곤 말없이 고개를 끄덕였다. 무슨 뜻일까……?

"천천히… 천천히 숨을 쉬어라."

뭉구리가 정자에서 내려 등을 다독거려 주고 나서야 홍리는 겨우 말문을 열었다.

"홍련각에서 아씨를 끌고 갔어요. 아저씨… 어서!"

"역시, 역시 그런 것인가?"

"추… 잡한 놈!"

뭉구리는 주먹을 불끈 쥐었고, 악치는 자리를 박차고 일어났다.

그럴 리는 없다고 여겼으나 혹시나 했던 일이 마침내 벌어지고 말았던 것이다.

홍련각은 맹호연 백대방의 본영이었다.

낭월각은 홍련각 휘하, 법대로라면 허치가 홍련각주인 맹호연에게 인사를 드려야 한다.

하지만 허방산은 가지 않았다.

아니, 신경조차 쓰지 않았다. 그것은 맹호연을 무시한 것이고, 정면으로 반기를 든 셈이 된다. 그에 따른 징치는 필연적이었고, 내심 홍련각의 반발을 기다려 왔던바, 그래도 그렇지 산산에게 손을 쓸 줄은 미처 몰랐다.

"그러기에 제가 뭐랬습니까. 직접 대놓고 따지기는 뭐하니까 그런 야비한 술수를 쓴 겁니다. 영업 중단을 핑계 삼아 그간 은근히 눈독을 들이고 있던 아씨도 옭아매고, 허 댓빵도 이참에 아예 기를 꺾어버리자는 뻔한 수작이지요."

"놈은 좀 추잡한 구석이 있는 놈입니다, 댓빵."

대방이란 칭호는 악치가 자신의 십대방 서열을 상납한 것이다.

허방산은 눈빛을 빛냈다.

"흐음……."

낭월아씨의 미모는 궁내에 자자하다.

백리쌍염과도 견줄 수 있다는 가치를 지녔고, 그래서 낭월각을 노리는 자도 많았다. 그러나 지금까지는 주인이 없었다.

악치가 까놓고 공표를 해놓았기에 관할 백대방인 맹호연조차도 한발 양보하고 있었으니까.

그것이 지금 무너졌다.

아니, 어쩌면 맹호연이 위기감을 느끼고 먼저 손을 썼을지도 모르는 일이었다.

악치가 언성을 높였다.

"가시죠. 제 휘하에 오십 정도가 있는데, 이번에 다 동원을 하지요. 그렇지 않아도 맹가와는 언제고 한번 붙어보고 싶었는데 잘되었습니다. 싹 쓸어버리십다."

"……!"

"놈의 패거리가 이백을 상회한다고는 하나 한번 해볼 만합니다. 전면 전이라서 좀 찜찜하기는 합니다만, 놈이 믿는 것은 그것뿐이니 틀림없이 놈은 대가리 수로 밀고 나올 것입니다."

"됐다."

허방산은 고개를 가로저었다.

"나 혼자 간다."

"대, 댓빵!"

"아저씨, 안 돼요. 놈들은 흉신 악살같이 무서운 놈들이라구요."

뭉구리와 홍리가 펄쩍 뛰었다.

"하하하… 그깟 일로 궁 안에 소란을 일으켜서야 되겠느냐? 아무 일도 없을 것이다. 너희는 먼저들 돌아가 술이나 따끈히 데워놓고 있거라. 아마도 산산이 많이 놀랐을 것이다."

허방산은 몸을 일으켰다.

그가 성큼 내려서자 악치가 뒤를 따랐다.

"저라도 모시겠습니다. 놈과는 안면도 없으실 것이니 말입니다."

그러자 뭉구리,

"형님, 나도……!"

"너는 돌아가라."

"하, 하지만 손이 하나라도 더 있으면……."

"크흣… 쥐 새끼 몇 마리가 어찌 산중거호의 발길을 막을 수 있겠느냐. 댓빵의 말씀이 맞다. 쥐 한 마리를 잡으려고 독까지 깰 수는 없는 일이니……."

"그야 물론 깨가 백 번 굴러도 호박이 한 번 구르니만 못하다는 말이 있긴 있지만 그래도……."

"어허."

허방산은 벌써 저만치 가고 있었다.

악치가 보폭을 크게 해 그를 따랐고, 뒤에 남은 뭉구리와 홍리만 걱정으로 가슴을 태웠다.

허방산과 악치, 둘은 빠른 속도로 어둠 속에 잠겨들었다.

"따르어라."

천자의 방이 이러할까. 촌놈이 봤다면 꿈인가 생신가 하고 제 살을 꼬집어봤을 것이다. 화려하기 그지없는 거실.

술상 위였다. 술잔 하나가 아까부터 내밀어져 있었다.

"따르어라."

벌써 세 번째 되풀이하는 말이었다.

그러나 상대는 반 시진째 요지부동이었다.

맹호연은 화가 났다.

자신이 누구인가. 장몽궁에서 다섯 손가락 안에 끼는 실력자이자 무소불위의 권능을 지닌 사람이 아닌가. 그런데도 이렇게 술 한 잔에 목을 매고 있다니.

'이런 육시를 헐……!'

그에겐 두 가지의 비밀이 있었다.

타의 추종을 불허한다고 자신하는 자신만의 재주이자 주특기.

그 하나는 과거 십오 년 전에 황산에서 나무를 하다가 우연히 습득한 무공비급에서 터득한 염왕부법이었다.

비록 전반부가 삭아 없어져 독문의 내공은 얻지 못했다고 하더라도, 그 책자에 있던 손도끼 쓰는 법 몇 가지는 열여덟 살의 순박한 산 소년을 일약 장몽궁의 염라부란 이름으로 화려하게 변신시켰다.

다른 하나는 안목이었다.

사람 보는 눈, 그 눈의 대상은 여자였다.

그 눈이 지금 뙤약볕 소나기에 반짝 물을 만난 미꾸라지처럼 꿈틀거렸다.

'천연기념물이다. 그것도 평생에 하나 만날까 말까 한 특종. 일컬어, 극락조(極樂鳥)라 하는 것이다. 새만 극락조가 있는 것이 아니다. 계집에게도 있다. 단 한 번에 사내를 천당으로 보내 버린다는 전설의 명기, 그것을 바로 이 계집이 지니고 있다!'

살은 진즉부터 뜨거워져 있었다.

사실 지금까지 낭월각을 가만히 놓아두었던 것은 그 악치 놈 때문이었다.

공공연히 '내 것이다' 라고 떠들고 다니는 놈을 수하를 시켜 은밀히 쓱싹해 버릴 수는 없었다.

가능성이 희박했으니까.

그렇다고 본인이 직접 나서자니 그러다 자칫 터럭 한 올이라도 다치게 된다면 온 동네방네에 우셋거리가 되고 만다.

그래서 차일피일 미루며 기회만 봐왔었다.

그러다 결국은 완전 닭 쫓던 개꼴이 되어버렸지 뭔가.

놈은 허치란 놈의 수족이 되어버렸고, 낭월각은 생각지도 않았던 자의 아성이 되어버렸다.

여차하면 모든 것이 물 건너가 버릴 판이었다.

그 골치 아픈 악치마저 제 집 마당쇠로 만들어 버린 놈.

결론은 하나였다. 더 크기 전에 잘라 버려야 한다는 것이었고, 그 결심이 오늘 일의 단초였다.

그러나 지금은 후회막급이었다. 왜냐,

허치?

악치?

그런 조무래기들 때문이 아니었다.

제아무리 날고 뛰는 놈들이라고 해도 그까짓 놈들이야 독한 맘만 먹으면 어떻게든 해결할 수 있다.

진짜 이유인즉슨, 바로 코앞에 고고하게 무릎을 세우고 모로 앉아 있는 계집 때문이었다.

'여태껏 이런 보물을 휘하에 두고도 몰랐었다니……!'

낭월아씨 산산, 바로 그녀였다.

낭월의 이름은 들었었다. 절색, 양귀비나 서시 뺨치는 절색이라고.

하지만 그러려니 했다. 설마 이 집의 홍련만 할까?

그랬는데,

그랬었는데……!

'으으으……'

보고 생각하는 것만으로도 이미 반은 터졌다.

그러나 품위라는 것이 있다. 맹호연은 거푸 마른침을 삼키며 다시 한 번 목소릴 내려깔았다.

"따르지 못할까."

"……."

무반응.

아니, 무관심.

그것은 멸시보다 더한 치욕이었다.

맹호연, 그의 인내심은 급기야 한계치로 치닫기 시작했다. 그래도 한 번 더, 마지막으로……!

"시궁창에 내깔린 넝마 조각이 되고 싶지 않다면… 따르어라."

"……!"

그때서야 여인의 시선이 들려졌다.

아무 뜻도 없는 눈빛이다.

그 눈 망막 가득 지금 한 사내가 차 오르고 있었다.

스쳐 봐도 괜찮긴 한 사내였다. 밤송이같이 거친 구레나룻에 네모 반듯한 얼굴은 누가 봐도 호걸이었다.

하되 지금은 그에 더도 덜도 아니었다.

'토끼, 눈이 빨간 토깽이······!'

그녀의 도톰한 입술이 드디어 벌어졌다.

"짐승."

"······!"

거기까지는 그래도 괜찮았다.

참을 만했다.

하지만 말이다. 멸시랄까, 동정이랄까, 측은지심이랄까.

하여간 그녀의 눈빛에 서려 있는 그런 류의 느낌에는 도저히 참을 수가 없었다.

"네 감히······?"

우당탕··· 투당탕······.

술상이 날아갔다. 술잔도 날아갔다. 그리고 마지막엔 그의 손도 날아갔다.

쫘아악!

낭월의 연청빛 물색 나삼이 나비처럼 날아올랐다.

화들짝 놀라 기겁해 숨을 죽이던 황촉이 간신히 되살아난다.

불빛에 보이는 여인은 더욱 아름다웠다. 찢겨져 나간 상의를 대신해 가위표로 교차되고 있는 두 팔이었기에, 보일락 말락 하는 안타까움이었기에 더 더욱 아름다웠다.

미치기 일보 직전, 맹호연은 벌떡 일어나 낭월의 양어깨를 잡아 올렸다.

"네 처녀도 아닌 것이, 그렇다고 여염집 아낙도 아닌 일개 노류장화주제에 본 대방을 거부할 정조 따위가 있다는 것이더냐?"

마치 이제 털갈이하는 범 새끼가 으르렁거리는 듯하다. 그것도 꼭지가 돌아버린……!

순간 산산의 눈에 눈물이 핑 돌았다.

"처, 처녀?"

가장 아픈 곳이었다.

언제였던가. 운다고 해결될 일도 아니었다.

아버지의 강압에 어쩔 수 없이 발을 들였다. 그리고 홧김에 버리듯 내던져 버렸다. 청백이란 그 거추장스러웠던 것을……!

그러나 아아…….

그것이 지금은 회한인 것을.

이렇게 사무치는 아픔인 것을……!

낭월의 눈빛이 찰나적으로 새파래졌다. 마치 내가의 고수가 일으키는 무서운 살기처럼.

"죽여 버릴 테야."

진짜였다. 바로 눈앞엔 벌렁거리는 맹가의 콧구멍, 낭월은 와락 그 콧살을 깨물어 버렸다.

"으악!"

맹호연이 펄쩍 뛰었다.

왜 아닐까. 장몽궁의 백대방으로서 어디 이런 경우를 상상이나 해봤으랴. 송충이를 털어내듯 냅다 낭월을 팽개쳤다.

쾌당!

가녀린 여체는 방구석에 틀어박혔다.

그러나 낭월은 혼자만 날려간 것이 아니었다. 그녀는 맹호연의 콧등을 문 채로 날려갔다.

"으으으… 이런 찢어 죽일 년이!"

맹호연의 눈이 뒤집어졌다.

이 상황에서 맨정신이라면 그것이 더 이상할 것이다.

분을 못 이겨 붉으락푸르락 벌벌 떨며 몸조차 제대로 가누지 못한다.

폭발 직전의 상태, 그것은 방구석에 처박힌 낭월도 마찬가지였다.

너 죽고 나 죽는다. 이판사판, 궁지에 몰린 고양이처럼 산산은 앙칼지게 몸을 사렸다.

퉤에!

붉은 육고기 한 점이 맹호연의 발치에 뱉어진다.

바로 자신의 콧잔등이 살, 그것을 알아본 맹호연은 미친 듯이 웃어 젖혔다.

"와하하핫!"

자신이 생각해도 미치지 않은 것이 이상했다.

맹호연은 입술을 적셔오는 핏물을 쓱하고 핥아 먹었다. 그리고는 음산한 잔광을 흘리며 걸음을 옮겨가기 시작했다.

"회를 쳐서 먹어줄까, 푹 고아서 먹어줄까… 결정은 네년이 해라."

"개, 개자식……!"

한 걸음, 두 걸음…….

바로 그때였다.

무슨 일이 일어나도 일어날 판인데 밖에서 갑자기 웅성거리는 소리가 들려왔다. 그 소리는 막 밟아 죽일 듯한 기세를 일으키고 있던 염라부 맹호연의 두 발을 붙잡았다.

무엇을 그려봤나, 맹호연의 얼굴에 문득 잔인한 미소가 떠올랐다.

"그것도 괜찮겠군. 네년에게 우선 재미있는 구경부터 시켜주마. 인간 장작은 어떻게 쪼개지는지를……!"

"왔다!"

"악치와 허치다!"

"거, 겁도 없이 달랑 둘이서……?"

홍련각의 앞뜰은 온통 핏빛의 물결이었다.

맹호연이 병적으로 붉은빛을 선호했는지라, 상전의 뜻에 따라 일신을 홍포로 단장한 그의 휘하 묘객들이 총출동해 있었던 것이다.

가히 첩첩의 장막이었다.

그렇다고 그 따위가 무슨 소용이 있을까?

똥개도 제 집에서는 겁없는 맹수가 된다지만 그래 봐야 잡견일 뿐이다. 개들이 우글우글 모여 있다고 해서 호랑이 한 마리를 당해낼 수는 없는 일이 아닌가.

저벅.

한 발 다가오면 우르르 물결치듯 한 발 물러선다.

"훗훗훗……."

냉오한 웃음과 함께 거리를 좁혀오는 사람은 악치였다.

그는 두 손을 흔들거리며 다가섰고, 그의 뒤를 따르고 있는 허방산은 아예 뒷짐 차림이었다.

"으으……."

"마, 막아라. 막아야 한다."

처음엔 어이없다는 가소로움, 그 다음엔 장하다는 경탄. 가장 마지막은 공포였다.

사람은 이름이 먼저고 얼굴은 그 다음이라 했다.

하나는 아무도 건드리지 못한다는 인간 말종이요, 다른 하나는 장몽궁의 전설을 만들어가고 있는 허치였다. 무서웠다.

그중에서도 가장 무서운 것은 저 일정하기만 한 보폭과 거침없이 다가오는 속도였다.

저벅― 저벅―

미리 발이라도 맞춘 듯한 저 걸음걸이.

대체 어찌해야 한단 말인가. 막아야만 하거늘……!

"미, 밀지마라."

"으으으… 너, 너무하는구나!"

오합지졸이다. 허둥지둥, 거기에 더해지는 악치의 피 냄새 물씬한 음성은 그들의 기백마저 얼려 버렸다.

"어른들끼리 하는 일이다. 애들은 빠져라. 막으면 죽는다!"

그때다. 붉은 비단이 갈라지듯 인파가 쭉 갈라지며 그 사이로 두 사람이 나타났다.

"멈춰라."

"예가 어디라고 감히 너희 따위가 설쳐 댄단 말이냐?"

여태껏 섬돌 위에 서서 상황을 내려다보고 있던 자들이었다. 도합 여덟이었는데, 나선 자들은 그중의 둘이었다.

둘 다 칼을 찼다.

하나는 검이고, 하나는 박도다.

그들은 악치와도 안면이 있는 홍련각 휘하 장년의 십대방이었다.

그러나 그들의 외침도 악치와 허방산의 발걸음을 멈추게 하진 못했다. 마치 뉘 집 개가 짖느냐는 식이다.

칠 장여 거리가 순식간에 오 장으로 좁혀들었다.

"이, 이놈이?"

검이 칼집을 벗어났다.

그와 동시에 그 검의 주인이 하얀 검광을 끌며 날아올랐다.

마침내 악치를 막아서는 자가 나타났던 것이다.

하되 그의 호기는 그 정도에서 그쳐야만 했다. 악치의 손에서 절정비 하나가 섬광처럼 날아갔으니까.

퍽!

"으악……!"

비도는 여지없이 목표물의 이마빡을 꿰뚫어 버렸다.

한밤중 숨소리 하나 조심스런 순간이었다.

그래서 그 소리는 더 더욱 크게 들렸다. 머리뼈가 바스러지는 소리, 그리고 단말마의 비명. 그 다음은 정적이었다.

무덤 같은 고요…….

일순,

"사, 살인이다."

"흐으으… 자, 장난이 아니다."

진흙탕이라곤 하나 장몽궁에서도 살인은 흔치 않았다.

있어도 암중에 이루어졌고, 시신은 멀리 운하를 따라 장강으로 흐르는 수로가 알아서 해결했다. 소문 정도야 쉬쉬하다 사그라져 버리기 일쑤였고.

그렇지만 지금은 공식적이었다.

게다가 죽음이란 무서운 것이었다.

누가 감히 죽음을 우습게 알겠는가. 공기부터 단번에 싸늘하게 식었다. 그 분위기를 반전시키려는 듯,

"저, 정말 죽고 싶은 게로구나!"

박도 또한 도갑을 벗어났다.

아니, 벗어나려고 했다. 반이나 뽑혀져 나왔을 것이다.

칼잡이는 더 이상 말을 하지 못했다. 언제 다가왔는지 허방산의 왼손이 그의 목을 닭 모가지 잡듯 움켜쥐고 있었던 것이다.

"캑."

대번에 혓바닥부터 내밀어졌다.

그 눈에 서린 것은 공포보다도 더 무서운 불신이었다.

귀신, 귀신이다. 맹세코 이렇게 빠른 몸놀림은 본 적이 없다. 귀신이 아니고서야……!

허방산은 천천히 입을 열었다.

"한 번만 더 막는다면 진짜 죽여 버리겠다. 네 그래도 막겠느냐?"

"……!"

목울대가 잡혔으니 새어 나올 말도 없다.

그 다음이었다. 허방산은 뒤도 돌아보지 않고 놈을 내던져 버렸다. 놈은 날개 달린 야조처럼 멀리멀리 날아갔다.

휘이이이… 풍덩!

연못이 아니었으면 아마 죽었을 것이다.

그러나 그는 알고나 있었을까?

진짜 죽이고자 했다면 애써 목을 잡지도 않았을 것이고, 눈대중으로 봐놨던 연못께로 던지지도 않았다는 것을.

어쨌거나 그는 한울타리의 한식구였고, 그것이 그가 산 유일한 이유였다.

그 한 수에 대청까지 길이 훤히 뚫렸다.

공포. 공포는 투지를 무너뜨리고 기백을 갉아먹는다.

슬픈 일이나 졸개들은 이미 강 건너 불구경이었다.

하긴, 이 판국에 목숨을 바쳐서라도 충성해야 할 의리를 찾는다는 것은 찾는다는 그 자체가 무리였다.

그 무슨 영광이 있을 거라고.

어차피 윗대가리들끼리의 자리 싸움일진데, 막말로 누가 이기면 어떻고 누가 지면 또 어떤가?

그런 생각 때문이었을 것이다.

대청마루에 있던 자들도 슬쩍슬쩍 시선을 피하며 몸을 사렸다.

원래는 절대 그러면 아니 되는 자들이다. 왜냐하면 그들 여섯이야말로 염라부 맹호연의 수족 같은 호위였으니까.

직위는 십대방.

백대방은 직속 관할 십대방 말고도 자신만의 수신 호위를 사적으로 거느린다.

수신 호위와 대방화라 지칭되는 수청 가기를 지적해 거느리고, 자신만의 전용 전각에 들 수 있음은 백대방만의 특권이자 의무였다.

왜냐하면 백대방이 안정되어야 궁 전체가 안정되는 것이나 마찬가지였기에.

하여간 맹호연의 수신 육호위는 길을 텄다.

이제 치워질 것은 대충 다 치워진 셈이었다.

악치가 앞으로 나섰다.

"잠시만 기다리시지요."

"그러지."

그럴 즈음이었다. 대청의 여덟 짝 미닫이가 차례로 열리며 홍의미녀 하나가 마루에 나타났다.

그녀는 나부시 절부터 올렸다.

"홍련이라 하여이다. 어서 오시옵소서."

의외였다.

어떤 꿍꿍이가 있는 건가?

그것이 아니라면 놈의 배포가 이만하다는 의미……?

어쨌거나.

맞은편 미닫이 문가에도 홍의여인 둘이 공손히 서 있었고, 홍련이라는 여인이 눈짓을 하자 그녀들이 조심스럽게 문을 열었다.

거기에 그가 있었다.

염라부 맹호연.

콧날이 사라진 피투성이로 그는 방 한가운데에 서 있었다.

다 부서진 술상 하나와 안주거리는 한쪽 구석으로 밀쳐져 있었고, 다른 구석 한쪽엔 걱정했던 낭월 그녀가 있었다.

입가엔 핏물이요, 모로 앉아 앞섶을 붙잡고는 있으되 찢겨져 있는 저고리 모양이 무슨 일이 벌어지려 했는지를 능히 짐작케 한다.

"주, 죽일 놈……!"

악치의 벽안에 새파란 섬망이 일어났다.

무서운 눈이었다.

그러나 허방산의 눈빛만은 못했다.

가을 서리처럼 차가운 빛이었다. 그 눈이 일순 무심해 보이리만큼이나 한없이 깊어졌다.

우둑뚝… 우둑뚝…….

주먹 관절 튀는 소리가 요란하게 일어났다.

특이하게도 슬쩍 주먹이 쥐어지는 간단한 동작임에도 불구하고 일부러 꺾는 소리보다 더 컸다. 살심이 일었다는 뜻일지니.

허방산은 성큼 문 앞으로 다가갔다.

"맹가, 한 번만 묻겠다. 죽겠느냐, 꿇겠느냐?"

"······!"

순간 맹호연의 얼굴이 벌겋게 달아올랐다.

격한 분노가 발끝에서 머리끝까지 치밀어 오른다.

밖에서 들려왔던 일련의 소리로 상대를 무시했던 마음은 진즉에 버렸다. 자신의 죽음을 그려볼 만큼 놈은 강적이었다.

하나 그래도 그렇지, 어떻게 단 한 마디로 막다른 골목을 만들어 버린단 말인가.

협상의 여지는 애당초 없었다.

그러나 아직은 승부가 나지 않았다.

거드름은 이기고 나서야 피우는 것이다.

건방진 애송이. 뭐라, 꿇으라고······?

그래, 와라. 너라고 도끼가 안 들어가겠냐? 그래, 그래 한 발만 더! 됐다, 지금이다!

"죽어랏!"

쭈아아악.

뭔가 시커먼 것이 맹호연의 우수 소맷자락 안에서 번개처럼 튀어나왔다. 가공할 속도로 허방산의 이마를 갈라 오고 있는 것은 조그만 손도끼의 외날이었다.

"······!"

막 문턱을 넘어서고 있던 순간이었다.

일시지간 몸의 균형이 흐트러졌을 때이고, 맹호연이 노렸던 바로 그 순간이었다.

바로 눈앞이었다.

악치의 비도조차 손색이 있을 속도요, 기세였다.

허방산은 거의 반사적으로 좌수를 쭉 뻗었다.

반쯤 말아 쥔 구수(勾手)로 뻗어나간 손이었다.

실로 눈으로 보고서도 믿기 어려운 광경이었다. 그 손은 맹호연의 도끼날 옆면을 슬쩍 쳐 젖히며 반동으로 튕겨 나가는 도끼의 손잡이를 와락 움켜쥐었다.

팽!

두 사람 사이에 직선의 줄 하나가 만들어졌다.

가는 철사였다.

원래는 염라부라 불리는 손도끼의 자루 끝과 맹호연의 손목을 이어놓은 철사였는데, 무엇으로 만들어졌는지 질기기가 이루 말할 수 없었다.

"우웃……!"

맹호연의 이마에 굵은 핏줄이 불거졌다.

이런 결과가 되리라곤 정말 상상도 하지 못했다.

젖 먹던 힘을 다했던 불의의 일격이었다.

게다가 설사 알고 있었다고 해도 피하기 힘든 염왕토혈(閻王吐血) 초식이었다. 과거 절강제일검이라는 강호고수조차 해치웠던 회심의 절초, 그것을 이런 식으로 무산시켜 버릴 줄이야.

아니, 떨쳐 버리고도 남아 잡아버리기까지 했지 않은가. 그리고 힘은 또 왜 이리 엄청난가.

맹호연은 혼신진력을 쏟아냈다.

그런데도 상대는 거암처럼 꼼짝도 하지 않는다.

'좋아, 네 이놈……!'

두 손으로 줄을 잡았다. 그리고는 어금니가 부서져라 힘을 주며 전력으로 끌어당겼다.

그 찰나였다.

허방산의 신형이 흐릿하게 변했다.

줄을 놓음과 동시에 덮쳐 갔던 것이다.

당겨주는 힘에 덮쳐 가는 탄력이니 오죽이나 했겠는가.

맹호연은 찰나적으로 휘청하며 몸을 뒤로 휘었고, 허방산은 지표를 스쳐 나는 한 마리 매처럼 맹호연의 목울대를 낚아채 갔다.

"허걱."

맹호연의 눈에 다급함이 폭죽처럼 명멸해 올랐다.

휘어진 몸을 채 펴지도 못했다. 아니, 더 휘어야만 했다. 그래야만 저 갈고리 손을 피할 수 있을 테니까.

그러나 생각만큼 몸의 반응은 그리 빠르지 못했다.

"윽!"

피하긴 피했으되 다 피하질 못해 턱살이 한줌이나 뜯겨져 나갔다.

'이런, 개자식!'

내친김이다.

"이놈……!"

철판교 신법으로 뒤통수가 장딴지에 닿을 만큼이나 격하게 몸을 꺾었다. 그와 동시에 꺾던 그 탄력으로 오른발을 들어 맹렬하게 허방산의 낭심을 올려 찼다.

'성공이다!'

그러나 그건 생각에 불과했다.

허방산은 손만 뻗어왔던 것이 아니었다.

오른쪽 무릎도 같이 왔었다.

슬격(膝擊).

여지없다. 그리고 한 치의 에누리도 없었다.

맹호연의 회심의 일격이 격중되기 바로 직전, 허방산의 무릎은 비스듬히 사선을 그으며 맹호연의 명치에 정확히 박혀 버렸다.

퍽!

"흑……!"

순간적으로 세상이 멈췄다.

머리 속이 느끼해지며 눈앞이 갑자기 만발한 개나리 꽃밭으로 변했다. 그것이 끝이었다.

맹호연은 찰나적으로 정신을 놓아버렸다.

"음……."

악치는 안다.

그 고통이 어떠한지를 당해봐서 안다.

맹가는 지금 서 있고 싶어서 서 있는 것이 아니었다.

허방산의 무릎이 꽂혀 있기에 서 있는 것처럼 보일 뿐이었다.

아니나 다를까, 허방산이 발을 거두자 그는 그대로 물먹은 솜처럼 허물어져 내렸다.

"꾸웩… 꾸웨에에엑!"

아예 돼지의 멱을 딴다.

정신이 들자마자 맹호연이 해댄 것은 토악질이었다.

뱃속의 오물은 기본이고, 심지어는 창자 속의 반쯤 썩은 똥물까지 속에 있는 물이란 물은 모조리 게워냈다.

눈물과 콧물로 뒤범벅이 된 그가 잔기침을 마쳤을 때였다.

미닫이가 천천히 열렸다.

"……!"

현실감이 이제야 살아났다.

허치다. 그리고 그 앞에 공손히 양 무릎을 모으고 술을 치고 있는 사람은 바로 홍련, 홍련이 아닌가?

악치는 보이지 않았다. 둘러보니 낭월도 보이지 않았다.

시야에 들어오는 사람은 허치뿐이었다.

허방산이 그런 그를 보며 피식 웃었다.

"낯짝은 닦고 나와라. 위신상의 문제가 있으니까."

"으음……."

무슨 생각을 하는지 맹호연은 한참 동안이나 자신이 게워놓은 오물 더미 속에서 가만히 있었다. 그러다간 이내 손도끼를 당겨 들고 천천히 걸어 나왔다.

아직도 남았다는 것인가?

대경실색, 홍련이 기겁해 외쳤다.

"대, 대방 나으리."

허방산은 태연했다.

그는 힐끗 맹호연의 신색을 일별하곤 홍련에게 불쑥 빈 잔을 내밀었다.

"잔이 비었다."

"예? 아… 예."

잔이 넘치는지도 모른다.

홍련의 시선은 온통 맹호연에게 가 있었다. 대관절 저이가 어찌하려고……?

맹호연, 그는 마침내 술상에까지 이르렀다.

이어 천천히 정자세로 다리를 틀고 앉았다.

진지한 얼굴이었다.

그는 왼손을 쫙 펴서 방바닥에 대고는 대뜸 손도끼를 치켜들었다.

무엇을 하려는지 이제야 안 모양이다.

홍련이 사색이 되어 자신의 입을 틀어막는데, 누가 말릴 사이도 없었다. 맹호연은 손도끼를 그대로 내려찍었다.

꽝!

도끼는 방바닥에 틀어박혔고, 그 순간에 핏물이 튀었다.

저만치 튕겨져 나가 툭툭 살아 움직이고 있는 것은 조그만 새끼손가락이었다.

단지(斷指). 맹호연은 그러고 나서야 양 무릎을 붙였다.

"나도 사내요. 처분만 바라리다."

그는 차라리 홀가분하다는 표정이었다.

허방산은 천천히 입을 열었다.

"산산에게 무슨 일이 있었다면 너는 죽었다. 하나 다행히도 별일은 없었다 하니, 오늘 일은……."

긴장된 순간이었다.

맹호연은 제법 담담하게 있는데, 애간장은 홍련이 타는 것 같았다.

허치에게는 간절함을, 맹호연에겐 안쓰러움을 보이고 있는 저 여자, 이어지는 허치의 말은 그녀로 하여금 결국 눈물을 글썽이게 하고야 말았다.

"오늘 일은 내 없었던 것으로 하겠다."

"어엇……?"

"예?"

허방산은 잔을 놓고 일어섰다.

두 사람은 여전히 어리둥절한 상태였다. 뭐가 뭔지 도통 이해가 되질 않는다. 하면 이 홍련각은?

"잘 먹고 가네."

도대체가 모를 사람이었다.

백대방, 홍련각의 권좌마저도 안중에 없다 이 말인가?

두 사람이 놀라 일어섰을 때에 허방산은 이미 섬돌 아래로 내려서고 있었다.

"아아⋯⋯."

"⋯⋯!"

허방산은 곧장 사라져 갔다.

그리고 맹호연과 홍련은 아주 오래도록 그가 사라져 간 어둠에서 눈을 떼내지 못했다.

아마도 맹호연의 손가락에서 흘러내리고 있는 선혈만 아니었다면 그들은 새벽까지라도 그렇게 우두커니 서 있었을 것이다.

허치.

그는 정말 모를 사람이었다.

악치와 낭월을 돌려보내고 나서 느닷없이 술상을 보라고 하더니만, 그래서 승리의 축하주 어쩌고저쩌고 하려나 보다 했더니만, 그것이 아니었다.

없었던 일로 하겠다는 말 한마디 외엔 그냥 웃다가 가버린 사람.

이 세계의 생리로 봐선 도저히 이해하지 못할 사람이 바로 그였다.

맹호연을 바라보던 홍련의 눈빛 때문이었을까. 그 눈에 서려 있던 단심을 어여삐 봐서 그랬던 것일까⋯⋯?

모를 일이었다.

제8장 허치, 허 대방

허치, 허 대방

참 빠른 소문이었다.

홍련각의 맹 대방이 단지 맹세를 했다는 소문이 백리향에 바람을 타고 퍼졌다. 반응은 묘객원에서 제일 먼저 보였다.

동이 트기가 무섭게 혁대일이 찾아왔던 것이다.

"축하드리오이다, 허 대방."

사뭇 공손했다. 대청마루 먼 곳에서 장읍까지 취하고 있으니.

"오랜만이야."

허방산은 그를 세로로 보고 있었다.

비스듬히 모로 누워 있다는 얘기다.

베개는 낭월의 허벅지.

옷고름도 매지 않아 가슴이 훤했다.

게다가 눈까지 게슴츠레해 방금 전까지 무슨 일이 있었는지 가히 짐작 케 한다. 어디 그뿐이랴, 낭월의 저고리 앞섶도 그 모양이었다.

그래서인가. 혁씨 맏이는 감히 시선도 들지 못했다.

"이것을……."

뭘 물고 왔나 보다.

그가 품에서 꺼낸 것은 봉서였다.

홍리가 봉서를 받아와 뜯었다. 봉서에서 나온 것은 붉은 종이 한 장, 눈이 댕그래진 홍리가 목청을 다듬어 크게 읽었다.

"산동 동산 출신 허방산을 백대방으로 임명한다. 장몽궁주."

허방산의 눈이 번쩍 뜨였다.

"왕고?"

궁주라면 바로 왕고, 신비 속의 그녀가 아닌가?

그러나 혁대일의 다음 말에 그의 눈매는 다시 나른해졌다.

"묘객원과 집순각의 합의 사항입니다."

"흐음……."

보상을 해주겠다더니.

마가대원에서 있었던 일을 다 말해 준 것은 아니었다.

먹치에게 들려줬던 것은 차 집사가 그를 내팽개치고 훌쩍 떠나 버렸던 대목까지, 먹치가 중재를 자청하고 나서며 응분의 보상을 약속했었다. 더 이상은 시끄럽게 하지 말라는 조건으로.

"호위는 어찌하시렵니까?"

말이 좋아 호위지, 직속 졸개를 말함이 아닌가.

아무렴, 없는 것보다는 있는 것이 낫겠지. 그럼 언 놈들을……?

우선적으로 동그란 얼굴 하나가 떠올랐다.

"아구."

"아구요? 아, 예."

그 다음은 누구로 할까. 그래, 기왕이면 신선한 동기들로.

"웅거."

"예."

"그리고 이름이 뭐라 했더라? 맞다, 맞아. 여치와 몽니."

"둘을 더 고르실 수 있습니다, 허 대방."

"음… 하나는 악치로 하고, 나머지 하나는 뭉구리를 호위 겸 전령으로 삼도록 하지."

"알겠습니다. 그리 조치토록 하지요. 이제 대방각과 대방화만 정하시면 됩니다."

"여기."

"예?"

"여기로 한다 이 말일세. 왜, 잘못된 것이라도 있나?"

"그, 그럴 리가요."

혁대일이 고개를 들다 급급히 다시 숙였다.

허치의 손이 낭월의 치마 속으로 들어가고 있었던 것이다. 이미 그렇고 그런 사이. 그래도 그렇지, 제길 그사이를 못 참는단 말인가?

"그리 보고 올리겠습니다, 그럼."

곧장 갈 태세다.

"잠깐."

"예, 대방."

"홍련각의 맹가는 어찌 되나?"

"허 대방께서 거두질 않으셔서 달리 변함은 없을 것입니다. 다만 백대방이 한 분 더 늘었으니 각 관할 영지의 조정이 조금씩은 있겠지요."

"그렇구만. 흐음, 그건 그렇고 내 사적인 부탁 하나를 해도 되겠나?"

"말씀하시지요."

"영춘각에 양리라고, 노란 병아리 한 마리가 있네. 그 아일 이곳으로 배속시켜 주게. 그 아이가 보고 싶구먼?"

"아, 예. 그리합죠. 아니, 바라신다면 영춘각도 영지에 넣어드리겠습니다."

"아냐, 됐어. 그 아이만 있으면 돼."

"알겠습니다, 그럼……."

"그랴. 또 보세."

혁대일이 물러가고 홍리가 미닫이를 닫았다.

그때였다. 문이 닫히기가 무섭게 낭월의 표정이 돌변했다.

여태껏 그린 듯이 다소곳하게 가만히 있더니만 갑자기 찬바람이다. 표정뿐만이 아니었다. 매몰차게 치마 속의 손도 털어냈다.

"별난 취미로군요."

"어? 야, 왜 그래?"

"흥!"

급기야는 베개마저 확 치워 버린다.

"오늘 밤에 홍리를 단장시켜 들일 테니 기다리세요."

"홍리? 그 아인 왜?"

"몰라서 물어요? 영계 좋아하잖아요."

"영계?"

"흐흥, 엉큼하게 내숭은."

"아하."

그때서야 감이 잡혔다. 허방산은 어처구니가 없다는 듯 이내 실소를 터뜨리고 말았다.

"너 지금 질투하냐?"

"질투 같은 소리 하고 계시네."

"하하하… 네가 무슨 이상한 생각을 한 모양인데, 그게 아니다. 너도 먹어보면 알겠지만 양리, 그 아이가 끓여주는 붕어 매운탕은 진짜 그만이야. 내가 원한 것은 그것이다, 알겠느냐?"

"매, 매운탕이요?"

"그래."

허방산은 웃으며 일어났다.

"저녁상은 좀 거하게 차려라. 식구들이 다 모일 것 같으니… 난 나가서 시원하게 멱이나 감고 와야겠다."

말하는 도중에 옷차림이 단정해졌다.

낭월이 뭐라 말하려 입을 벙긋벙긋하는데, 허방산 그는 휭하니 나가버렸다.

"……!"

낮도깨비도 아니고.

난봉꾼도 아니고…….

낭월은 멍하니 문만 바라다봤다.

그러다간 고개를 떨어뜨렸다.

거기에 하얀 살결이 봉곳하게 치솟아 있었다. 옷고름을 흩어놓기만 했지 손가락 하나 닿지 않은 가슴이다. 치마 속으로 들어왔던 손도 손가락이나 손바닥이 아닌 주먹이었다.

저번에도 그러하더니만.

"하아아……."

다시금 한숨이 새어 나왔다.

설마 고자는 아닐 것이고, 그럼 그 무슨 결벽증?

사람을 무시해도 정도가 있지 제 눈에는 여자로도 보이지 않는다, 이

건가? 이 산산이⋯⋯?

아님 정말로 고자?

오죽교(烏竹橋).

근처에 검은 시누대가 빽빽이 들어차 있어서 붙여진 다리 이름이다.

오죽교는 낭월각 근처에 있었다.

한적하고 외진 곳에 있는데다 울울한 시누대 숲이 사방을 가리고 있어서 고요하기 그지없는 곳이었다.

혼자 있기에는 아주 좋은 곳. 거기엔 대숲을 스치는 미풍이 있다.

싸라락거리는 그 소리를 듣고 있노라면, 마치 꿈결인 양 아득해진다.

포근하고 아늑하며, 게다가 다리 옆에 있는 연못에 몸까지 담그고 있노라면 그야말로 고향이 따로 없었다.

그래서였을 것이다.

눈만 감으면 바로 집이었으니까. 집 뒤뜰에도 검은 시누대 숲이 있었다. 어릴 땐 종종 그 숲에 누워 잠을 자곤 했다.

바로 그 자세였다.

허방산은 목만 내민 채 물에 몸을 맡기고 있었다.

"⋯⋯!"

어쩌다가 예까지 왔던가.

원래 아무 생각도 없던 참이었다.

잠시 숨어 있을 곳 정도가 필요했다.

하지만 지금은 그럴 필요가 없었다. 소약이 생성된 이상 또다시 멱살을 잡히거나 패대기를 당할 그런 불상사는 절대로 없을 테니까.

아니, 그전이라도 그녀에게 겁만 내지 않았던들, 내내 기만 죽어 있지 않았더라도 노산을 떠나기까지 하지는 않았을 것이다.

"후훗훗……."

돌이켜 보니 웃음이 다 나왔다.

왜 그리도 꼼짝을 하지 못했던지. 그녀와 마주치기만 하면 왜 그리도 고양이 앞의 쥐 꼴이 되었던지.

왜 그랬을까?

혹시 습관이 되어버렸던 것은 아니었을까?

타성에 젖어서?

"추심……."

그 무식한 하마를 피해 두 번을 도망쳤었다.

그러다 한 번은 이레 만에 잡혔고, 한 번은 두 달 만에 잡혔다. 하여간 찾아내는 데는 도사였다.

그 다음엔 개 끌리듯 끌려가 손이 발이 되도록 빌었다.

"절대… 절대로 네가 싫어서 그랬던 것은 아니야."

그때마다 입에 발랐던 소리.

"너도 알다시피 네가 얼마나 예쁘냐? 눈이 좀 작아서 그렇지 복스럽고 귀티나고 피부 곱고 게다가 마음씨는 비단결이고… 완전 천사지, 천사. 날개만 안 달렸지…… 그치? 맞지?"

그 소리를 열 번쯤은 앵무새처럼 반복해야 했다.

그러면 그 하마가 입을 한 번 쪽 맞추고 놓아줬다.

"쩝……."

어디 가서 말도 못한다.

심지어는 할아버지와 할머니도 그 하마 편이었으니 하소연할 데라고는 산중의 다람쥐와 기르고 있던 백구(白狗)뿐이었다.

사내자식 체면이 어쩌고저쩌고, 사내대장부가 이러쿵저러쿵하는 말들은 다 책에나 있는 소리였다. 멱살이 잡혀 쭉 올려지고 나면 그 어떤 생각도 없어지고 마니까.

"에효효······."

그래도 왠지 보고 싶은 것은 홀딱 벗고 물놀이하고 놀던 그 시절이 있어서였을 것이다. 하여간 지금 보고 싶은 사람을 딱 하나만 꼽으라면 할아버지도 아니요, 할머니도 아닌 바로 그 꽃돼지 하마였다.

어쨌거나.

지금은 재미있었다.

얼마나 더 있다 갈지는 모르겠지만 기왕지사 내려온 길이다.

일찍 올라가 봤자 연공을 게을리 하면 벼락을 맞는다고 공갈을 치시는 할아버지하며, 그 심성 고운 장모마저 죽일 놈, 살릴 놈하며 볶아댈 것은 불 보듯 뻔한 일이었다.

"더 있어보지 뭐."

그 즈음이었다.

오작교 다리에 걸려 있던 노을이 잠깐 어두워졌다.

"뭐야?"

원래 시선을 두고 있던 방향이었다.

누군가가 거기에 나타나 있었다.

다리 난간에 손을 짚고 있는 사람, 마치 노을 속에 박혀 있는 것처럼 보이는 사람은 여자였다.

"누구지?"

그녀는 한눈에 보아도 병자였다.

얼마나 해를 보지 않았는지 백지장같이 창백한 안색에, 바싹 마른 시신처럼 피골이 상접해 있었다. 얼마나 허약한지 가만히 서 있는데도 그녀는 보는 이의 애가 탈 정도로 휘청휘청했다.

보다 큰 문제는 눈빛이었다.

몽롱하기만 한 것이 눈에 초점이 없었다.

"안됐네. 본색은 꽤나 고와 보이는 아주머니신데……"

나이는 쉰 정도에, 옷차림도 구깃구깃한 회색 빛 잠옷이었다. 설마 낮잠을 자다 나온 몽유병 환자일까? 아님 술에 취한 미친 들병이일까?

하여간 제정신을 가지고 있는 여자는 아니었다.

그래도 사람이 보이긴 보이는 모양이었다. 여자가 부들부들 떨리는 손으로 허방산을 가리켰다.

"나, 나요?"

물속에 있던 손을 빼서 코끝을 가리키며 자기냐고 물었다.

여자가 입을 벌렸다.

뭐라 말하는지는 모르나 멀지 않은 거리임에도 불구하고 목소리는 들려오지 않는다.

"뭐라고 하는 거지?"

목을 빼봐도 마찬가지였다.

실어증에라도 걸려 있는 양, 여인은 말을 하지 못했다.

그때였다. 머리가 하얀 꼬부랑 할망구 하나가 다리 저 끝에서 나타나더니 다짜고짜 그녀의 머리채를 낚아챘다.

"이 미친년이 정말 속 썩이네. 이년아, 네년을 찾으려고 이 늙은 할미가 얼마나 찾아다녔는지 알기나 하느냐? 아이고, 내가 못 살아……"

얼마나 우악스러운지 정나미가 다 떨어졌다.

여인이 거칠게 반항을 한다.

"어, 이년 봐라?"

할망구가 힘도 셌다.

머리채가 잡힌 여인은 꼼짝 못하고 질질 끌려가기 시작했다.

도리질을 하고 발버둥을 쳐봐도 마찬가지였다. 마른 지푸라기처럼 허약해 한 톨의 힘도 없었던 것이다.

그래도 꺽꺽대며 안간힘을 다 쓴다.

보는 사람이 다 안타까울 정도. 마침내 알아들을 수 있는 말 한마디가 더듬더듬 흘러나왔다.

"가… 가… 가릉(嘉陵)!"

할망구가 멈칫했다.

그러나 손길은 더욱 왁살스러워졌다.

"망할 년. 별 귀신 씻나락 까먹는 소릴 다 허구 자빠졌네. 잔말 말구 어서 가, 이년아!"

"가, 가릉!"

"얼른 가자니까?"

늙은 할머니와 병든 손녀. 그렇게 실랑이를 하며 두 사람은 이내 시누대 숲 너머로 모습을 감췄다.

"으음……"

허방산은 자신도 모르게 한숨을 내쉬었다.

괜히 가슴이 찡했다.

늙어 파뿌리가 다된 백발의 할머니와 미친 손녀딸. 오락가락하는 피붙이도 피붙이려니와, 저승길 준비하기도 빠듯할 고령의 할머니는 또 얼마나 애가 닳을까?

아마도 가슴이 새까맣게 다 탔을 것이다.

"쳇, 공연히 기분만 이상해졌잖아?"

고개를 흔들었다.

그래도 그 두 사람의 잔상은 쉽게 사라지지 않았다.

장몽궁은 대부분이 젊고 건강한 사람들로 구성되어 있는 곳이었다.

하나 누구든 늙고 병들면 어디론가 퇴출당해 떠나야만 할 것인데, 혹시 그런 사람들은 아니었을까?

"제기랄⋯⋯."

늙긴 왜 늙누?

미치긴 왜 미치고⋯⋯?

낭월각의 앞뜰에 평상이 차려졌다.

뭉구리가 앞이 보이지도 않게끔 자욱하게 모깃불을 피웠고, 낭월각 건립 이래 가장 그럴듯한 술자리가 벌어졌다.

낭월각 소속의 식구가 모두 모여 흥을 돋웠고, 그중에서도 가장 신이 난 사람은 단연 떠버리 아구였다.

그가 커다란 사발을 하나 치켜들었다.

"이 잔의 이름은 낭월배요. 축배를 듭시다. 이 땅과 이 땅에 사는 모든 이를 위하여, 자아⋯ 건배!"

"⋯⋯."

아무도 잔을 마주 들지 않았다.

오히려 핀잔만 날아왔다.

"놀고 있네."

몽니였다.

아구는 멋쩍은 듯 어색하게 뒤통수를 긁었다.

"크크⋯ 너무 거창하게 나갔나? 좋아. 그럼 이 낭월각의 무궁한 영광을 위하여!"

그때서야 하나둘씩 잔을 들어 올렸다.

"위하여⋯⋯!"

"건배!"

"댓빵에게 충성을……!"

"충성을!"

마지막은 허방산,

"우리 모두를 위하여……!"

일 배, 또 일 배. 급기야는 연신 사양만 하던 낭월까지도 잔을 돌렸고, 주흥은 익을 대로 익어갔다.

거기에 초를 친 것은 뭉구리였다.

"어, 자네는 이 피같이 아까운 술을 왜 버리나?"

"버… 버린 게 아닙니다."

"그럼?"

"나는 원래 술을 못합니다."

버벅거리는 사람은 바로 여치였다. 좌중의 시선이 일제히 그에게 모아졌다. 그것이 부담스러웠는지 여치의 얼굴이 살짝 붉어졌다.

"그래?"

"그렇다누만."

약방의 감초, 뭉구리를 거들고 나선 것은 이번에도 아구였다.

"쟨 애늙은이야."

"뭐라고요?"

낭월각의 묘객들 사이의 서열은 대충 정해졌다.

권커니 자커니 하다 보니 자연스레 서로 간의 나이를 알게 되었고, 그것이 일단은 기준이 되었다. 가장 연장자는 서른다섯 살의 아구였고, 가장 나이가 어린 사람은 허방산을 제외하면 스물다섯 살의 여치였다.

"난난이 그러더구만. 쟤 위만 저리 허여멀겋지 허리 아래로는 완전히 팔십 먹은 노인이라는 거야."

"그… 그게 무슨 말이오, 아구 형?"

"으흐흐… 아, 저 친구가 묘객 시험을 거쳤던 난향각의 난난이가 그런 말을 했단 말일세. 아직도 무슨 말인지를 모르겠나? 늙은 오이처럼 쭈글쭈글한데다, 그것도 요만했다 이거지."

"아, 그거!"

"크흐흐… 하지만 아직 내 눈으로 확인하지는 못했어."

여치의 얼굴이 홍시를 방불케 할 만큼 새빨개졌다.

그도 그럴 것이 설사 그렇다 한들 이는 명백한 인신공격이 아닌가. 그 착한 눈이 금방 눈물로 그렁그렁해졌다.

"벼, 병이 걸려서 그래요."

"병?"

"예."

"무슨 병?"

"조로병이라고 일찍 늙는 병입니다. 그래서 난 술을 먹으면 안 됩니다."

"우와… 그런 병도 있었네?"

"있어요."

"어디, 어디 한번 실물을 보자."

완전히 사각으로 몰렸다.

분위기로 봐선 벗어서 확인이라도 해주어야 할 판이다.

울상이 된 여치의 얼굴은 폭발 일보 직전이었고, 그를 곤경에서 구해준 사람은 다름 아닌 웅거였다.

"그만들둬."

과묵하기 그지없는 그였다.

게다가 구 척을 넘는 거구에서 나오는 목소리이니 속삭이는 귀엣말이라고 해도 범인이 악쓰는 고함 소리보다 훨씬 더 컸다.

"반달이 너?"

또 아구다.

"야, 한 번만 보자는데 뭘 그래? 네 것도 아닌데."

"그만두라면 그만둬. 당신이라면 좋겠는가?"

"다, 당신?"

분위기가 이상해졌다.

아구는 웅거보다 세 살 위다. 딴에는 제일 맏이라고 어깨에 힘을 주고 있는데, 결국엔 당신이라고 부르는 사람이 나타난 것이다.

한심하다는 듯이 낭월이 가는 한숨을 쉬었다.

그 와중에 눈치없는 뭉구리,

"아구 형, 그런데 반달인 또 뭐유?"

"아, 그거?"

찰싹 달라붙는 놈이 있으니 반가웠나 보다.

손가락으로 웅거를 가리키고 있는 아구의 말에 힘이 실렸다.

"잘 보게. 입은 옷도 회색이니 저 가슴 패기에다 하얀 초생 달 하나만 그려 넣으면, 으흐흐… 뭐 생각나는 것이 없나?"

"곰… 산중의 반달곰!"

"크카카… 그래서 반달이야."

순간이다.

여기저기서 떠들썩한 박장대소가 터져 나왔다.

"프하하하……!"

"반달이라… 그렇구면. 정말 그렇구면."

"호호호……."

"키키킥… 바, 반달곰이래."

심지어는 대청마루에 걸터앉아서 구경을 하고 있던 양리와 홍리, 그리고 낭월각의 침모와 찬모들도 배꼽을 잡고 웃었다. 졸지에 곰이 되어버린 웅거, 그도 나중엔 온 얼굴 가득 웃음을 짓고 말았다.

밤이 깊었다.

그리고 파장도 다가왔다.

"댓빵, 편히 주무시구려."

"아씨… 우리 댓빵 잘 좀 모셔주시오."

너도나도 한마디, 너무들 자연스러웠다.

그도 그럴 것이 여자의 허벅지를 베개로 삼았다면 이미 볼장 다 봤다는 얘기가 아닌가. 낭월 때문에 홍련각도 박살이 났다고들 믿고 있으니 그럴 수밖에.

철렁한 것은 허방산의 가슴이었다.

"이봐, 나는 아직 간에 기별도 안 갔다고."

"그만 드세요."

산산이 뚝 잘랐다. 그녀는 낭월각의 여주인답게 단 한 마디로 허방산을 꿀 먹은 벙어리로 만들었다.

"윗사람이 자리를 비켜줘야 아랫사람이 편해진다는 것도 모르십니까?"

"……!"

"들어가세요. 천첩이 모시겠습니다."

"처, 천첩?"

끔찍한 말이었다.

그렇다고 수하들 앞인지라 아니라는 내색도 할 수 없었다. 낭월이 엉거주춤 서 있는 그의 옷소매를 잡아끌었다.

"가요."

그때다. 허방산이 갑자기 아랫배를 움켜쥐었다.

"아이고."

"대, 댓빵!"

"아니, 왜 그러세요?"

"어디 아픕니까?"

난리도 아니다. 내내 잘 먹고 잘 놀던 사람이 갑자기 우거지상을 하고선 죽는 시늉을 할 줄이야.

"으으… 뒤, 뒤가!"

허방산은 뒤도 돌아보지 않고 뛰었다.

낭월각의 묘객들, 그때서야 사정을 알고는 빙긋빙긋 웃는다.

"크크큭……."

"이상하네. 뭐 탈이 날 만한 음식은 없었던 것 같은데?"

"그러게 말이야."

상황은 좀 달랐으나 한 번 써먹었던 수법이다.

허방산은 측간에 쭈그리고 앉아 턱을 고였다.

여름이었는지라 아래에서 올라오는 냄새는 고약하기 그지없었다. 솔솔 코 속으로 스며들고 있는 것이 장난이 아니었다. 게다가 극성스런 모기까지.

우선 숨을 멈췄다.

그러고는 머리를 쥐어짜기 시작했다.

'이 위기를 어찌 벗어난담?'

사실 이 곤경의 단초는 자신이 제공했다.

보란 듯이 천하의 막돼먹은 난봉꾼 노릇을 했으니까. 그 이유는 아주 간단했다.

얄잡아 보이기가 싫어서였다.

무슨 말이냐고?

생각을 해보라. 장몽궁의 허치가 아직 딱지도 안 뗀 풋내기라고 한다면 뭐라고들 할 것인가. 모르긴 몰라도 갖은 억측에 별별 소리들을 다 지어낼 것이다.

고자라고도 할 것이고, 혹자는 그런 촌놈에게 고개를 숙이느니 차라리 죽어버리겠다고 할 작자도 있을 것이다.

어떻게든 노숙한, 이곳에 걸맞는 닳고 닳은 건달 놈으로 보여야 했다. 그래야만 업신여김을 당하지 않는다.

그것이 이유라면 이유였다.

"제기랄……."

돌이켜 보니 자신이 생각해도 어처구니가 없었다.

게다가 이젠 물릴 수도 없지 않은가.

궁리에 궁리를 거듭했다.

문득 낭월의 꽃같이 고운 자태가 슬그머니 떠올랐다.

솔깃했다.

'한번 진짜로 해봐?'

아니지. 그랬다가 만일 그 하마가 알기라도 하는 날엔 본인 하나로 때울 수 있는 범위를 벗어나고 만다.

낭월은 그날부로 머리를 깎아야 할 것이고, 비류연은 물론이거니와 처가인 아리골마저도 풍비박산이 나고 말 것이다.

'그럼 방법은?'

그러고 있는데 밖에서 누가 문을 두드렸다.

"댓빵, 괜찮으시우?"

빌어먹을 자식, 아구 그놈이다.

문틈으로 살짝 엿보니 그뿐만이 아니었다. 한 놈, 두 놈 전부가 다 측간 앞으로 모여들고 있었다.

'크, 큰일 났다.'

더군다나 아구는 눈치가 비상한 놈이다.

아니, 그보다 더 무서운 것은 놈의 싼 입방아였다.

그 좋은 예가 여치였다.

참한 청년 하나 바보 만드는 것은 잠깐이었지 않은가. 저 떠버리 진드기 자식, 암만해도 저놈만은 재고를 해야 될 성싶었다.

"이 양반 이거 변비가 있는 거 아냐?"

"아님 혈압으로 쓰러졌든지. 그렇지 않고서야 이렇게 조용할 리가 있나. 좀 신경 써서 들어들봐. 용쓰는 소리가 나나 안 나나."

진땀이 다 났다.

놈은 금방이라도 벌컥 문을 열 태세였다. 문고리를 꼭 붙잡고는 있었으되 버티는 데에도 한도는 있다.

'에라, 모르겠다.'

마침내,

"커흠……."

점잖게 문을 열고 나왔다.

모두가 걱정스럽다는 표정인데, 그중에서도 아구의 동글동글한 면상을 보자 갑자기 울화가 치밀었다.

전혀 도움이 되지 않는 인간, 인간들.

그래, 어디 혼들 나봐라.

"지금부터 낭월각의 묘객 특별 수련을 실시한다. 집합 장소는 후원의 연못가, 이상!"

"엑?"

"뭐라고 하신 거요, 시방?"

아닌 밤중에 홍두깨라더니, 자다가 봉창을 뚫어도 유분수지 이게 대체 무슨 명령이란 말인가?

그러나 불호령이었다.

게다가 엄숙하기까지 했다.

"예외는 몽니. 나머지는 선착순!"

선착순을 모르는 놈은 없다. 다 묘객원을 거친 사람들이었으니까.

"저, 정말인가 보네."

"장난이 아니다."

제일 먼저 악치가 튀었다.

이어 뭉구리까지 뛰자 다들 꽁지에 불이라도 붙은 것처럼 화닥닥 튀었다.

성질 더러운 댓빵. 똥 누다가 대체 무슨 영감을 얻었는지는 모르겠으나, 잘못 걸렸다간 하늘이 어찌해서 누런지를 깨닫게 된다고 했다.

악치가 그랬다, 당해보면 안다고.

조용해지자 낭월이 물었다.

"무슨 일이야요?"

"알 거 없어, 여자는."

"풋."

낭월은 손으로 입을 가리고 살짝 웃었다.

그리고는 치맛단을 붙잡고 몸을 돌렸다.

"너무 심하게는 하지 마세요. 천첩은 이부자리를 보겠습니다."

"……!"

천첩 좋아하네.

자기 죽을 줄은 모르고.

'그냥 머리채가 확 뽑히게 만들어 버려?

낭월의 곁에 홍리와 양리가 없었다면 뭐라 해주었을 것이다.

어쨌거나 도처에 강적이었다. 그녀들이 사라지자 허방산은 내심 염두를 굴리며 발걸음을 옮겼다.

후원 연못가.

연못을 뒤로한 잔디밭에 다섯이 나란히 서 있었다.

하나같이 어리둥절한 얼굴. 왜 이러고 서 있는지는 영문도 모른다. 특별 수련은 무슨 개떡 같은 특별 수련?

기합이나 벌이라면 모를까.

왱왱왱.

모기 천지였다.

인정사정없는 모기는 아무 데고 허연 것이 있으면 무조건 주둥이 침부터 박아댔다.

"앗, 따가."

"이런 쳐 죽일 모기 새끼들까지 난리네."

"으으… 돌아버리겠구나."

만에 하나 이 고행이 아구로 인해 비롯된 것임을 안다면 아마도 그는 맞아 죽고 말 것이다. 아무튼 그들의 눈앞에 허치가 나타난 것은 일각 정도 모기와의 전쟁을 치른 후였다.

"다 모였나?"

"예, 댓빵."

대답 소리는 우렁찼다. 허치,

"아예 악을 써라. 손님들 전체가 다 듣고 놀라 자빠져 버리게끔."

"아, 예."

목소리들이 한껏 수그러들었다.

왠지 불길했다.

뭔지 몰랐으나 어쨌든 했다고 했던 것인데, 그것이 성질을 건드렸다.

대체 뭐가 저 인간의 화를 북돋웠을까?

아니나 다를까, 허치의 목소리가 으스스해졌다.

"이유는 묻지 마라."

"옛."

"모두 물속으로 들어가 얼굴만 내놓는다."

"예?"

"눈을 감는다. 그리고 움직이지 않는다."

"……."

대체 저게 무슨 소린가?

돌았나? 황당했다. 최소한 이유라도 설명해 줘야 할 것이 아닌가.

알 리가 없다. 측간에 살고 있는 모기가 범인이었는지를. 허치가 생각해 냈던 것은 바로 그 모기였다.

그렇다고 연유를 묻기는 조금 뭐했다.

서로서로 눈치를 보며 머뭇머뭇하는데,

우둑뚝. 두둑뚝.

갑작스런 저 소리, 궁내에 쫙 퍼졌던 공포의 저 콩 소리.

으악!

첨벙… 첨벙…….

이어지는 것은 완전한 부동 자세.

살판이 난 것은 모기였다.

우웽웽웽. 무방비의 싱싱한 음식, 횡재도 이런 횡재가 또 있을까. 낭월각 일대의 모기란 모기는 죄다 몰려들었다.

게다가 무슨 말은 또 저리도 많은가?

"바르고 곧은 생각은 고행에서 얻어진다. 그런 자세로 항차 어찌 살 것인가를 생각하라. 피를 빨리는 맛이 어떤지도 직접 겪어봐야 남의 피도 소중한 것임을 알 수 있지 않겠느냐?"

"으……."

"우리는 묘객. 가기들의 고혈을 빨아 먹고 산다는 사람들이다. 해서 속죄하는 의미로 이런 수련을 하는 것이거니와, 모두 불만은 없으리라 믿는다."

저게 무슨 개 방귀 뀌는 소리.

그것과 그것이 무슨 상관이 있다고?

"으으으……."

죽을 맛이었다.

모기란 녀석은 콧잔등도 쏘아댔고, 심지어는 눈꺼풀에도 침을 꽂아댔다.

간지러운 것은 둘째였다.

얼마나 따끔거리는지 정신이 없었다.

모르긴 몰라도 이렇게 반 각만 더 지나면 누가 누군지 알아보지도 못할 정도의 만두가 되고 말 것이다.

거기에 허치의 마지막 일침이 더해졌다.

"이렇게 반 시진을 유지한다, 이상."

"으헥."

"반 시진이면, 으으… 우린 피가 다 빨려서 죽고 말 것이다."

"대, 댓빵."

애원까지 해보나 아니함만 못했다.

허방산은 이미 돌아서고 있었다. 이어서 그는 휘적휘적 옷소매를 떨쳐 내며 전각의 모퉁이를 돌아 사라져 버렸다.

그가 사라지자 누군가가 악을 썼다.

"관둡시다. 이런 개 같은 경우가 어디에 있겠소. 자기는 계집의 품 안으로 기어들어 가고, 우리는 아무런 죄도 없이 모기에 뜯기기나 하고 있으니 이거 어디 힘없는 쫄따구 서러워서 살겠나. 우리 모두 때려치우고 쳐들어가 따집시다, 여러분!"

떠버리 아구였다.

그러나 조용……

아무도 동조하지 않았다.

동조는커녕 한마디 대꾸조차 없었다. 심지어는 아구 자신조차 가만히 있었다. 한심한 놈!

제놈조차 가만히 있는 주제에, 쯧쯧쯧……

하긴, 죽으려면 무슨 짓을 못할까.

금침은 이미 봐져 있었다.

홍리마저 황촉을 밝히고 나가자 바로 신방이었다.

"어흠."

무슨 생각을 했는지 그는 꽤나 태연했다.

기실 밤에 낭월각에 들기는 오늘이 처음이었다.

여태까지는 내내 밖으로만 나돌다가 새벽이 지나서야 슬그머니 들어왔다. 그러나 오늘부터는 그것이 불가능했다. 그러기엔 눈이 너무나 많아졌다.

허방산은 이불 위에 벌렁 드러누웠다.

겉보기엔 마음을 고쳐먹은 것도 같았다.

거 왜 다다익선이란 말도 있지 않은가. 장몽궁 백대방의 지위이니 넘치는 게 기회고, 손만 내밀면 여체였다. 그것도 천에 하나 있을까 말까 한 미녀들로만.

진짜 우물은 산산이었다.

아마도 맹호연이 산산의 이 하얀 모시 차마 저고리 모습을 보았다면 눈이 확 돌아버리고 말았을 것이다.

산산이 조용히 다가와 앉았다.

"나으리."

밤의 정령처럼 젖어드는 여인이다.

목구멍에 불기운을 느끼지 못한다면 그는 사내도 아니니라. 허방산은 타는 갈증을 느끼며 슬그머니 손을 내밀었다.

"아……."

안으려나 했는데 그것이 아니었다.

오히려 밀쳐 냈다. 그리고는 금세 우는 소리를 냈다.

"나는 지금 기로에 서 있다. 네가 날 살려다오."

"그, 그게 무슨 말씀이어요?"

함초롬한 시선에 의혹이 떠오른다.

"이제 말하지만 나는 동자공을 익히고 있는 사람이다. 너는 잘 모를 것이나 동자공에는 원양이 필수다. 그래서 그러니 제발 날 불 붙이지 말아다오. 자칫하면 십년공부가 말짱 도로아미타불이 되고 만다."

"호, 혼인을 하셨다면서요?"

"했지."

"그런데도 원양이시란 말이어요?"

"그렇대두."

"믿을 수 없어요, 천녀는."

산산은 단호했다.

고개를 젓는 그녀의 표정이 일순 서늘해졌다.

"이년이 그리도 못생겼나이까?"

"어?"

"아님, 이년 청백을 깨뜨린 들꽃이라서 그러시나요?"

"야, 갑자기 그게 무슨 말이냐?"

"그래요. 이년 깨끗한 몸은 아니야요. 하오나… 하오나 이년의 마음만은 진심인데 왜 그리 징그러운 벌레 보듯 대하십니까?"

"어어, 야. 그게 아니라니까?"

"흐흑……."

급기야는 눈물이었다.

미치고 환장할 일이다.

동자공은 궁여지책으로 생각해 냈던 것, 그 정도면 먹혀들리라 생각했는데 보아하니 동자공이 뭔지도 모르는 모양이었다.

하여간 그녀가 고개를 발딱 쳐들었다.

"그네는 어여쁜가요?"

갑자기 그녀라니?

도대체가 종잡을 수 없는 여인이었다.

어리둥절하고 있는데, 산산의 눈물 그렁그렁한 눈이 문득 샐쭉해졌다.

"조강지처 말이야요."

"아, 내 마누라……?"

바로 운추심을 말함이다.

"고와요?"

"글쎄다."

정말이었다.

곱다거나 어여쁜 것과는 거리가 멀어도 한참 먼 여자가 운추심이었다. 그렇다고 나긋나긋하기를 하나, 유순하기를 한가. 왈패도 그런 왈패, 왈가닥이 또 있을까? 아마 초패왕 항우라도 그녀에게는 두 손 두 발을 다 들고 말 것이다.

"곱나니까요?"

"으흐흐……."

그렇다고를 할까, 아니라고를 할까.

그냥 웃고 말아야지.

하여간 여자는 하나하나가 다 골치 아픈 존재이다. 도대체가 쉬운 여자가 없다. 이녀만 해도 그랬다.

그러면 그렇다고 알아들으면 될 것을 뭐가 어떻다고 이렇게나 꼬치꼬치 따지고 든단 말인가. 그까짓 베개 좀 해준 것 가지고, 마치 한자리라도 차지한 것처럼 더럽게도 생색을 낸다.

혹시 시선을 다른 데로 돌리면 좀 나을지도.

불쑥 물었다.

"궁 안에 할망구와 병자가 사는 곳이 있지?"

엉뚱한 말이었다.

그렇지만 역시 단순했다. 여자라서 그런 건가, 아님 순진해서 그런 건가. 산산도 홀딱 넘어왔다.

"노, 노을촌에도 가보셨어요?"

"노을촌?"

"예."

"아니."

"그럼요?"

"아니, 뭐 그런 사람을 봤기에 이상해서 물어본 것뿐이야."

"어디에서요?"

오죽교에서 있었던 일을 쭉 말해 주자 산산은 알 만하다는 듯이 고개를 끄덕였다.

"노을촌 사람들일 거예요. 그곳은 오갈 데 없는 노인들이나 환자들,

궁의 퇴기들이 모여 사는 곳이지요. 인생의 황혼을 보내는 곳. 그래서 이름도 노을촌이랍니다."

늙지 않는 사람은 없다. 병들지 않는 사람도 없다. 달도 차면 기울고, 활짝 핀 꽃도 언젠가는 시들기 마련이다.

자신이라고 언제까지나 곱기만 할까?

낭월의 표정이 눈에 뜨일 만큼 쓸쓸해졌다.

기회였다.

"됐지?"

"예?"

"너는 여기 아랫목, 나는 저기… 윗목. 잘 자라."

말하기가 무서웠다.

후다다닥, 이불 한 자락을 바람같이 걷어가지곤 저만치로 가서 누에고치처럼 돌돌 몸을 감아버린다.

"……!"

낭월의 표정이 괴기해졌다.

우는 듯, 웃는 듯 그러다간 배시시 웃고 만다.

소리없는 미인의 웃음.

그녀의 미소는 정말로 그윽했다.

제9장 군상

군상

해가 중천에 이르렀다.

그날도 하릴없이 누워 빈둥빈둥 낮잠을 자고 있는데, 두런두런하는 말소리가 들려왔다.

"어떻게 해요, 아씨. 광에 쌀도 다 떨어졌는데……."

으잉? 이게 무슨 소리?

정신이 번쩍 들었다.

미닫이 밖이다.

동동발이라도 구르나, 홍리의 떠들썩한 소란에 산산이 그녀를 나직이 꾸짖었다.

"쉿. 조용히 해라. 나으리 깨신다."

"예. 하오나 어쩌지요?"

"하아… 할 수 없지. 기다려 보거라."

이어 미닫이가 조심스럽게 열리고, 장롱 열리는 소리가 들렸다. 살며

시 실눈을 뜨고 보니 낭월이었다. 그녀가 꺼내 나가는 것은 반짇고리같이 생긴 패물함이었다. 이윽고,

"이거라도 내다가 처분해라."

"이거… 송구해서 어쩌지요, 아씨?"

"쓸데없는 소릴랑 그만두고 소문나지 않게 조심해. 자칫하면 나으리께 누가 된다."

"예, 아씨."

제기랄.

체면이 말씀 아니게 됐다.

제놈 집구석 기둥 뿌리 썩는 것도 모르고 있었다니.

하긴 흙 파먹고 살 순 없는 일, 게다가 몇 달 전부터 낭월각은 수입이 뚝 끊기기까지 했지 않은가.

식구들을 굶기지 않으려면 돈을 벌어오든지, 언 놈 등을 치든지 양단간에 결판을 내야 할 상황이었다.

그러고 보니 생각나는 놈 하나가 있었다.

'그 자식은 왜 아직도 감감무소식일까. 분명히 영지를 재조정하니 어쩌니 했었는데……?'

양반은 못 되나 보다.

점심때가 지나자 혁대일이 왔다.

한데 넙죽 절을 하고 나서 한다는 소리가 허방산의 이맛살을 찡그리게 만들었다.

"일이 좀 어렵게 됐습니다요, 대방."

"뭔 소리야?"

"아, 저번에 말씀 드렸던 관할 영지 건 있지 않습니까."

"그런데?"

"맹 대방을 제외하고 다른 대방 분들은 조금도 양보를 못하겠다 합니다. 그래서 그 대책을 말씀드리고자 해서 왔습니다."

"대책? 그래, 어떻게 하기로 했나?"

"별다른 방법이 없었습니다. 워낙 완강히 거절들을 하시는 바람에… 대방, 그러지 마시고 홍련각을 휘하로 넣으시는 것이 어떻겠습니까? 맹 대방도 기꺼이 그리하시겠다고 했으니 말이죠."

"흐음……"

맹호연이야 그럴 수도 있겠지.

그러나 괘씸하지 않은가. 좀 더불어 살면 될 것을 그리도 야박하게 굴다니, 싸가지없는 놈들이다.

"제일 길길이 날뛰던 놈이 누구였지?"

"예?"

"못 내놓겠다고 한 놈들 말이야."

"아, 예. 그건… 도치(賭癡) 박포(朴包), 박 대방이었습니다요."

"박포?"

박포, 그는 건너 뜸 금화각의 주인이었다.

별호대로 도박과 노름의 귀재이고, 장몽궁의 오대백대방 중에서도 가장 부자라는 위인이었다. 있는 놈이 더 아까워한다더니만, 그 못된 수전노 노랑이 자식!

"박 대방은 오히려 허 대방의 편입을 원했습니다. 휘하로만 들어오시면 반을 뚝 떼어주시겠다고……."

"그래?"

"예."

"알겠네."

"하오면 어찌하시올지?"

"내가 알아서 하지. 수고했어, 그만 가보게."

"알겠습니다. 그러나 한 가지… 시끄럽게는 하지 말라는 부장님 말씀이 있었습니다요, 대방."

"유념하지."

"그럼……."

하늘하늘한 걸음걸이가 사내의 애간장을 태운다.

친친 싸매도 툭툭 불거져 나올 듯한 이십대의 젊음인데, 옷이라고 해봐야 창호지 두께만도 못한 세모시 하나뿐.

그러니 가려지는 곳보다는 보이는 부분이 훨씬 더 많은 차림이었다.

게다가 이층 계단을 내려오고 있던 참이었으니, 더 이상은 형용할 말이 없다.

그녀의 걸음이 문득 멈추었다.

"뉘신지요?"

그녀의 망막엔 한 사람이 비치고 있었다.

연청색 유삼에 머리를 단정히 빗어 넘긴 사내 하나. 천하에 보기 드문 용모는 아니었으되, 사내답게 굳세어 보이는 입매가 그 어떤 미남의 매력보다도 더 커 보이는 사람이었다.

사내가 한 눈을 찡긋했다.

"날세."

나라니?

여인의 눈에 의혹이 떠올랐다.

"오늘 예약되신 분은 없는데… 이년, 실수를 바라지 않으신다면 존함을 말씀해 주사이다."

깍듯한 예절이었다.

허방산.

그는 입가에 까만 미인 점 하나를 가지고 있는 미녀를 물끄러미 바라보다간 싱긋 웃었다.

"껍데기만 조금 바꾸었거늘, 하하… 하긴 나도 처음엔 헷갈렸으니까. 자네가 나를 몰라봄도 무리는 아니겠지."

지금의 차림은 낭월이 부득부득 우겨서 챙겨준 것이었다.

즐겨 입던 갈포를 벗어버리고 부채까지 손에 들자, 실로 대갓집 서방님은 저리 가라였다.

농이라도 하는 줄로 알았던 모양이다.

여인의 눈빛이 삼엄해졌다.

"뉘신지요?"

여차하면 사람을 부를 태세다.

아니, 밖에선 벌써 여러 줄기의 인기척이 느껴지고 있었다.

허방산은 마룻바닥을 한 번 쿵하고 밟았다.

"예가 생사전이렷다?"

"그러하오이다."

"나는 박가를 만나러 온 사람이다."

"……!"

"전해라, 허치가 왔노라고."

"허, 허치……!"

경악성은 밖에서 터져 나왔다.

보나마나 이 생사전 소속의 묘객들일 것이다.

허치가 왔다니, 그 놀람은 당연했다.

그러나 면전의 이 여자, 의외로 강심장이 아닌가.

한 번 흠칫 몸을 떨고 나더니, 이내 차분히 앞섶을 여미며 다소곳하게 목례를 올렸다.

"방희(蚌嬉)라 하여이다, 허 대방 나으리. 이리로 오르시지요."

여인은 비스듬히 난간 쪽으로 물러섰다.

"방희라……."

"예."

방합 조개란 뜻이니 더할 나위 없이 속된 이름이다.

하되 허방산은 들어 알고 있었다.

이녀야말로 도치 박포가 자신의 거처인 금화각보다도 더 애용한다는 생사전의 간판 가기 절염쌍희 중의 하나임을.

허방산은 그녀를 스치듯 올라섰다.

계단을 오르자 야경이 그림같이 내보이는 거실이 나타났다. 발목까지 덮이는 양탄자에 붉은 주단 장식이 눈부신 방이었다.

거기에 또 하나의 방희가 있었다.

"가희(佳嬉)옵니다, 나으리."

완벽한 닮은 꼴, 그렇다. 그녀들은 쌍둥이였던 것이다.

"이쪽으로……."

보료가 있는 곳은 창문 쪽이었다.

정말 야경이 그만이다. 달빛은 잔잔하게 연못 수면에 일렁이고, 그 주위를 반딧불이가 달빛을 희롱하듯이 노닐고 있었다.

"좋군."

창을 옆으로 해서 앉았다.

맞은편엔 또 하나의 빈 보료, 허방산은 턱 끝으로 그 보료를 가리키며 나직하게 말했다.

"오래 기다리게 하진 말아주게."

"예, 나으리. 그렇지 않아도 일간 한번 오실 거란 도 대방 어른의 말씀도 계셨사옵니다."

"그래……?"

"예."

그랬다 이거지?

못된 자린고비 자식.

그러나 결코 가벼이 볼 자는 아니었다.

하나를 보면 열을 안다고 했다. 부리는 계집들마저도 이런 배포라면 그 주인이야 오죽할까.

자태는 녹일 듯 농염하되 언행엔 절도가 있다.

절대 쉬운 일이 아니었다. 그래서 생사전인가?

허방산은 이 전각의 비밀도 조금은 알고 있었다.

아니, 무슨 비밀이랄 것도 없었다. 아구의 입에서도 나올 정도로 공공연했으니까.

생사전은 도치의 주 수입원이었다.

관할 백여 개소의 기루에서 벌어들이는 돈보다도 더 많은 수입을 올린다는 생사전의 비밀은 바로 도박이었다.

가희가 차를 따랐다.

"드시지요."

녹차였다.

익숙한 향,

"노산의 운무(雲霧)로군."

가희가 새삼스럽다는 눈빛을 했다.

"차를 아시는군요?"

"하하… 알기는. 소 발에 쥐 잡은 거지."

"예?"

두 사람의 시선이 한 번 비스듬히 교차되었다.

가희 이 여자, 보통 여자가 아니었다.

일반의 노류장화라고 하기엔 남다른 기품이 있었다.

비록 반 넘게 몸을 노출시키고 있다고는 하나 어찌 송곳이 감춘다고 그 날마저 감추어지겠는가?

기품이란 갖고자 해서 갖추어지는 것이 아니었다.

마음대로만 된다면 천박이란 말이 무슨 의미가 있으며, 시정의 잡배라는 말이 어찌 생겨났으랴.

허방산이 단숨에 차를 비우자 가희가 다시 찻잔을 채웠다.

차를 즐기는 사람은 단숨에 마신다. 그렇지 않은 사람은 그 뜨거움 때문에 홀짝홀짝거리나, 즐겨본 사람들은 이미 인이 박혀 있기에 그 뜨거움을 별로 느끼질 못하는 것이다.

"녹차는 서호의 용정(龍井)과 항주의 벽라춘(碧裸春), 황산의 모봉(毛峯)과 군산의 은침(銀針)이 유명하지요. 그러나 그 모두를 합해도 노산의 운무만은 못합니다."

"흐음……."

차 얘기를 하려고 온 것이 아니었다.

하지만 딱히 할 말도 없었다, 당사자가 아닌 이상은.

그래도 궁금한 것은 참기가 어려웠다. 궁금한 것은 다름이 아니었다. 바로 이 여인들의 진면목이었다.

거침없는 것은 젊은 사람만의 장점이자 단점이다.

허방산은 슬며시 잔을 내렸다.

"가까이 와보라."

"예?"

"가까이 오라 했다."

"나, 나으리."

무얼 그리도 당황하는 것일까?

"사내의 눈을 앗고자 한 차림일 터, 원하는 대로 하자는 것뿐인데 어찌 그리 놀란단 말이냐?"

"나으리."

"어허……."

언성을 높이자 마지못한 듯 꼭 붙인 무릎을 끌어온다.

그러나 비록 고개를 숙이고 있어 표정은 보지 못했으되 목덜미의 닭소름과 딴딴하게 불거져 있는 젖가슴의 돌기는 그녀가 얼마나 긴장하고 있는지를 여실히 보여주었다.

"좋구나, 정말 좋구나."

겉으로 봐선 영락없는 팔난봉.

눈빛도 게슴츠레한 것이 둘도 없는 파락호였다.

참으로 경지에 이른 능청이 아닐 수 없었다. 사마귀가 움츠린 애벌레 낚아 잡듯 선뜻 가희를 들어 무릎 위로 올렸다.

"흑."

여체는 완전히 굳었다.

하나의 돌 덩어리랄까. 허방산은 가희를 들어앉히기가 무섭게 제자리로 내려놨다. 그리곤 혀를 찼다.

"쯧쯧쯧… 소박맞기 딱이다."

"……!"

"됐다. 그만 나가보거라."

"아."

연이은 돌발에 갈피를 잡을 수가 없었나 보다. 아니면 화라도 났던지. 반쯤 벌어지고 있던 가희의 입술이 매몰차게 닫히며, 그것도 모자라

잘끈 씹혔다.

그때였다. 문이 열리며 방희가 들어섰다.

"……!"

뭐가 의외였던가?

그녀의 눈이 번뜩하고 이채를 발하는데, 그녀의 뒤에 한 사람이 더 나타났다.

"그 아이가 마음에 들었나 보군."

텁수룩하게 생긴 오십 초로의 청의 사내였다.

바짓가랑이만 둘둘 말아 올리면 논에 모 심으러 가는 시골 촌부, 바로 그 사람이었는데 그는 서슴없이 앞의 보료에 와서 앉았다.

"내가 박포네."

"허치다."

첫 대면의 첫 인사.

허방산의 눈빛은 타는 듯한 투지였다.

그에 비해 박포의 눈빛은 아무 의미도 없었다. 그저 혼탁할 뿐이었다. 그 눈은 가만히 있고 입술만 움직였다.

"그 아인 선물로 주겠네."

"선물?"

"그냥 갖게나."

"하하하!"

갑자기 허방산은 소리 높여 웃었다.

웃음소리 속, 박포의 입이 다시 벌어졌다.

"바란다면 방희, 이 아이도 주겠네."

뚝. 허방산의 웃음이 칼로 자른 듯이 끊어졌다.

"고맙군. 감사히 받지."

처음부터 끝까지 도전적이었다.

말투하며 표정과 시선, 그리고 그 이전 가회를 농한 것까지. 생사전의 여인을 탐했다 함은 바로 그런 뜻이 아니겠는가?

"허허, 화끈해서 좋구먼."

"글쎄. 그럴까?"

"으허허허……."

웃는다.

그러나 그것은 소리뿐이었다. 얼굴은 물론이었거니와, 특히 눈은 조금도 웃지 않았다.

허방산은 지금 정면으로 그의 눈을 응시하고 있었다.

'무서운 눈이다. 검사라면 검로를 제대로 아는 자이고, 도박사라면 가히 적수가 없으리라.'

박포의 시선은 완전히 정지되어 있었다.

허방산은 그의 눈을 마주하며 칼끝을 보고 있는 듯한 무서운 긴장감에 사로잡혔다.

눈칼. 그렇다.

도치 박포와의 결전은 이미 시작되었던 것이다.

"……!"

눈과 눈이 하나로 이어진다.

가슴까지 활짝 열렸다.

허방산은 순간적으로 자신을 잊어버렸다.

이곳이 생사전이라는 것도 잊었고, 상대가 도치라는 것도 잊었다.

검로무한이란 말이 있으나 만류귀종이란 말도 있다. 무예의 길은 끝이 없으되 결국은 모든 것이 하나로 통한다는 뜻이다.

하긴 궁극이라는 것이 어찌 칼에만 있겠는가.

도(賭)에도 있다.

모든 것에는 그 극이 있다.

하다못해 길가에 핀 이름 모를 야생 꽃 하나에도 그 의미는 있다.

올해를 지나 내년에도 그 꽃은 다시 핀다. 해년마다 피는 꽃은 무엇을 말하고자 하는 것일까. 굳이 의미를 부여하자면 영생이고 환생이다. 그리고 끝없는 이어짐이다.

검의 길도 그러할 터, 굳이 뜻을 정의하고 의미를 부여함은 그 자체로서가 잘못된 것은 아닐까.

엉뚱하고도 갑작스런 상념이었다.

한데 그것이 아니었다.

콰릉.

자신만이 들을 수 있는 소리.

갑자기 전신기혈이 들끓듯 비등해 올랐다. 전신이 후끈해진다고 느꼈던 순간이었다. 소약이 폭류같이 일어나 하중상 삼단전을 일거에 관통해 버렸다.

콰앙!

그것은 억겁의 순간이기도 했고, 찰나의 순간이기도 했다.

이루 말할 수 없이 청량한 기분. 그랬다, 그 자신은 몰랐으나 허방산은 방금 전 또 한 번 개정의 순간을 경험한 것이었다.

'됐다.'

칼끝이 무뎌지고 있었다.

이어서 쉼없이 흔들리는가 싶더니 이내 흔적도 없이 사라졌다. 보이는 것은 두터운 눈꺼풀에 감겨지고 있는 박포의 눈뿐이었다.

길고 긴 한숨 소리가 박포의 입에서 새어 나왔다.

"으으으음……."

패지는 박포였다.

그러나 허방산은 자신이 승자임도 깨닫지 못하고 있었다.

방금 뭔가 상큼한 것이 있었던 것 같은데, 도무지 생각이 나질 않았던 것이다. 어이없게도 그는 개정의 순간조차 기억하지 못했다.

"내가 온 용건부터 말하지."

허방산은 더 이상 투지를 보이지 않았다.

그의 어조는 담담하기 그지없었다.

박포가 눈을 떴다. 예의 그 혼탁한 눈빛이었으되 지금은 암울하게 가라앉아 있는 눈이었다.

"말해 보게."

"금화각을 내놔야겠어."

"그래…… 조건은?"

"네 모가지."

"허어……!"

그런 말을 듣고도 가만히 있다면 그는 정상이 아니다.

이는 자신의 밥줄과 명예와 부를 몽땅 내놓으라는 말이 아닌가. 그러면 살려주겠다는 협박까지 곁들여서 말이다.

그런 의미에서 박포는 비정상이었다.

그는 태연했다.

"나를 이기면 주지."

"넌 이미 졌어. 내 앞에 있다는 것은 네 모가지가 내 호주머니에 들어 있다는 것과 똑같은 의미야. 불복한다면 물론 시험해 봐도 좋다."

"호호호… 손발을 쓴다면 그럴지도 모르지. 그러나 이곳은 생사전, 생사전의 법도는 그런 무식한 권장이 아닐세."

"법도? 무슨 법도……?"

"노름방에 노름밖에 더 있겠나?"

"그럼 지금 나와 내기를 하자, 이 말이냐?"

"싫음 관두고. 하나, 그럴 경우 내 수급은 얻을 수 있을 것이되 결코 금화각은 얻지 못할 것이다."

"뭐, 뭐라고……?"

서전의 눈싸움에서 박포가 졌을지는 몰라도 도치가 진 것은 아니었다. 그는 노련하게 허방산을 구석으로 몰아넣었다.

"게다가 금화각 소속의 이백 묘객들도 대부분은 나와 생사를 같이할 걸세. 하나같이 내게서 십 년 이상 천금의 은혜를 받았는데, 설마 모른 체야 하겠는가?"

"으음……."

"결정하게."

"……!"

"흐흐… 그냥 돌아간다 해도 내 용돈 정도는 내어줌세."

허방산의 눈썹이 꿈틀했다.

드디어,

"좋아, 나도 낭월각을 걸지."

"흐흣흣… 그까짓 다 썩은 빈집을 얻어 무엇에 쓰겠는가. 자네가 지면 내 밑에서 십 년 만 종살이를 하게."

"고, 고약하군?"

허방산의 눈썹이 역팔 자로 휘었다.

장난이 아니었다.

종살이라니. 그야말로 피 튀기는 혈전보다도 더 험악하지 않은가.

장난하다 애 밴다고, 이거 자칫하다간 십 년이나 꼼짝없이 썩어야 될 판국이었다.

"그래서 이 집의 간판이 생사전이고, 이 내기의 이름이 생사박(生死博)인 게야. 이제야 알겠는가?"

"생사박?"

"간단하네. 평산(平山)이라는 것인데, 단 한 번에 끝나네. 내 그 방법을 자세히 설명해 드리지."

들어보니 정말 단순했다.

옥돌 두 개로 하는 노름이었는데 하나를 잡으면 산이요, 두 개를 잡으면 평이니 간단히 말하면 홀짝이었다.

홀짝의 생사박.

두 번의 기회도 없다. 빌어먹을……!

허방산은 마른침을 꿀꺽 삼켰다.

"누가 잡지?"

"그야 당연히 이 집의 주인인 나지."

"으음……."

"왜, 겁이 나나? 그럼 지금이라도 번복할 수 있네. 그래도 뭐라 할 사람은 아무도 없으니까."

"좋다, 잡아라!"

"므흣흣……."

도치의 입가에 오랜만에 미소라는 것이 만들어졌다.

풋내 나는 애송이 녀석!

도치는 낄낄 웃다가 손을 내밀었다.

옆에 있던 방희가 그의 손에 얼른 목갑 하나를 건넸다.

목갑 안에서 나온 것은 메추리 알만한 옥돌 두 개. 옥돌은 눈부시도록 하얀 백색이었다.

"그럼 정식으로 생사박을 시작토록 하지."

시작은 싱거웠다.

그는 옥돌 하나씩을 두 손에 잡고 등 뒤로 돌렸다. 그러다가 오른손을 불쑥 앞으로 내밀었다.

"가게."

반듯하게 보이는 주먹 정권.

그러나 허방산은 그의 주먹을 보지 않았다.

그는 도치의 눈만 들여다봤다.

흙탕물처럼 혼탁하기만 한 눈, 거기에서 뭔가를 읽어낸다는 것은 불가능한 일이었다.

그러나 눈은 마음의 창이라 했다.

제아무리 색깔을 칠해놨기로서니 설마 바늘만한 구멍 하나야 없겠는가?

홀인가.

짝인가.

확률은 오 대 오.

애들 장난 같았지만 이것은 전부를 잃느냐, 전부를 얻느냐 하는 죽음의 생사박이었다.

질식하리만치 초극의 긴장 속, 마른침을 꼴깍꼴깍 삼키고 있는 방희와 가희의 세모시는 벌써 식은땀에 흠뻑 젖었다.

그네들의 등짝에 땀이 내를 이루는 순간이었다.

문득 도치의 눈에 작은 파랑이 일어났다.

허방산의 집요한 시선이 타는 듯이 강렬해지기 시작했던 것이다.

태양이 이글거리듯, 용암이 부글거리듯 강렬한 시선이었다. 힘이 드는지 도치의 이마에 송송 구슬땀이 배어났다.

그러던 어느 한순간, 마침내 허방산의 입술이 벌어졌다.

"산이다."

나직한 음성,

휘유우우…….

절염쌍희가 가슴을 쓸어내릴 때였다.

도치가 왼손을 들어 이마의 땀방울을 닦아내며 우수를 방바닥에 탁 엎었다.

"으ㅎㅎㅎ……."

회심의 미소였다.

피를 말리던 결전의 대가였다. 그 미소는……!

"보게."

도치가 천천히 손바닥을 들어 올렸다.

그 순간, 도치의 손을 내려다보고 있던 절염쌍희의 눈에 믿을 수 없는 환상이 일어났다.

손바닥을 들어 올리며 드러난 옥돌은 분명히 둘이었다.

하지만 보고 있는 그 동안에 하나의 옥돌이 신기루처럼 홀연히 사라져 가고 있지 않은가!

"아."

"저… 저럴 수가!"

얌전한 새알 하나가 눈 깜박할 사이에 흔적도 없이 사라져 버리고 만 것이다.

"봤는가?"

"봤어."

도치와 허방산, 두 사람의 시선은 여전히 허공에 뒤엉켜 있는 상태였다.

생사박을 시작하면서부터 단 한순간도 떨어지지 않았던 시선이었다.

그 시선이 이제 막 떨어졌다.

이어지는 곳은 방바닥.

찰나, 도치의 입이 쩍 벌어졌다.

"억!"

입가에 서려 있던 미소가 씻은 듯이 사라졌다.

그 대신 험악하게 일그러졌다.

"사기, 이것은 사기다⋯⋯!"

제 손으로 잡았던 놈이 어찌 하나 둘을 모르겠는가.

허방산은 씩 웃었다.

"승복하지 못하겠단 말이냐?"

"너라면 손을 들겠냐?"

"지저분한 놈이로군. 좋아, 그럼 증인에게 물어보지."

허방산의 시선이 쌍희에게로 향했다.

후줄근히 젖어 있는 그녀들, 그렇지만 다소곳한 자세만은 여전했다.
허방산의 시선이 방희에게 멈추었다.

"네가 언니지?"

놀란 듯 한차례의 잔떨림이 스쳐 간다.

방희는 이내 입을 열었다.

"그렇사옵니다."

"네가 말해 봐라. 본 대로 느낀 대로 공정하게⋯⋯."

"예, 옛⋯⋯?"

방희가 퍼뜩 고개를 치켜들었다.

환하게 웃고 있는 허방산, 그리고 벌레 씹은 얼굴을 하고 있는 도치 박
포. 그 둘을 번갈아 바라보던 방희의 고개가 다시 떨궈졌다.

"공정하게 말씀드리면 되는 것이오니까?"

"그렇다."

"그럼 말씀 올리겠나이다."

이것도 도박이었다.

적에게 승패를 가름게 한다?

어지간한 배포로선 상상치도 못할 일이었다.

그러나 허방산에게는 확신이 있었다. 그가 느꼈던 절염쌍희는 결코 거짓을 말할 사람들이 아니었다.

방희의 붉은 꽃잎 같은 두 쪽 입술이 천천히 벌어졌다.

"처음엔 하나였습니다. 그러하나 중간에 하나가 더 늘었고, 마지막엔 하나만 남았사옵니다."

그 경과는 이랬다.

그녀의 말대로 분명히 처음엔 산이었다.

그러나 도치가 이마의 땀을 훔치는 사이 그 손에 들려 있던 옥돌은 귀신같이 움직였고, 도치는 자신만만하게 손바닥을 공개했다.

하지만 그 순간에 허방산의 이화진기 한줄기가 일어나며 옥돌이 나타나는 순간에 그 본체를 가루로 만들어 증발시켜 버렸던 것이다.

그것이 진실이었다.

"하면?"

"노름방의 법은 결과만 보오이다."

쫭.

도치가 주먹으로 방바닥을 후려쳤다.

"네년이 감히 나를 배신하다니, 으드득… 내 네년을 때려죽여 버리겠다."

자못 험악했다.

허방산은 그런 그를 물끄러미 바라봤고, 인상을 일그러뜨리고 있던 도치 또한 미친놈처럼 히쭉 웃어버렸다. 죽인다는 말도 살기가 없으면 그저 단순한 말장난에 불과할 뿐이다.

허방산이 가만히 있었던 것도 바로 그런 연유에서였던 것.

도치가 툭툭 자리를 털고 일어났다.

"잘 먹고 잘살아라, 이 못된 연놈들아."

"가려나?"

"에구. 졸지에 거지가 되고 말았으니 목구멍에 풀칠하려면 부지런히 뛰면서 똥지게 자리라도 알아봐야 되지 않겠나?"

"뭐라구?"

"이 나이에 다시 취직 걱정을 해야 하다니, 엠병할……!"

도치, 그는 기인이었다.

휘적휘적 문 앞에까지 갔던 그가 홱 돌아섰다.

"이젠 이것도 필요없으니 네놈에게 주겠다. 네가 가져라."

그가 품 안에서 꺼낸 것은 누런 양피 책자 한 권이었다.

도치는 내팽개치듯 책자를 던져 주고는 누가 뭐라고 할 사이도 없이 쾅, 문을 닫고 나갔다.

"……!"

어리둥절해진 것은 허방산이었다.

실은 한바탕의 난리를 각오했었다.

어쩌면 길길이 게거품을 물고 날뛸 도치를 잡아 꿇릴까 내심 궁리까지 하고 있던 참이었다.

한데 놈이 갑자기 꼬리를 말고 사라져 버리다니……!

'그것참…….'

그러나 그것도 잠깐이었다.

책자를 펼쳐 들자마자 허방산의 얼굴은 휴지처럼 구겨졌다.

"이런 씨앙……."

거기 '무쌍신권결(無雙迅拳訣)'이란 제목 아래 급히 휘갈겨 쓴 글씨 한 줄이 적혀 있었다.

이걸로 보상을 마치네.

서명도 없었다.

누구의 서체인지도 모른다.

다만 어떤 경로로 쓰였는지는 알 수 있었다.

'먹치다, 먹치였어……!'

그럼 진 것이 아니라 져줬다는 말이 아닌가?

허방산은 책자를 집어 던지며 잡아먹을 것 같은 눈초리로 쌍희를 노려봤다.

"너희도 한패지?"

"예?"

"그, 그게 무슨 말씀이오니까?"

"어서 불어. 그렇지 않으면 전부 홀딱 벗겨가지고 네거리 대로에다 큰 대 자로 걸어버릴 테니까."

"흐윽."

"대체 어찌 이러시는지요?"

질겁하는 두 여자, 겉만 봐서는 도저히 알 수 없는 여자들이다.

가희만 해도 그랬다. 사내의 품에 안기며 닭살을 일으키는 여자를 어찌 기생집 해어화라 할 수 있을 것인가?

사실은 벗겨봐도 모를 것이다.

딱 잡아뗀다면 무슨 수로 알 수 있을까.

지금은 그저 갑순이라면 갑순이라 알아들을 수밖에. 그러나 언젠가는 족쳐 봐야 될 사람 중의 하나임에는 틀림이 없었다.

차 집사, 먹치.

그리고 도치와 쌍희…….

아니, 장몽궁 자체가 허방산에게는 의문이었다.

허방산은 버럭 외쳤다.

"냉큼 이리와 엎어라. 너희도 볼기짝을 좀 맞아야 되겠다."

*   *   *

귓전을 스쳐 가는 바람결에 선선함이 느껴진다.

벌써 가을의 문턱이었다.

모임을 갖기에는 더없이 좋은 날씨, 묘객원의 중청에서도 회합이 이루어졌다.

근래에 보기 드문 회동이었다.

그도 그럴 것이 백대방이 모여 궁의 중대사를 논하는 대방회였던 것이다. 오늘 회동의 주재자는 묘객부장 먹치. 큼지막한 원탁에 그와 장몽궁의 대방들이 둥글게 둘러앉았다.

백대방은 모두 다섯이었다.

염라부 맹호연.

호치 범강.

도군자 공책.

망오.

그리고 허치 허방산.

대방회는 좀처럼 열리지 않는다.

많아봐야 일 년에 한 번 정도. 그만큼 장몽궁의 영업은 순탄 일로를 걷고 있었고, 백대방이 중지를 모아야 할 만큼의 사안다운 사안도 없었다는 뜻이다.

하나 거꾸로 말하면, 이번의 회동엔 그만큼의 중대사가 주제를 이룰 것이라는 의미이니 분위기는 자연 무거울 수밖에 없었다.

먹치가 일어나 분위기를 바꿨다.

"그렇게 긴장하실 필요는 없소. 그간 너무 격조했기에 마련한 자리이고, 그런 김에 하나의 사안만 공지 겸 매듭을 지으려고 하는 것뿐이니……."

"……."

좌중은 조용했다.

모두가 하나같이 팔짱을 끼고 등받이에 몸을 기대고 있는 자세였다.

사실 팔짱을 낀다는 것은 상대에게 다분히 도발적으로 보이는 아주 불쾌한 행동이다.

누가 먼저랄 것도 없이 취한 자세였다.

그러나 굳이 맨 처음을 따지자면 허방산이었다.

그는 아예 눈까지 비스듬히 뜨고 있었다.

"가을도 되고 했으니 운동회라도 열어야 되는 것이 아닌가?"

완전히 초치는 말이었다.

확 고춧가루가 뿌려진 것이나 마찬가지였는데, 먹치는 오히려 빙그레 웃었다.

"것도 좋지. 내 검토해 보겠네."

"크크… 뱃가죽이나 턱주가리 늘어진 놈들은 죄다 뛰게 해야 돼."

계속 가시 돋은 말이었다.

지난여름 영지 조정 건으로 인한 앙금이 오늘에야 풀려 나오고 있는 것인가.

그러고 보니 그 말에 정확히 해당되는 사람들이 있었다.

호치야 서른 안쪽, 호랑이처럼 보이는 얼굴에 군살 하나 없는 근육질이었으니 그렇다 치고 공책과 망오는 달랐다.

공책은 이제 서른 중반의 나이임에도 불구하고 뱃살이 두둑했으며, 망오는 눈조차 실눈으로 보이리만큼 비대한 몸집을 지녔다.

그들이 몸을 뒤척였다.

"흐흐흐……."

"나쁘진 않겠군. 훗훗훗… 기왕이면 발하(拔河:줄다리기)도 합시다, 먹 부장."

노련한 자들이었다.

그들은 허방산의 도발에 말려들지 않았다. 오히려 비릿한 냉소와 함께 상체를 더욱 등받이에 파묻었다.

먹치가 고개를 끄덕였다.

"좋소. 그것도 고려해 보겠소. 그건 그리하겠고, 이제 본론을 말씀드릴까 하오, 여러분."

"진즉 그러시지, 후훗……."

"무엇이오, 먹 부장?"

백대방과 먹치의 관계는 서로가 서로를 인정해 주는 정도였다.

먹치로 말하자면 각 대방들의 완충 지대라고나 할까. 공책과 망오가 관심을 보이자 먹치는 목청을 가다듬었다.

"지난번 진회하를 흡수함으로써 우리의 사세는 더욱 번창하게 되었소. 미처 수요를 다 처리하지도 못할 정도로 말이오. 가기들의 숫자가 절대적으로 부족하다 이 말입니다. 해서 이번 기회에 중원의 아이들보다는 차라리 세외의 미녀를 뽑아 좀 더 다양한 구색을 갖춰보기로 집순각과 교방이 합의를 봤소."

"그것 참 좋은 생각이오."

"아암, 가끔씩은 별미도 있어야지. 만날 만두 쪼가리만 먹으면 지겹거든?"

"음……."

"그래서 이번엔 서역에 있는 대식국과 아라사의 미기들을 사오기로 했소이다."

"호오… 그래요?"

"빨강 머리에 금발 머리, 거기에다 아라사의 백마라… 좋군."

"으흐흐흐… 노란내만 좀 지우면 아주 끝내주는 것들이지."

대체 무슨 말들인지, 원.

잠시 말을 멈췄던 먹치가 반짝하고 눈을 빛냈다.

"오늘의 최종 사안은 이번 서천을 오가는 행로의 호위를 맡을 대방을 결정하는 일이오. 이번 길엔 여기 계신 대방 중 두 분은 따라나서야 하오이다."

"억."

"두, 둘씩이나 말이오?"

"그렇소."

"허어, 대체 규모를 얼마나 잡으시기에 우리가 몸소, 그것도 둘씩이나 나서야 한단 말이외까?"

"미기 이백 정도에, 황금 만 냥이 걸린 일이오. 게다가 멀고도 험한 천산북로의 길, 도처에 도적이 들끓고 관외의 무법자들이 판을 치고 있는 곳이니 실은 두 분 정도로도 그리 장담할 일은 못 되오이다."

"아!"

"음……."

"그, 그렇다면야."

계속 토를 달고 있는 사람은 호치와 공책, 그리고 망오뿐이었다.

맹호연과 허방산은 계속 입을 다물고 있었다.

맹호연은 허치가 있었기에 그리했던 것이고, 허방산은 알 바 없는 일이었기에 한쪽 귀로 듣고 한쪽 귀로 흘려보내고 있던 참이었는데, 분위기가 어쩐지 이상하게 돌아가기 시작했다.

하나둘, 시선들이 그에게로 모아지기 시작했던 것이다.

용감한 우리 막내, 너 아니면 누가 가랴.

뭐 대충 이런 뜻이었다. 그런 걸 꼭 말로 해야 알아들을 수 있는 것은 아니지 않는가.

"어?"

허방산, 그가 등받이에서 상체를 조금 떼어냈다.

그러다간 벌떡 일어나 어지럽게 손사래까지 쳐댔다.

"난 아니야. 새대가리 좀팽이… 너희나 가라고."

참으로 웃기는 자식들이 아닌가. 제놈이 싫으면 그만이지 남은 왜 쳐다보나, 쳐다보길?

"눈깔들 치워. 눈퉁이를 확 뽑아버리기 전에……!"

보통 때였더라면 어느 놈이 일어서도 눈에 쌍불을 켜고 일어섰을 것이다.

그러나 그 같이 험한 욕설에도 얼굴 찡그리는 놈……

하나 없었다.

사실 말이 그렇지 그게 어디 측간 갔다 오는 일도 아니지 않은가.

생판 구경도 못한 사막 길에 눈길이니, 알고 있는 상식만으로도 천산

북로는 끔찍한 여로였다.

하루 세끼 전부를 모래 밥으로 때워야 하고, 맹독을 지닌 전갈과 굶주릴 대로 굶주려 있는 이리들만 득시글득시글한 곳이라 했다.

이는 언젠가 아구 달단양이 들려줬던 놈의 고향 얘기였다.

'놈의 고향이 돈황이랬지, 아마?'

돈황까지의 길도 유배 길이나 마찬가지로 험했다.

그러나 그 정도는 아무것도 아니었다. 말만 들어도 죽음을 연상시키는 천산북로의 시작점이 바로 돈황이었으니까.

소강 상태.

침묵이 꽤나 오래 이어졌다.

그러자 먹치가 중재 안을 내놓았다.

"이는 공적인 일이오. 해서 내가 제안을 하나 하겠소. 남는 세 분은 먼 길을 다녀오시는 두 분을 위해 일정량의 영지를 내놓으시오. 이견이 없으시다면 그리 정하는 걸로 하겠소."

"으으음……."

"그럼 영지는 얼마나……?"

공책과 망오였다.

"그건 상황에 따라 묘객원의 수장으로 내가 정하리다."

묘객부장은 거저 얻은 자리가 아니었다.

먹치의 말에 아무도 더 이상은 이견을 제시하지 못했다. 자칫하면 역적으로 몰릴 수도 있는 판국이었다.

먹치가 천천히 입을 열었다.

"일 할을 내놓으시오."

조용—

그 정도쯤이야, 뭐.

"이 할."

"……."

"삼 할."

먹치의 언성은 점점 고조되었다. 그에 따라 각 대방들의 얼굴도 점점 심각하게 변해가기 시작했다. 드디어,

"사 할."

"끙!"

맹호연이 제일 먼저 손을 들었다.

"내가 가겠소."

먹치가 싱긋 웃었다.

"좋소, 한 분 더……!"

없었다. 먹치가 오 할을 불렀다.

이제부터가 문제이다.

골똘하게 득실을 따져 봐야 하나 절반이면 백대방의 존립 기반 자체가 어려워진다. 그래도 그렇지 오십대방이나 반대방이라고 자칭할 수는 없는 노릇이 아닌가.

지금 정도의 출혈만으로도 다른 자와의 인수 합병을 심도있게 검토해 봐야 될 상황이었다. 두 번째로 손을 든 사람은 호치였다.

"나요."

이러면 계산이 복잡해진다.

사 할 얼마를 놓고 돌머리들이 머리 속에서 열나게 산판을 두드리고 있는데, 허방산이 느릿느릿 손을 들었다.

"사 할에 나도 가지."

오, 그래?

좌중의 시선이 일제히 허치에게로 몰려들었다.

허방산은 피식 웃었다.

"몇 달 정도는 여행을 해도 괜찮을 것 같아서. 게다가 세 놈이 사 할씩 내놓는다면 둘로 나눠도 남는 장사야."

얼간이. 여행 좋아하네. 그래, 잘해보아.

"프하하하……."

"클클클."

"흐흐… 흐흐흐……."

가장 먼저 가장 크게 너털웃음을 터뜨리던 자, 그는 묘객부장 먹치였다. 정말 재미나게도 웃는다.

그 꼴을 보니 확 배알이 뒤틀렸다.

꼭 '왕따' 당하는 기분, 게다가 생사전에서의 일도 아직까지 쓰디쓴 소태였다. 이 더러운 꿀꿀함이라니……!

한마디 정도는 꼭 해두어야만 했다.

살벌하게 다짐을 두었다.

"한 번 뱉은 말이니 가긴 간다만 내 미리 경고해 두겠다. 내 어떻게든 돌아올 것이거니와, 만에 하나 그때도 지금처럼 이빨을 보이는 놈이 있다면 반드시 아가리를 찢어버리겠다."

*　　　*　　　*

"아이고, 저런 밥통들……!"

"야, 피죽들만 처먹었냐? 왜 그리 비실비실해?"

벌써 반 시진째였다.

양주 장몽궁을 떠난 지 사흘째.

일행을 싣고 가던 돛단배는 얕은 운하 바닥 모래톱에 걸려 꼼짝도 하지 못했다.

열 명도 넘는 작자들이 수로 양안에 나눠 서서 밧줄로 잡아당기고는 있었으나 갈 듯 말 듯 애만 바짝 태웠다.

운하라고 해봐야 이곳은 겨우 십여 장 폭밖엔 되지 않았다.

북경 근처에서 항주를 잇는 장장 삼천팔백여 리에 달하는 대운하.

하지만 곳곳이 퇴적물에 막혀 규모가 있는 거선이 다니기에는 암만해도 무리가 있었다.

지금만 해도 그랬다.

겨우 스물너덧이 타고 있는 범선조차 걸려 버리고 말았으니.

"아이고, 저런 것들을 뽑아놓고도 제 어미는 아들이랍시고 미역국을 먹었을 거 아냐. 에잉……!"

선수 뱃전에 기대 서서 고래고래 악을 쓰고 있는 사람은 아구였다.

"야, 아랫도리 힘까지 남김없이 좀 써보라고!"

아구뿐만이 아니었다.

웅거도 있고, 몽니와 여치도 있었다.

낭월각의 묘객 중엔 악치와 뭉구리만 빠져 있는 상태. 뱃전 한쪽에는 허방산과 맹호연의 모습도 보였다.

"이것 참……."

멋쩍어하는 사람은 맹가.

그도 그럴 것이 지금 밧줄을 잡아당기고 있는 자들은 자기가 고르고 골라온 홍련각의 정예 열다섯 명 전원이었던 것이다.

실랑이는 일각을 더 이어졌다.

늙수그레한 목소리가 들려온 것은 그 즈음이었다.

"저들로는 곤란할 것 같군."

뒤였다.

허방산의 뒤.

어색한 미소를 짓고 있는 노인 하나가 서 있었는데 바로 차천곤, 차 집사였다. 슬쩍 마주친 허방산과 차 집사의 시선 사이에 묘한 냉기가 흘렀다.

꽤나 오랜만의 만남이었다.

집순각이 한바탕 난리를 겪긴 했으나, 그동안 한 번의 만남도 없었으니 따지고 보자면 마가대원의 땅굴 이후로는 지금이 처음이었다.

껄끄러움은 당연했다.

그러나 한 사람은 이번 여행길 일행의 안전을 책임질 묘객들의 수장이요, 하나는 서천운화단(西天運花團)이란 이름으로 출발한 장몽궁 상단 일행 전체의 총책이다.

둘 사이가 어색하면 곤란해진다.

허방산도 그것을 알고 있었다.

궁의 운영진에서 나온 사람은 서역의 미기들을 고를 교방 사감 둘과 법신당이란 곳에서 나온 무녀(巫女) 한 사람, 그리고 집순각의 차 집사가 전부였다.

묘객까지 합치면 도합 이십사 인. 이 모두가 한마음으로 똘똘 뭉쳐도 힘든 일정이 될 것이란 사실을 모르는 바는 아니었다.

하되, 내키지 않는 것을 어쩌란 말인가.

낯짝만 봐도 성질이 나는 자, 솔직하게 말해 저기 저 늙은 구렁이와 함께 간다는 사실을 진즉에 알았더라면 아예 백대방의 회합에도 나가지 않았을 것이다.

차 집사가 먼저 입을 열었다.

"우리 사이에 아직 계산해야 될 것이 남았던가?"

"크큭."

물론 없지.

먹치와 이미 계산이 끝났으니까.

그러하나,

"웬만하면 내게 말 걸지 마, 늙은이. 우리 서로 그냥 자기 할 일만 하는 것으로 하자구."

"허허허… 많이 섭섭했었나 보구먼?"

"쓸데없이 말 걸지 말라고 했어. 이건 처음이자 마지막 경고야. 알아들어?"

"허어, 젊은 친구가 너무 야박하구먼?"

"너구리, 경고는 지금부터 유효하다."

"……!"

차 집사가 찔끔하며 입을 다물었다.

그리곤 속이 타는지 계속 연초를 빨아댔다. 허방산은 그런 그에게 무서운 눈빛을 한 번 해 보이고는 시선을 돌려 버렸다.

"억."

언제 다가와 있었을까, 그 바람에 허치와 마주친 아구가 기겁하며 물러섰다. 무슨 영문인지 모르는 맹호연도 흠칫하기는 마찬가지.

허방산의 기세가 그만큼이나 살벌했었나 보다.

아구가 웅거에게로 주의를 돌렸다.

"반달아."

"왜?"

그저 순박하기만 한 친구, 끔벅끔벅하는 황소 눈을 지닌 그가 어떻게 해서 그 인생 막 가는 묘객직에 지원했는지는 아직까지도 풀리지 않는 의문이었다.

자신의 말로는 사람들이 많이 모여 있기에 우쭐하는 마음에 한 번 나섰다가 그리됐다는데.

아구가 턱 끝으로 줄다리길 하고 있는 개미들을 가리켰다.

"힘 됐다 어디에 쓰겠냐? 혼자 해치우는 십 인분 밥값은 해야 되겠지?"

"아, 저거!"

"갔다 와. 그럼 내가 꿍쳐 놓은 주먹밥을 주마."

"주, 주먹밥……!"

"갔다 와, 언능."

"으헤헤헤… 알았어. 내 후딱 갔다 올게."

웅거의 입이 헤벌쭉 벌어졌다.

그는 등에 짊어지고 있던 쇠도리깨를 벗어 아구에게 던져 주고는 휙하고 몸을 날렸다.

"허걱."

하마터면 엉덩방아를 찧을 뻔했다.

무심결에 받아 든 쇠도리깨의 무게에 짓눌리고 말 뻔했던 것이다.

반절로 접혀진 모양이 오 척이니 펴면 십 척이다. 봉대가 오리 알 두께만한 데다가 백 근도 넘는 것이 완전히 순강 덩어리였다.

아구는 혀를 휘휘 내둘렀다.

"진짜 곰이었잖아?"

그 곰.

웅거는 그 큰 거구를 날려 늘어져 있는 밧줄을 한 번 밟고는 지면으로 사뿐히 내려섰다. 그리고는 가타부타 아무런 말도 없이 줄다리기 열의 맨 끝으로 가선 대뜸 밧줄을 양손에 감아 쥐었다.

일순,

피이잉……!

축 늘어져 있던 밧줄이 빨랫줄처럼 팽팽해졌다.

웅거는 구 척의 장신이었다. 그가 밧줄을 잡아당기자 그 바람에 울상이 된 것은 그 앞에 있던 홍련각의 묘객들이었다.

"으악!"

"이, 이게 뭐냐?"

가관이었다. 줄을 당기는 것이 아니라 오히려 대롱대롱 매달린 꼴이 되고 말았지 뭔가.

그 순간에 곰이 울었다.

"우아아아아아……."

강안이 떠나갈 것 같은 웅거의 기합 소리, 그 소리가 채 끝나기도 전이었다. 배 전체가 통째로 덜컹했다.

"우와!"

"좀 더, 됐다. 좀 더 더 더……!"

"이야호……!"

무서운 괴력이었다.

처음엔 미미한 움직임이었다.

그러나 한 번 덜컹거리고 난 이후엔 확연히 달라졌다.

한 발, 두 발. 그 부분을 지나자 범선은 모래톱을 미끄러지듯이 빠져나오기 시작했다. 열 걸음째, 선수가 웅거와 일직선이 되었을 무렵이 되자 범선은 완전히 물 위로 떴다.

과연 반달이.

웅거는 훌쩍 뱃전으로 올랐다.

그저 콧잔등에 송송한 애기 땀 몇 방울, 그것이 그가 힘 한 번 쓰고 난 결과라면 결과였다.

"헤헤헤……."

다시 쇠도리깨를 받아 거는 웅거의 웃음이 천진스러웠다.

좋아하는 것은 단연 아구였다.

그가 개구리처럼 폴짝 뛰어 웅거에게 달라붙었다.

"아나, 주먹밥."

"에게, 겨우 요거……?"

"겨우 요거라니? 야, 이 한 덩이가 일 인분이야. 세 덩이나 되니 삼 인분이라고. 짜식아, 그리고 이것밖엔 없어. 그러니 더는 칭얼대지 마."

"쩝……."

주먹밥 삼 인분.

그 정도로는 기별도 아니 간다.

여전히 입맛을 다시고 있는 그를 아구가 뭐라 다시 면박을 주고 있는 모양이다.

허방산은 싱긋 웃었다.

먹성 좋은 것을 복이라 생각하고 있는 사람이다. 하긴 낭월각 식비의 반 이상이 자신과 웅거로 인한 지출이었으니 더 말해 무엇 할까.

그때였다.

등 뒤에서 맑은 목소리 하나가 들려왔다.

"보기 드문 용골상(龍骨像). 천생신력에 심성까지 밝으니 참으로 좋은 수하를 두셨어요."

그윽한 음성이었다.

차분하며 잔잔하기까지 한 옥음, 고개를 돌려보니 그녀였다.

장몽궁에서 승선하며 눈인사를 나눴던 사람이다.

그녀는 장몽궁의 여자들이 길흉화복을 점치고자 즐겨 찾는 법신당의 점쟁이 무녀라고 했다. 아니, 신녀라고 했던가?

검은 현의에 면사를 늘어뜨렸다.

그래서 보이는 것은 초생달같이 보기 좋은 눈썹과 수정처럼 맑은 두 개의 눈망울뿐이었다.

하나 이마가 시원했다. 그것은 그녀가 지혜로운 여인이라는 의미에 다름이 아니었다.

그녀의 몸에서는 아련한 냄새가 났다.

언젠가 맡아봤던 고향의 때찔레꽃, 붉은 해당화꽃 냄새였다. 대체 얼마나 꽃에 묻혀 살았으면 몸에까지 다 그 향이 배었을까?

신녀가 아니고 화녀였던 모양이다.

허방산은 빙그레 웃었다.

"궁금하게 하네. 그럼 내 상은 뭔가?"

"호호… 골치 아픈 운괴상(雲魁像)이지요. 어디로 흐를지 모르는 구름상입니다."

"그런가. 내가 어디로 튈지 모르는 종자라 이거지?"

"말씀이 재미있으십니다."

"나는 그렇다 치고 네 이름은 뭐지?"

"자운영(紫雲英)이에요."

"나이는?"

"스물일곱이랍니다."

웬일일까? 묻는 사람도 비상한 관심을 보였고, 대답하는 여자도 헤픈 줄 모르고 좔좔 쏟아낸다.

"얼굴도 좀 보자."

"그건 안 돼요."

그러면 그렇지. 초면에 다 보이는 여자는 이 세상에 단 하나도 없다.

사실 나중에 알고 보면 빈 소라 껍질만도 못한 것이 열에 아홉 이상인데도 습성인 양 비비 꼬고 감춘다.

"그럼 관둬."

그리고는 여지없이 고개를 돌려 버렸다.

참으로 편한 사고방식이었다.

싫으면 하지 않고, 싫다면 닦달하지 않는다. 그래서 누웠다 하면 코를 골 정도로 머리 속이 단순한 족속일 것이다.

웃는 듯 신녀의 눈매가 약간 가늘어졌다.

그러길 잠깐, 그녀는 이내 선실로 들어갔고 허방산도 그녀를 잊은 듯 아구를 다그쳐 댔다.

"키잡이 교육을 단단히 시켜라. 이래 가지고서야 어디 낙양 근처는커녕 황하인들 구경해 볼 수 있겠느냐?"

"옙, 댓빵."

당초의 계획은 이랬다.

배로 운하를 타고 황하를 거슬러 정주를 지나 낙양 교외까지 간다. 거기서부터는 마필을 이용해 육로로 간다.

이 계획은 차 집사가 세운 것이었다.

그가 굳이 낙양을 지목한 것은 거기에서 만나야 할 사람이 있어서였다고 했다.

그러거나 말거나.

갈포를 입은 장몽궁의 묘객들은 모두 뱃전에 올라와 있었다.

헛된 힘만 쓴 놈이든 입만 나불거린 놈이든 모두가 병든 닭처럼 뱃전에 기대어 고개를 떨구기 시작했다.

위가 그러니 아래도 그런다는 것인가.

하나같이 다 졸음병이었다.

허치는 이미 코를 골았고, 제정신을 갖추고 있는 사람은 단둘.

지저분한 코털을 뽑아 틱틱 튕겨내고 있는 여치와 여행 내내 못마땅한 표정을 짓고 있는 몽니뿐이었다.

유일무이한 여자 묘객.

묘객이 여자의 직업으로 권장할 만한 것이 못 되는 것은 확실했다.

그럼에도 불구하고 그녀는 당당했다. 한데 왜 그리 못마땅한 표정을 사흘 내내 짓고 있는 것일까.

"참으로 거시기한 놈들⋯⋯."

거시기?

복장을 통일시켜야 지휘 체계가 확실해진다며 자신이 좋아하는 감물 들인 갈포를 전 묘객들에게 억지로 입힌 허치하며, 약간 맛이 간 것 같은 곰 새끼 웅거와 눈만 떴다 하면 침을 튀기는 아구 자식과 곱상한 생김과 는 달리 그 더러운 코털을 뽑아 마치 진귀한 보석이라도 감상하는 양 눈 에서 빛을 발하는 애늙은이 여치 놈까지.

하여간에 제대로 된 놈은 하나도 없었다.

뭔가가 확실히 거시기한 놈들뿐이었다.

정상인 놈 하나를 굳이 꼽으라면 맹가 정도랄까?

눈이 제대로 박혀 있는 놈은 그놈뿐이었다.

흘깃흘깃 자신을 여자로 바라봐 주던 놈은 그놈과 그놈 졸개들뿐이었 으니까.

맹가는 시선만 보내왔던 것이 아니었다.

아침에는 은근슬쩍 엉덩이에 손도 한 번 왔었다.

"어이, 탱탱한데?"

개자식!

개자식⋯⋯?

그래도 나쁜 놈이 무관심한 놈보다는 백 번 나았다.

한데 왜 이리 신경질이 나는 것일까?

달거리 중이라서 그런가. 아니면, 요즘 들어 자다가 간간이 눌리곤 하
는 가위 때문일까.

"휘이유……."

어쩌면 직장 때문일지도.

몽니의 눈빛은 꽤나 아스라해 보였다.

제10장 서역행(西域行)

서역행(西域行)

고도 낙양.

봄이 갈 무렵이었다면 '모란성(牧丹城)'이라고도 불리는 낙양의 명물, 넘실대는 색색의 모란꽃 바다를 마음껏 구경할 수 있었을 것이다.

기원전 주나라부터 시작해 후당, 후진까지 도합 아홉 왕조나 수도로 삼았다는 구조의 고도 낙양.

고성의 북문은 을씨년스러웠다.

원래 북(北)이란 게 그렇다.

괜히 춥고 어두우며, 황량하고 거칠다. 심하면 북이란 낱말만 떠올려도 소름이 돋는 사람들도 있다 하니 그리 좋은 방향은 아닐 것이다.

이곳도 마찬가지였다.

북문 밖.

햇살이 뉘엿하고 있을 무렵이었다.

"어허이… 어허이……."

덩실덩실 칼춤을 추고 있는 놈이 있었다.

산발한 머리카락 사이로는 눈알이 광기로 희번덕거리고, 흘러내린 술로 가슴팍을 홍건히 적시고 있는 자.

"이야아앗……!"

칼날이 허공을 끊는다.

그 아래엔 바로 죄수의 목, 금방 피꽃이 피나 했더니 그것이 아니었다. 망나니는 다시 칼춤으로 돌아갔다.

"혼령 따라 삼만 리에 나비 년이 웬 말이냐. 허이… 허이……."

노랑나비 한 마리가 칼끝을 따라 너울너울 날아다니고 있었다.

피 냄새를 아는지, 아니면 그 칼날의 의미를 좇는지 나비는 한참 동안이나 칼날 주위를 날아다녔다.

그러다간 훨훨 어디론가 날아가 버렸다.

그리고 그 순간에 망나니의 칼은 진짜 허공을 후려 끊었다.

햇살이 칼날에 자지러지며 죄수의 수급이 땅바닥 저만치로 데구루루 굴러갔다.

"저, 저런……!"

"아아……!"

눈을 가리는 구경꾼.

그리고 점점이 떨어져 내리고 있는 붉은 피보라.

참형장. 그랬다, 이곳은 낙양성의 중죄인을 참수하는 행형장이었다.

"자, 다음……."

관복 차림의 사내 하나가 크게 소리쳤다.

명령에 따라 손이 뒤로 묶인 죄수 하나가 참형도 아래 다시 꿇려졌다.

산발한 머리칼에 가려 얼굴은 모르겠으나 치마 저고리 차림으로 봐선 여자였다. 그것도 젊은 여자. 섬연한 몸매 하나만으로도 그녀는 참수당

할 죄수일 리가 없는 여자였다.

그리고 그것이 또한 그녀가 참수를 당하는 이유이기도 했다.

관복이 그 이유를 천지 사방에 읊어댔다.

"성명 검여시, 금년 나이 스물일곱, 죄목 서른다섯 회에 이른 서방질."

그 말이 채 끝나기도 전이었다.

구경꾼들 사이에서 왁자지껄한 소란이 일어났다.

"그년, 그년이야."

"낙양부사의 첩년으로 무려 서른다섯이나 되는 사내들과 배를 맞췄다는 그 희대의 화냥년!"

"저런 년은 일벌백계로라도 목을 쳐버려야 해."

"천하의 나쁜 년. 반반한 낯짝 값 한다고, 그런 짓을 밥 먹듯이 하다니 아예 육시를 해버려라, 육시를……!'

"쩝, 얼마나 물건이 좋았으면……."

"뭐, 뭐라고? 당신 지금 뭐라고 했어요?"

아녀자들은 아녀자대로, 사내들은 사내대로 난리가 아니었다.

그 구경꾼 중에는 허방산도 끼어 있었다.

일행과 함께 막 문을 들어서고 있던 참이었다. 뭔가 싶어 비집고 들어와 봤더니 이 모양이었다.

"허어, 그것참……."

괜히 고개를 뺐나 싶었다.

아니 본만 못하고 아니 들은만 못했다. 화냥년도 화냥년이려니와, 망나니의 눈빛이 너무나 서글펐던 것이다.

그는 또다시 칼춤을 추고 있었다.

어디를 갔다 왔는지 나비도 다시 날아와 망나니의 칼끝에 머물렀고, 햇살도 서러운 주홍 빛 노을로 타고 있었다. 진실이야 어찌 됐든 죽음이란 서럽고도 서러운 것이다.

그때였다.

고개를 저으며 뒤로 돌아 막 인파 속으로 묻혀들 그 찰나였다.

뇌리에 갑자기 기이한 울림이 일어났다.

"구해줘요."

"……!"

절대 육성이나 무림인이 사용하는 전음은 아니었다. 그렇다고 마음이 외치는 소리라고 하기에는 너무나 선명했다.

'환청인가?'

그 환청이 다시 들렸다.

"구해줘요."

여자였다. 그것도 다급한 목소리로…….

언뜻 스치기에는 갓난아이가 옹알이를 하는 듯한 느낌이었다.

하지만 그것이 문제가 아니었다. 갑자기 꼭 그래야 한다는 절박감에 사로잡혔다는 것이 문제였다.

뒤를 돌아다봤다.

칼춤의 동작이 눈에 띄게 커지고 있었다.

마지막 한칼이었다.

허방산은 그 와중에서도 부리나케 갈포를 벗었다.

자칫하면 일행조차 평생을 포쾌에게 쫓기는 신세가 되고 만다.

하지 않던 짓을 하면 꼭 탈이 난다. 빌어먹을, 옷은 괜히 단체로 맞춰 가지고…….

"비켜라."

후닥닥 뛰었다.

게다가 좀처럼 쓰지 않던 경공도 발휘했다.

망나니의 칼이 목을 파고들기 직전이었다. 허방산은 솔개가 토끼를 낚아채 오르듯 죄수를 끌어안고 떠올랐다.

질풍이었다.

망나니의 칼이 땅바닥에 박혀들었을 때 허방산은 이미 인파의 머리 위에 떠 있었다. 그리고 눈 깜박할 사이에 저만치에 있는 풀밭 폐허의 모퉁이를 돌아 바람처럼 모습을 감춰 버렸다.

"저, 저놈……!"

관복이 눈을 까뒤집었고,

"하늘을 붕붕 날다니… 귀, 귀신이다!"

"내, 내복 귀신이 화냥년을 물어갔다아……."

"잡아라."

형을 집행하던 관리와 군졸들이 우르르 떼를 지어 몰려갔다.

그러나 그들은 우거져 있는 잡풀 더미 외엔 아무것도 발견해 내지 못했다.

"우, 우라질……!"

형장의 마지막 죄수는 그렇게 사라졌다.

남은 것은 망나니의 들릴 듯 말 듯한 뇌까림뿐이었다.

"호… 호신(狐神)이었어."

그가 봤던 것은 웬 불한당에게 낚아채이던 그 순간에 드러났던 여죄수의 얼굴 한 조각이었다.

맹세코, 그 죄수는 사람으로 둔갑했던 여우였다.

"사람이라면 절대 그렇게 고울 리가 없어. 아암, 게다가 낮에 확인해 봤던 얼굴도 그 얼굴이 아니었고. 지랄…… 내가 지금 꿈을 꾸고 있는 건가?"

경악, 당황, 어이없음, 뭐 이런 유사한 것들이 한꺼번에 비벼지면 무엇이 나올까? 그 답이 여기에 있다.

"너… 미, 미쳤냐?"

위아래도 몰라보는 겁의 상실.

그러나 차마 그렇게 나오진 못했다.

아구는 달리 외쳤다.

"댓빵, 돌았소?"

도대체가 어디로 어떻게 튈지를 모르는 꼴통 대장.

이만큼 때리면 당연히 저만치 튀어야 하는데, 이건 완전히 기분 내키는 대로 튄다.

이번에도 그랬다.

자기가 무슨 용감무쌍 정의의 화신이라고, 세상 사람이 다 손가락질을 하는 화냥년을 안고 튄단 말인가. 게다가 그것도 모자라 제 마누라로라도 삼은 양, 떠억 객방까지 꿰차고 들어온단 말인가.

보다 심각한 것은 자신의 잘못을 잘못으로도 알지 못하는 저 뻔뻔할 정도의 당당함에 있었다.

"시끄러, 자식아."

"어?"

"어고 아고, 넌 좀 나가 있어라."

"대, 댓빵, 대체 어쩌려고 이러신다요?"

"나도 잘 모르니 어서 나가. 경혈이 너무 상해 있어서 지금 추궁과혈을 하지 않으면 이 여잔 영원히 반신불수가 되고 만다."

"예?"

"나가라고 자식아, 나도 아는 것은 너만큼밖에 없으니까."

"제기랄, 왜 내게 화딱지를 내고 그러우?"

평소 같았으면 언감생심 꿈도 꾸지 못할 반항이었다. 다행히 허방산은 그의 말에 신경을 쓰지 않았다.

그는 제 일에만 열심이었다.

둘둘 말려 있던 갈포를 들어내자 횐둥이 하나가 불쑥 나타났다.

정말 눈부신 나신이었다. 금방 쩍 아가리를 벌린 뱅어의 하얀 속살처럼.

"아……."

아구는 거기까지만 보고 방을 나서야 했다.

허 대방의 표정이 엄숙하게 보이리만큼 진지했던 것이다.

"이게 무슨 꼴이람?"

아구는 내내 문 앞에 쪼그리고 앉아 불침번을 섰다.

밤이 지나고 날이 훤히 새도록. 그래도 허방산은 나오지 않았다. 그가 부름을 내린 것은 해가 중천에 올랐을 때였다.

"야, 밥……!"

"엠병!"

이튿날 아침나절.

허방산을 위시한 낭월각의 묘객들은 늦은 조반을 마치고 서문 쪽으로 나아갔다.

드디어 대장정이 본격적으로 시작되는 것이다.

서문 밖에는 맹호연이 여행 준비를 마치고 기다리고 있을 터. 그는 어제부터 마필을 구입한다, 침낭과 건량을 준비한다 하며 야단법석을 떨었다.

갈포가 하나 더 늘었다.

몽니보다도 더 삼삼한 여자. 겉은 서시요, 입은 시궁창인 몽니조차도 눈부신 듯 바라보다 고개를 떨궜던 여자, 그러기에 서른다섯이나 되는 사내들을 배 위에 바꿔 올렸다는 천하의 화냥년.

검여시 바로 그녀였다.

"주, 주인, 어디로 갑니까?"

오잉?

목소리도 죽였다.

맑고 맑은 방울 소리 같은 것이 그야말로 꾀꼬리가 아닌가.

그런데 웬 주인? 무슨 주인······?

한참 후 기회를 봐서 아구가 넌지시 묻자 허방산이 이렇게 답했다.

"은혜를 갚겠대."

"그래서요?"

"어쩌냐? 울고불고 난리를 떠는데."

"그래서 그라라고 했단 말씀입니까?"

"할 수 없었어. 너도 알다시피 난 여자가 울면 꼼짝도 못하잖냐."

알긴 뭘 알아?

혹시 저 이름조차 여시인, 여시같이 생긴 저년이 꼬랑지를?

그럴 수 있다. 댓빵은 주먹 빼면 완전 물렁인데, 그런 무골호인 촌뜨기 하나 홀리는 정도야 서른다섯의 경력이 아니고, 그 일 할의 이력만 있었어도 식은 죽 먹기였을 것이다.

'으으… 저년이?'

완연한 가을이었다.

서문을 나서니 누렇게 퇴색되어 가는 초지였다.

한데 뭐가 그리 좋아서 앞장을 서서까지 저리도 팔랑팔랑 뛰어다니고 있는 것일까? 너풀거리는 긴 머리칼에 따가운 가을의 햇살이 눈부시게 내려앉고 있었다. 닳고 닳은 화냥년 주제에.

아구가 그녀에게 달라붙었다.

"야, 너……!"

"아흐, 까… 깜짝이야. 자식아, 놀랐잖아?"

어랍쇼, 이것 봐라?

눈을 크게 뜨기도 전이었다.

여시가 그의 면전에 얼굴을 바싹 들이댔다.

"왜, 너도 한 번 주랴?"

"……?"

"생각있어?"

"……?"

"없으면 꺼져 짜샤. 알량한 아랫도리를 확 훑어놓기 전에……!"

"……!"

뭐, 이런 게 다 있나.

이건 강적도 보통 강적이 아니었다.

전적이 그래서인지 걸쭉하기도 몽니보다 배는 더했다. 그래도 그렇지 천하의 아구가 입도 벙긋하지 못하고 당하고 말다니……!

쪼르르 허치에게 되돌아왔다.

"뭐 저런 게 다 있습니까?"

여시에 대한 지탄과 하소연을 하고자 함이다.

허방산의 입가에 싱긋하는 미소 한줄기가 피어올랐다.

"조심해."

"예?"

"여시는 내가의 고수야. 무림의 기인에게서 무공을 배웠다고 하니 조심하는 게 좋아. 내가 확인해 본 바에 의하면 진짜였으니까."

사실이었다.

어떤 연유였는지는 조개처럼 입을 꼭 다물고 있어서 알아내지 못했으나, 그녀의 경맥은 여기저기가 막히고 손상되어 있었다.

그걸 추궁과혈로 잡아주는 과정에서 그녀의 단전에 응고되어 있던 내가진기를 분명히 확인할 수 있었던 것이다.

"수준도 대단해."

"그, 그 정도였습니까?"

"그래."

"대관절 어찌 된 영문이랍디까? 그날 참형장에서는 왜 그런……?"

"나도 몰라."

"몰라요?"

"몰라. 그러니 더 이상은 묻지 마라."

그것도 사실이었다.

육성도 아니고, 환청도 아니었던 기이한 목소리.

그 절박했던 목소리의 여운은 지금도 생생했다.

분명 계집아이의 목소리였는데, 낯이 설면서도 귀에 익은 듯한 느낌이었는지라 생각할수록 아리송하기만 하니.

누군가 상승의 내공을 지닌 고수자의 전음이었을까?

아니, 뇌리에서 공명이 인 듯했으니 심어가 아니면 누군가의 의념은 아니었을까? 그것도 아니라면 검여시가 보낸 절박한 애원이 사념이 되어 하필이면 내게로?

망할……!

그땐 꼭 귀신에 홀린 듯한 기분이었다.

지금도 그리 명쾌하지만은 않고.

하여간에 식구는 하나 더 늘었다.

그리고 '이미 배를 맞춰봤지 않느냐' 하는 등의 곱지 않은 일행의 시선은 허치와 여시에게 번갈아 눈총을 쏘아댔다.

맹호연이 말을 달려 마중을 나온 것은 그 즈음이었다.

"저 앞입니다. 보이는 언덕배기 모퉁이만 돌면 됩니다, 허 대방."

"그런가."

"예."

차 집사와 신녀를 위시한 궁의 운영진들은 새벽같이 객잔을 떠났었다. 만나야 할 사람이 있다고 했고, 그들을 호위한 사람이 바로 맹호연이었다.

"누구던가?"

"사신이라던데요?"

"사신? 황제의 사신… 그 사신 말인가?"

"예."

"뭐라고?"

황제의 사신이라니.

이 무슨 황당한 소리인가?

차 집사가 왜 황제의 사신을 만나며 그래, 설사 만난다고 해도 어찌 일언반구 사전에 언질도 없었더란 말인가. 사신이라면 중앙 관부 조정의 요인일 테고, 관부라면 엊그제 지은 죄도 있다.

도둑이 제발 저린다고, 검여시가 얼른 허방산의 뒤로 숨었다.

맹호연이 그녀를 본 것은 당연지사,

"어엇?"

그의 눈이 순간적으로 번쩍했다.

무엇을 보았기에? 그는 연방 고개를 외로 꼬았다.

그러다간 뭐가 아니다 싶었던지 이내 말 머리를 돌렸다. 아구가 그의 말고삐를 잡으며 두 눈 가득 궁금증을 담았다.

"맹 대방, 조정의 사신이라면 어딜 가는 사신이랍니까?"

"우루무치."

"으헥. 우… 우루무치."

우루무치가 어딘가.

저 먼 천산 산맥을 넘어서야 나오는 곳이 아닌가.

우루무치는 한족과 위구르족이 어울려 살며 아라사로 들어서는 길목에 위치한다. 그야말로 오지 중의 오지이나 '아름다운 목장'이라 불릴 만큼 서역 최대의 시진이기도 한 곳이었다.

아구가 다시 물었다.

"뭐 하러 간답디까?"

"거참, 귀찮게구네. 내가 그것을 어찌 안단 말이냐?"

"아따, 거 궁금해서 묻는 건데 대답 좀 해주면 어디가 덧나오?"

"난 모른다."

"그럼 일행도 많겠시다?"

"어이구, 금방이니 가서 봐라. 네 눈으로 직접……!"

맹호연이 고삐를 낚아채며 눈을 흘겼다.

"지겨운 놈."

진드기 아구. 그에게 한 번 붙들림을 당하면 누구든 진이 다 빠지고 만다. 얼마나 질긴지 그는 늘여도, 늘여도 한없이 늘어만 나는 엿가락과도 같은 존재였다.

더 더욱 정나미가 떨어지는 것은 멀리하면 할수록 더 달라붙는 집요함이었으니, 오죽했으면 웅거조차 치를 떨까.

"이상한 놈이네."

적반하장이라더니, 아구는 자욱한 먼지를 끌며 달려가고 있는 맹호연을 바라보며 씩 이빨을 보였다.

고자, 또는 화자라 부르는 사람이 있다.

물론 생식기가 거세되는 궁형을 당해 그리된 사람도 있으나, 대부분은 구중궁궐 높은 담 안에서 사는 환관들을 일컫는다.

환관은 수염이 나지 않는다.

하나 모두가 그런 것은 아니었다.

어려서 환관의 양자로 입적해 사내의 성징이 나타나기 전에 거세를 당하면 수염이 나지 않는다.

그리고 호구지책의 일환으로 거세를 자청하는 성인이 있는데, 그럴 경우 수염은 있다. 그래도 두 경우 모두 다 중성처럼 목소리가 가늘어지고 뾰족해지는 것은 똑같았다.

바로 이 목소리처럼.

"천한 것들……!"

저 사람, 일행을 대표한 맹호연의 인사도 아니 받고, 수염도 아니 난 얼굴을 슬쩍 마차의 차창 밖으로 내비쳤다 사라져 버리는 저 인간.

나이가 쉰은 되었을 것이다. 그의 안중무인, 경멸에 가득 찬 시선을 스쳐 본 일행의 안색이 싹 달라졌다.

"왕 싸가지……!"

의외였다.

검여시가 그런 반응을 보이다니.

아직도 그녀에 대한 탐색의 눈빛을 지우지 않고 있던 아구가 바로 옆에 있다가 그녀를 쿡 쥐어박았다.

"조용히 해."

"왜 그래?"

"조용히 하라니까?"

두 사람의 목소리가 높아졌다.

"정말 주랴?"

뺙하면 그 소리, 아구가 기가 막히는지 팽하고 콧방귀를 뀌었다.

"그 썩은 홍합탕은 거저 줘도 안 먹는다."

"지금 줘?"

대단했다. 검여시는 금방이라도 속곳을 내리려는 듯 치맛단을 들어 올렸다. 물론 중인의 온 시선을 한 몸에 받은 채로였다.

그 바람에 질겁한 사람은 아구였다.

얼굴까지 붉어진 아구, 그가 거푸 손사래를 치며 물러났다.

"시, 싫다니까."

"짜식. 탕 끓일 장작이나 실한지 몰라."

"으으……."

가관이었다. 여시는 계속 다가가고 아구는 연방 뒷걸음질이다. 허방산이 이맛살을 찡그린 것은 그때였다.

그의 입에서 쩌렁한 노호 소리가 터져 나왔다.

"그만."

기분이 더러운 것은 그도 마찬가지였다. 별 거지발싸개 같은 놈이 사람을 쓰레기 취급하다니……!

묘객들을 뒤로한 채 허방산은 천천히 전방을 내리 훑었다.

사두마차 둘.

하나엔 신녀와 교방 사감들이 타고 있는 마차였고, 하나는 방금 전의 그 작자가 탄 마차였다.

소개받기론 장 공공(張公公)이라 했다.

황제의 명을 받아 우루무치로 간다는 사신이 바로 그였고, 그가 탄 마차의 뒤로는 창검을 비껴 든 기마병 일백이 질서도 정연하게 도열해 있었다.

그리고 그 앞.

차 집사와 뭐라 말을 나누고 있는 마상의 기수가 있었다.

사십 초반의 준수한 중년 사내였는데, 그는 중앙금군의 백호장으로 장 공공을 호위할 일백 기마병의 수장이라고 했다.

이름은 능시우(陵翅羽).

허방산의 시선은 그에게서 멎었다.

"백호장이라······."

백호장이라 함은 일백 군졸의 지휘권을 가졌다는 병영의 중급 무관이다. 그러나 군막의 일개 백호장치곤 너무나 헌앙한 기표였다.

몸에 칼 한 자루 보이지 않았으나, 눈빛이 마치 전광처럼 번뜩이고 있었던 것이다.

'내공을 지녔다. 저자는 결코 평범한 무관이 아니야······.'

한 가지 흠이라면 그 눈에 물기가 유난했다는 점이었다.

별스럽게 번들거리는 눈이었다.

대저 사내가 눈에 물기가 많으면 잔인한 성격이라고 했고, 여자 눈이 촉촉하면 열 시아비도 모자란다고 했다.

팔자가 기구하단 말이니. 어쨌거나 그자, 능시우가 뒤돌아서는 것이 보였다.

말이 다 끝났는지 차 집사는 한 옆으로 비켜섰고, 사신이 탄 마차의 말들이 능시우를 따라 이내 네 굽을 모으기 시작했다.

그 뒤론 일백 기마대.

두우두― 두두두두―

말발굽 소리는 지축을 울렸고, 누런 황진이 뭉게구름처럼 자욱하게 일어났다. 저들은 대명의 중앙금군, 일반 지방군 따위에 비할 위세가 아니었다.

차 집사가 다가왔다.

"우리도 갑시다, 허 대방."

음흉한 늙은이.

허방산은 안색을 굳혔다.

"내게 할 말이 많을 것이다. 해봐."

궁의 묘객들을 사신에게 소개한 사람은 차 집사였다.

제깟 놈이 사신이면 사신이었지 무슨 상관이 있다고 인사까지 시켰더란 말인가. 또한 능시우란 무관과는 무슨 말을 나눴던가.

눈치로 봐선 장몽궁과 관 사이에도 분명 어떤 연관은 있었다.

허방산의 요구는 바로 그 같은 의문에 대한 설명이었는데, 그 답이 고약했다. 차 집사 왈,

"말을 붙이지 말라 했던 것으로 기억하네만."

"……!"

어이가 없었다.

늙은 살쾡이처럼 입 꼬리를 말고 있는 저자, 저런 새가슴이 장몽궁 집순각의 제일집사라니.

젊은 놈은 혈기가 있어서 옛일을 못 잊고 삐친다고 치자.

그렇다고 내일 모레 관 속으로 들어갈 늙은이마저 앙심을 품는단 말인가. 당시 마가대원의 땅굴에서 했던 짓이 얼마나 부끄러운 짓이었는지도 모르는 철면피.

대단한 사람이었다.

모르긴 몰라도 그때 어찌 살아왔는지 꽤나 궁금할 터인데, 그것은 일언반구 내색조차 하지 않았다.

허방산은 피식 웃고 말았다.

"관두지. 초장부터 기분을 잡치긴 싫으니……."

허방산은 차 집사에게서 시선을 거뒀다.

그렇다.

길은 지금부터가 시작이었다.

앞으로 가야 할 길은 차 집사 늙은이가 지나온 인생 길보다도 더 멀고 험난한 길일지도 모른다. 시작부터 어긋날 수는 없는 일.

허방산은 그를 훌훌 털어버렸다.

말 타고 따가닥.

속도를 자연스럽게 했다.

뭐 바쁜 일이 있다고 눈썹이 휘날리게 뛴단 말인가?

선두는 낭월각, 중간에 신녀의 마차와 차 집사, 맹호연의 홍련각이 맨 뒤를 끊었다.

선두가 천천히 가니 그 뒤는 당연히 서행이었다.

중원의 초가을 전형적인 날씨였다. 하늘은 민천(旻天)으로 푸르렀고, 귀밑을 간질이는 산들바람은 상쾌하기 그지없다. 아구, 그 지겹고도 지겨운 놈만 아니었다면 정말 좋았을 것이다.

뭐라고 약을 올렸는지, 여시가.

"나는 남편에게 버림받고 누워서 잔 죄밖엔 없어."

"그래?"

"글쎄 눈만 뜨면 내 위에 엎드려 있는 놈이 있더라니까. 그것도 매번 처음 보는 얼굴들로만."

"너는 가만히 있었고?"

"멍청아, 나는 잠만 잤다니까."

"그래도 그렇지 서른다섯 놈이나, 으아… 끔찍하다, 끔찍해."

"하여간 그랬어."

"크으… 그, 그만 하자. 너하고 더 얘기하고 있다가는 내가 돌고 말겠다."

"그럼 이제 다신 묻지 마. 낙양부의 포쾌들한테도 열 번은 더 말한 거라 나도 엄청나게 짜증나니까."

꼬드긴 아구나, 천연덕스럽게 응대하는 여시나 둘 다 진짜 영원한 구제불능이었다. 실없는 것들.

히히히힝…….

세상에 말도 다 웃는다.

따가닥, 따가닥.

여전히 그렇게 달렸다.

험난하기 그지없는 황토층 절벽이 나타날 때까지 일행은 그렇게 달렸다. 그사이 처음이나 마찬가지였던 기마술엔 요령들이 붙었고, 이제는 제법 고삐를 놔도 될 정도가 되었다.

"함곡관(函谷關)입니다, 댓빵."

아구가 뻔히 아는 말을 지껄였다.

함곡관이란 험한 황토층 절벽 사이로 좁은 길이 십오 리나 전개되어 있어서, 이곳을 지날 때면 마치 상자 속을 가는 것 같다고 하여 붙여진 이름이었다.

그 어귀, 사신 일행이 그들을 기다리고 있었다.

적진을 돌파하듯 바람처럼 휘몰아쳐 갔던 그들이었다.

처음에만 그랬는지 아님 에서 기다렸는지는 모르나, 어쨌든 그들은 일행의 속도에 보조를 맞추었다.

선두 금군, 후미 맹호연.

얼마나 진행해 갔을까. 좁은 협곡을 칠팔 마장은 족히 진행해 갔을 것이다. 그때였다. 갑자기 절곡이 울기 시작했다.

우우우웅…….

마치 폭풍이 다가오는 것같이 섬뜩한 메아리였다.

모두가 서로를 돌아보며 뭐냐고 묻고 있는데, 그 울음의 정체는 급기야 현실로 나타나기 시작했다.

두두두두 두두두두두

"대, 댓빵, 기마단입니다."

아구가 깜짝 놀라 외쳤다.

소리만으로도 가히 그 위력과 규모를 짐작할 수 있을 정도였다.

누런 황토 절벽을 무너뜨릴 것같이 폭주해 오는 무수한 말발굽 소리, 못 되어도 족히 수백은 될 것이다.

"사신의 호위대가 또 있었나?"

그것은 아닌 모양이었다.

금군 일백이 일제히 멈춰 서며 능시우가 말 허리에서 장창 한 자루를 빼어 들어 하늘 높이 치켜들었다.

"전군, 전투 준비!"

갑주 소리 요란해지고 말 울음 소리가 어지러워진다.

전면만이 아니었다. 폭주해 들어오는 기마대는 뒤에도 있었다.

양옆은 깎아지른 듯한 절벽이요, 앞뒤론 적이니 그야말로 독 안에 든 쥐가 아닌가.

"그럼 마적 떼?"

그럴지도.

능시우가 다시 장창을 흔들었다.

"후군은 뒤로. 전군 십 열 횡대 수비 대형으로……!"

기마대 열이 늘어서면 좁디 좁은 절곡은 꽉 들어찬 셈이 된다.

사신과 허방산 일행을 가운데로 해서 금군이 전후 이십여 장을 막아 대형을 차렸다.

허방산은 슬쩍 차 집사를 곁눈으로 훔쳐봤다.

무심한 표정이었다. 앞뒤를 흘깃거리고는 있었으나 그 표정만으로 뭔가를 짐작하기는 불가능했다.

'너구리 같은 늙은이……'

금군이 왜 보호해 주는 것일까? 어떤 밀약이나 관련이 있었는지는 모르나 지금은 그것이 문제가 아니었다.

문제는 적의 목표가 누구냐 하는 것이었다.

사신 일행이라면 또 모르되, 서천운화단을 겨냥한 것이라면 골똘히 생각해 보아야만 한다.

혹시 서천의 미기들을 사 모을 금을 노리고?

만에 하나 그랬다면 어떻게 알고?

상황은 정말 급박하게 돌아갔다.

의문은 일단 접어둘 수밖에. 홍련각주를 불렀다.

"맹 대방!"

"예."

"신녀의 마차를 절벽가로 바싹 붙여세우고 전원 마차를 호위해 선다. 후면에 낭월각이 서고, 나머지는 홍련각이 맡되 통로는 틔워놓는다. 알겠나?"

"옛!"

묘객들도 경기가 아니었다.

침낭과 모포, 음식물까지 챙겨 가지고 있는데다가, 만일을 대비해 박도를 비롯한 도검류와 활까지도 말안장에 매어단 중무장이었다.

드디어,

"왔다."

적군인가, 아군인가.

정말 적이라면 대체 어떤 놈이……?

일순,

"민병, 민병이다!"

"반역도다……!"

금군의 대오에서 짤막한 소란이 일어났다.

당세는 어지러운 시기였다.

젊은 군주 정덕제(正德帝)는 주지육림에 파묻혔고, 조정은 환관들이 판을 쳤다. 매관매직, 뇌물이 아니면 되는 일이 없었으며 전국 각지에서는 민란이 우후죽순처럼 일어났다.

특하나 사천, 감숙, 산서, 하남 지방에서는 중앙군보다도 지방 호족의 사병이나 민병이 더 강했다. 그 하남과 산서의 경계가 바로 이곳인, 세상이 평화로울 때에도 함곡관은 원래가 폭도의 출몰이 잦은 곳이었다.

그래도 그렇지, 하필이면 지금일까?

그것도 마치 기다리고 있기라도 했던 것처럼 말이다.

"……!"

민병은 앞뒤로 각각 삼사백씩은 되어 보이는 군세였다.

숫자도 숫자였거니와 군기도 예사롭지가 않았다.

고된 훈련을 받는지 하나같이 날래 보였으며, 무엇보다 질서가 정연했다. 기치가 사방에 나부끼고 있었고, 게 중에는 '유(劉)' 자를 금박으로 써넣은 대장기도 있었다.

"유뢰(劉雷) 군입니다, 댓빵."

떠버리는 정말 모르는 것이 없었다.

어떤 때는 그냥 무조건 쫓아내 버리고 싶기도 했으나 이럴 땐 정말 쓸

만했다.

"유뢰?"

"예, 산서 일대의 토호입죠. 칠팔 년 전 민란을 일으켰다가 종국엔 자살로 최후를 마친 유신이란 놈의 아들입니다. 근방에선 자신이 왕이라고도 떠들고 다니는 짜한 놈입니다요."

"흐음, 그래?"

"예. 하지만 그 시러베아들 놈이 왜 저 지랄병을 떠는지는 이 아구도 모르겠는데요."

그때였다. 귀론 아구의 말을 들으며 적진을 예의 주시하고 있던 허방산이 짤막하게 외쳤다.

"전원 사격 대비!"

제11장 조짐

조짐

일대의 공기가 팽팽하게 긴장되었다.

보라, 바둑알처럼 늘어선 적들이 일제히 활시위를 당기고 있지 않은가! 선두의 몇 열은 직선으로 당기고 후미 열들은 비스듬히 허공을 향해 살촉을 겨눈다.

전형적인 서전 격궁세.

능시우의 금군은 이미 앞에다 방패를 내걸고 있었다.

전열 하마, 후열 승마 수비형. 그에 비해 이쪽은 달랑 뽑아 든 칼 한 자루뿐이었다.

맹호연이 볼때기를 씰룩거렸다.

"제기랄. 방패도 사오는 건데, 그걸 깜빡했어."

다행이라면 신녀의 마차가 절벽 옴팍한 곳에 들어가 있다는 것이었다. 묘객들도 절반은 사선에서 벗어나 있었고, 맨몸으로 노출이 되어 있는 사람은 대부분이 낭월각의 식구들이었다.

드디어 적도들의 화살이 메뚜기처럼 날아들기 시작했다.

쉬잇. 쉬이이이… 쉬쉬쉬쉿…….

하늘이 새까매졌다.

일순,

"으악!"

"큭."

"아아악!"

히힝, 히히히힝…….

벌써부터 비명 소리가 구슬프게 일어나기 시작했다.

화살은 고운 놈, 미운 놈을 가리지 않았다. 말도 사람도 가리지 않았다. 조금만 물렁한 곳이 있으면 사정없이 파고들었다.

가장 큰 피해는 금군이었다.

그들은 적도들의 직사를 받았으니까. 재빨리 선후 열이 바뀌며 다시 한 번 화살 세례가 퍼부어졌다.

팅… 티팅… 티티팅…….

박도는 화살을 쳐내기 바빴다.

말이란 녀석들도 이리저리 몸을 뒤척였고, 이쪽에서도 드디어 신음 소리가 터져 나기 시작했다.

"우욱."

"욱."

홍련각의 묘객들이었다.

딴에는 말들까지 보호한답시고 칼을 휘둘렀으나 무정한 몇 대의 화살은 말을 뚫고 사람도 꿰뚫었다.

"말을 버리고 절벽가로 달라붙어라, 어서!"

"이런, 제길……."

낭월각의 식구들도 바쁘긴 매한가지였다.

웅거는 쇠도리깨를 팔랑개비처럼 휘돌려서 전방에 커다란 원형의 막을 하나 형성시켰고, 아구 이하 여시나 몽니까지도 박도를 휘둘러 화살을 막아냈다.

"우리와 무슨 원한이 있다고 저 개자식들이……."

"빌어먹을 놈들."

착각이었을까, 어쩐지 이쪽으로만 공세가 집중되는 것처럼 느껴진다.

허방산은 말 안장에서 강궁 하나를 꺼내 들었다. 맹호연에게 특별히 언질을 줘서 마련했던 것이다.

"어디……."

시위를 당겨보니 쓸 만했다.

살을 시위에 걸었다.

궁신이 만월처럼 휘어지며 시위가 거의 일 자가 되다시피한 순간이다.

피유우웃…….

이십여 장 밖이었다. 살은 유성처럼 날아가 금군 사이를 헤치며 적도 하나의 가슴팍에 꽂혔다. 적도는 외마디 비명과 함께 말 아래로 굴러 떨어졌다.

"어엇?"

곁에서 살을 쳐내고 있던 아구의 입에서 경호성이 튀어나왔다.

그가 보기에는 마치 별이 흐르듯 했던 것이다.

새삼스럽다는 눈빛이었다.

허방산은 그 눈에다 대고 씩 웃었다.

"소싯적에도 온 산의 뭇 것들이 나 때문에 몸살을 앓았지. 눈이 횃불 같고 알록달록하게 생긴 덩치들도 내 앞에선 꼬리를 말았고."

산동의 노산 얘기였다.

아구가 그것을 알 리 없다. 한 번 고개를 갸웃하더니,

"알록달록? 아… 흐흐, 어련했겠수?"

"자아, 또 간다."

한 발, 두 발……

세 발이 지나자 옛 실력이 완전히 되살아났는지 이제는 연사로 쏘아대기 시작했다.

백발백중, 단 하나도 헛발이 없었다.

하지만 적은 많았다.

그리고 기마대의 전형적인 두 번째의 공격이 마침내 시작되었다.

적도들이 말굽을 놓기 시작했다. 일차 화살로 적의 예봉을 꺾고, 그 다음엔 빗자루로 쓸 듯이 적진을 유린해 버린다. 그것이 통상적인 기마군단의 전투 방식이었다.

"전군 거창!"

그 와중에도 능시우의 목소리는 확실하게 들렸다.

왼손으론 가슴에 쇠방패, 오른손엔 비스듬한 장창. 드디어 격하게 밀려드는 파도와 제방이 맞부딪쳤다.

콰아아… 콰콰콰콱!

"커흑!"

"우와아악!"

히힝— 히히히힝—

말은 앞발을 높이 처들며 울고, 창대에 가슴이 꿰뚫린 기수는 허공을 부여잡는다. 그리고 무지개로 피어나는 선명한 핏줄기!

제방은 그리 튼튼하지 못했다.

빛 좋은 개살구라고, 겉만 번드르르했지 실속은 민병만도 못했다.

아마도 협곡, 협로가 아니었다면 단번에 와장창 휩쓸리고 말았을 것이

다. 아니, 뚫린 곳도 있었다.

두우두… 두우두두…….

"케엑!"

사모창을 질러대던 기수가 부러진 창대와 함께 목을 잡고 넘어갔다.

맹호연의 일도가 놈의 창봉을 베어내며 목도 반 넘게 갈라 버렸던 것이다.

그에게 걸린 자는 그나마도 다행이었다.

웅거의 쇠도리깨에 걸린 자는 아예 너덜너덜해졌다.

웅거야말로 이런 전투에는 최적격이었다. 그는 오 장여 폭에 이르는 통로의 절반을 혼자 도맡았다.

"으웨에엑……."

말이든 사람이든 걸리는 족족 부서져 나간다.

일 장 길이에 달하는 쇠도리깨는 그의 손에 들려 허깨비처럼 춤을 추었고, 그를 통과해 지나간 자는 단 하나도, 심지어는 빈 말 한 마리도 존재하지 못했다.

그러나 전황은 불리했다.

파도가 세 번을 쳐오자 금군은 거의 궤멸 직전 상태에까지 이르고야 말았다. 그도 그럴 것이 적도들은 용맹성은 차치하더라도 그 숫자만도 다섯 배가 넘었던 것이다.

가장 위험에 빠진 것은 바로 장 공공이었다.

그의 곁엔 웅거 같은 역사도 없었고, 신녀처럼 은신할 수 있는 지형도 도움을 주지 않았다.

그의 마차는 말까지도 완전히 고슴도치였다.

히힝… 이히히힝…….

부상당한 말들이 질겁해 날뛰었다.

보다 못한 군병이 칼을 들어 마차를 분리해 놓았기에 망정이지, 자칫
했으면 뒤집어지고 말았을 것이다.

한쪽에선 능시우가 배꽃이 휘날리듯 창영을 허공에 흩날리며 용전분
투하고 있었다. 그러나 전멸은 시간문제였다.

한 순간,

파아아—

장 공공이 탔던 마차의 지붕이 일거에 터져 나갔다.

그리곤 한 사람이 떠올랐다.

휘황한 금포를 걸친 자, 바로 장 공공이다. 그는 마차를 부수며 떠올랐
고, 떠올랐다 싶은 순간에 금빛으로 흐르기 시작했다.

"모조리 찢어 죽이리라."

소름끼치는 목소리.

그 다음은 가히 공포였다.

쾌쾅.

"우악!"

"케에에에……."

보기에는 포동포동한 아기 손이었다.

그러나 장 공공의 몸에 달린 그 손은 진짜 쇠뭉치보다도 단단했다.

간간히 격공장도 사용을 하긴 했으나, 그가 주로 쓰는 것은 직접 타격
을 가해 무너뜨리는 쇄비장이었다.

"카악!"

그의 손바닥에 슬쩍 닿았던 가슴 하나가 움푹 패었다.

보나마나 즉사였다.

창으로 찔르고, 칼로 베어도 그에겐 소용이 없었다.

그는 간단히 몸을 흔들어 귀신처럼 공세를 피해내고는 상대의 가슴에

무지막지한 쇄비장을 격사해 냈다.

그는 결코 볼품없는 환관만은 아니었다.

놀랍게도 그는 내공을 지닌 고수였다.

강호가 넓다 하나 그만한 신수를 가진 사람도 그리 흔하지는 않을 터, 일반의 군병들이 그를 막아낸다는 것은 애초에 불가능했다.

"으으으……."

"가, 강호의 절대고수다. 우리는 막아내지 못한다."

"피해라, 어서!"

아비규환.

단 일 각도 지나지 않아 전면은 훤하게 뚫렸다.

달려드는 자보다 몸을 사리거나 도망치는 자들이 훨씬 더 많아지기 시작했다.

그런 상황은 후면도 마찬가지였다.

앞쪽이 장 공공이라면 뒤는 허방산이었다.

그는 통로 중앙에 우뚝 서서 주먹만 번갈아 내질렀다.

소리도 없고, 기세도 느껴지지 않았다. 그럼에도 불구하고 비명은 그때마다 어김없이 일어났다.

"우와이악……."

"소, 소림사의 신승들이 쓴다는 무… 무형권이다."

"자, 장군께서는 어찌 이런 신인들을 털라고 명하셨단 말인가. 우리로서는 역부족, 커흐흑……!"

그의 앞 오 장여 공간은 완전히 빈 공간이었다.

그리고 그 공간은 점점 더 범위를 넓혀 나갔다.

이제는 주먹질을 해도 권력이 미치지 않을 정도로 벌어졌을 때였다.

갑작스런 징 소리가 요란하게 일어나더니 적도들이 썰물 빠지듯이 물러나기 시작했다.

"철수… 철수하라."

"후퇴하라."

후퇴인지 도망인지.

하여간에 동작은 빨랐다. 진격해 들어올 때보다 배는 더 신속했다.

반 각이나 지났을까, 함곡관은 이내 거짓말처럼 조용해졌다.

그러나 완전히 조용해진 것만은 아니었다.

부상자들의 신음 소리는 더욱 절절하게 높아가기 시작했고, 아직 숨이 끊어지지 않은 군마의 거친 숨소리도 보는 이의 애간장을 끊게 했다.

전장의 참혹한 뒷모습이었다.

홍련각에서도 묘객을 셋이나 잃었다.

기실 허방산이 살수를 쓰기 시작했던 것도 그들의 죽음 때문이었으나, 금군의 손실에 비하면 그것은 정말 아무것도 아니었다.

살아남은 자는 백호장인 능시우를 비롯해 단 일곱에 불과했다.

그것도 부상자를 제외하면 온전한 사람이라고는 겨우 능시우 하나에 불과했으니 결과로 보자면 완패였다.

"어떤가?"

낭월각의 식구들이 허방산의 주위로 몰려들었다.

"숨이 붙어 있는 자들은 적아를 불문하고 대충은 손을 써놨습니다."

"명하신 대로 식구들은 적당한 곳에 매장했습니다."

"수고들했네."

"그리고 이번 습격의 연유를 확실히 파악해 내진 못했습니다. 다만 자기네들은 저 남쪽 산서의 상주에 진을 치고 있는 유뢰왕 휘하 신기 장군을 따르는 부하들인데, 그 신기 장군이란 자가 명하길 오늘 여기 함곡관을 지나는 놈들은 신분 여하를 막론하고 모두 잡아 죽이되 지니고 있는 재물과 그럴듯한 놈들로 골라 수급을 열 개만 잘라 오라 했다 합니다."

"그럼 뭐야?"

"우리를 찍어서 노린 것이 아닐 수도 있다, 이 말이지요."

"요는 재수가 없었다?"

"사실 우리가 오늘 여기를 지나니 생각이 있으면 잡아들가슈 하고 광고를 했다면은 모를까, 제놈이 귀신도 아니고 어찌 알았겠습니까?"

"그냥 소 발에 쥐를 잡았다거나 재수에 옴 붙었던 거죠."

"정말 그럴까?"

"그럴 겁니다."

"흐음……."

그러고 있을 때였다.

능시우와 더불어 뭐라 한참이나 쑥덕거리고 있던 차 집사가 가까이 다가왔다. 잘됐다 싶었는데, 그것이 아니었다.

차 집사가 왔던 것은 허방산이 기대고 서 있던 마차에 볼일이 있어서였다.

"자 소저."

그의 부름에 차창이 열렸다.

이어 검은 면사를 드리운 자운영의 얼굴이 드러났다.

"무슨 일이시지요?"

"암만해도 마차를 공공에게 내주어야 할 것 같소."

"이 마차를요?"

눈이 동그래진다. 그러다간 이내 무슨 말인지 알겠다는 듯이 고개를 끄덕였다.

"난처하심 그리하세요."

"미안하오이다, 신녀."

"뭘요."

허방산의 숯 검댕이 눈썹이 천천히 오므려졌다.

듣고 있자니 배알이 다 뒤틀리지 않는가.

그러나 발작은 하지 않았다.

본인이 내어놓겠다는 데야 무슨 할 말이 있을까?

무슨 수작들인지는 모르나 뭔가 짝짜꿍이 있기는 확실히 있는 모양인데.

잠시 후 신녀가 마차에서 내렸다.

그리고 그녀의 뒤를 이어 삼십 초반 나이의 교방 사감 둘이 연달아 내렸다.

장몽궁의 교방은 가기들의 기예와 법도를 훈련시키는 곳이고, 사감은 그 선생들이다. 무슨 말인고 하니 말을 타기엔 문제가 있는 사람들이란 뜻이다. 하지만 웬걸?

"어?"

긴 장의를 들추자 거기에서 나타난 것은 날씬한 홀태바지였다.

말도 탈 줄 아는 모양이었다.

하긴 그 먼 길을 가는데 무슨 경우를 생각지 못했을까.

허방산은 자신의 아둔함에 내심 실소를 금치 못했다.

세상에서 제일 멍청한 놈이 오지랖도 넓게 누가 누구를 걱정한단 말인가?

"으크크……."

그가 웃자 신녀의 눈도 조용히 웃었다.

대체 뭘 알고 웃기나 하는 건지, 원.

어쨌든 차 집사는 손수 마차를 끌어다 능시우에게 건네줬고, 속이 뒤집어지는 일은 그 다음에 일어났다.

"카흠."

그것도 기침 소리라고 내나.

아니면 나입네 하는 거드름인가. 두어 번 목 쉰 암탉 캑캑거리는 소리를 남기곤 장 공공이 마차 안으로 들어갔다.

그 직후였다.

화살받이가 되었던 놈의 마차 문이 덜컥 열리더니 갑자기 허연 것이 불쑥 튀어나오는 것이 아닌가.

그것도 둘씩이나 연달아서 말이다.

"어……?"

중인들의 눈이 휘둥그레졌다.

놈 혼자만 타고 있는 줄로 알았는데, 그것이 아니었다.

둘이 더 있었다.

계집들이다. 문이 열리며 뛰쳐나온 것들은 완전히 벌거벗은 계집들이었다. 그래도 부끄러운 줄은 아는 모양이었다.

계집들은 사타구니만 두 손으로 가리고 그 큰 젖퉁이를 위아래로 덜렁거리면서 마구 뛰었다. 그리고는 장 공공의 뒤를 따라 마차 안으로 쏙 들어갔다.

신녀와 사감들은 보기가 민망했던지 슬쩍 외면했고, 마차 문이 닫히기가 무섭게 여기저기에선 거친 욕설이 터져 나왔다.

"저런 똥물에 튀겨 죽일 놈……!"

"그럼 여태껏 그 짓거리를?"

"으으…… 위가 저러니 백성들이 난을 일으킬 수밖에. 에라, 이 개자식아!"

"고자 새끼가 변태도 보통 변태가 아니었구먼?"

"으키키킥."

"정말 궁금하네. 저놈은 무슨 방법으로 재미를 볼까?"

아마도 들었을 것이다. 목소리들이 제법 컸으니.

그러나 마차는 조용했다.

허방산은 고소를 머금었다. 사신이 탄 마차에 두 사람이 더 있었다는 것 정도는 낙양에서 봤을 때 감지했었으나 저 지경이었는지는 그도 몰랐다.

"썩을 놈……."

어쨌거나 마차는 출발했다.

금군 하나가 마부가 되어 채찍을 휘둘렀고, 능시우가 장창을 옆에 끼고 그 뒤를 따랐다.

"우리도 출발하죠, 댓빵."

"그러자."

마상에 오르며 허방산은 차 집사를 쏘아봤다.

뱃속에 구렁이가 열 마리는 들어 있는 늙은 너구리, 이 정도면 무슨 말을 해줄 법도 하련만 그는 묵묵히 채찍만 들어 올렸다.

마침내 그도 달려나갔고, 신녀와 사감들도 이내 박차를 가하기 시작했다.

"이랴."

"이랴, 이랴."

말발굽 소리 요란하고, 황토 먼지는 누런 구름처럼 일어난다. 그러나 그 모두가 잠잠해지기까지는 얼마 걸리지 않았다.

산 자는 떠나고 죽은 자만 남았다.

하나 더 있다면 짙게 번져 나가는 자욱한 피 냄새였다.

어느새 냄새를 맡았을까, 까마귀란 놈들이 시커멓게 떼를 지어 먹장구름처럼 날아왔다.

그때도 그랬을 것이다.

아득한 그 옛날 초패왕 항우가 진을 멸하려 이 함곡관을 들이쳤을 때에도 저 까마귀들은 배가 터지도록 고기 잔치를 벌였을 것이다.

까악, 까악.

까마귀 소리 구천에 메아리치는 이곳은 중원과 관중을 연결하는 역사의 함곡관이었다.

*　　　　*　　　　*

요동(窯洞).

간단히 말하면 혈거(穴居)다.

일대가 드넓게 펼쳐진 황토 지대였는지라 쓸 만한 건축 재료를 구할 수가 없어서 단단한 황토층 옆을 타원형으로 판 이후 입구에 문만 달면 그럴듯한 토실이 완성되는데, 이 토실 집을 요동이라 부른다.

요동엔 중정식의 네모난 공간도 형성할 수 있었다.

평지에 커다랗고 깊은 사각형의 공간을 만들고, 각 사방 벽면에 굴을 파서 실을 만드는 것이다.

그런 연후에 문도 달고 창문과 환기 구멍도 만든다.

이를 경사면에 만들면 그야말로 계단식의 멋진 요동이 형성되는 것이다.

양지촌이라는 요동 마을이었다.

멀지 않은 곳에 중원 오악 중에서도 서악으로 불리는 화산의 웅자가 손에 잡힐 듯이 보이는 곳.

촌장 집에 어느 날 난리가 났다.

인심 좋다고 소문난 황 노인의 요동 안방에서 끔찍한 살인 사건이 발생했던 것이다.

간밤에 들었던 일행 중에서 가장 귀하고 높으신 어른께서 목에 칼이 꽂힌 변사체로 발견되었으니 이 얼마나 큰일인가.

아침부터 양지촌 전체가 발칵 뒤집어졌다.

"누구냐?"

"대체 어떤 놈이!"

부릅뜬 채 정지되어 있는 자색의 눈.

약간 벌어져 있는 입.

그 입가에 맺혀 있는 검푸른 핏줄기.

청동빛 피부 색깔, 그리고 목젖에 꽂혀 있는 예리한 단도 하나……

이것이 그였다.

장 공공, 공공이란 내시의 별칭이니 원래의 이름은 장영이다.

그는 이런 모습으로 아침에야 발견되었다.

실오라기 하나 걸치지 않은 장영의 변사체를 발견한 것은 그의 자리끼 시중을 들었던 여자 둘.

그녀들은 완전 사색이었다.

"자, 장군, 저희는 아니옵니다."

"궁에서부터 어르신을 모시고 나온 저희인데 어찌 저희를 의심하시옵니까."

그녀들은 내시들의 처소인 공공전의 궁녀였다.

"어제 저녁엔 평상시와 다름없이 주무셨습니다. 저는 공공께서 눈을 붙이시는 것을 보고 잠이 들었구요."

"저도 마찬가지예요, 능 장군."

"사실이옵니다. 믿어주세요, 흐흑……"

궁녀들은 급기야 눈물까지 줄줄 쏟아내기 시작했다.

이거야말로 환장할 일이 아닌가.

대체 어떤 놈이 어르신을 해쳤단 말인가.

어르신은 하늘을 새처럼 날 수 있고, 한 번 쥐었다 하면 차돌멩이도 가루로 만드는 신력을 지니신 분이었다.

그런 사람이 죽었으니 가장 유력한 용의자는 바로 곁에서 살을 비비고 잤던 자신들이 될 것임은 누구보다도 본인들이 더 잘 알고 있었다.

그러나 하늘에 맹세코 절대 아니었다.

"일어나 보니 그리되어 있었사옵니다, 장군."

"으흑흑……."

양지촌은 완전히 외부와 차단되었다.

어느 누구도 들어올 수 없고, 나갈 수도 없게 되었다.

양지촌을 차단한 자는 함곡관에서 살아남았던 금군 병사들.

그리고 일행이 묵었던 황 노인의 요동에 출입 금지의 금줄을 친 것은 능시우였다. 뭐, 줄이라고 해봐야 요동의 지하 중정으로 내려오는 계단에 겉옷 한 장 벗어 걸어놓은 것에 불과했지만.

"으으음……."

능시우는 앓는 소리를 흘려냈다.

장영의 호위 책임자는 바로 그였다.

한데 그 장영이 비명횡사하고 말았으니, 어제 반란군에게 당해 전 휘하를 잃어버린 책임까지 더해진다면 목이 열 개라도 모자랄 판국이다.

그는 정말 심각했다.

"좀 더 자세히 말해 봐라. 이곳에 들어왔을 때부터 상세하게!"

그는 박도 한 자루를 거머쥐고 있었다.

확증만 있으면 즉결이라도 할 참이다. 살기등등한 그 모습에 궁녀들은 바싹 얼어붙었다.

"그, 그것이 장군……."

"으흐흑……."

"이년들이 정말? 어서 이실직고하지 못하겠느냐?"

"흐윽."

"장군."

"어허, 그래도?"

능시우가 박도의 손잡이를 잡아갔다.

그러자 두 개의 입이 누가 먼저랄 것도 없이 좔좔 폭포수처럼 온갖 말을 쏟아내기 시작했다.

중정의 사방 벽에는 도합 여덟 개의 토실이 있었다.

장영이 잤던 안방과 능시우 일행이 묵었던 두 개의 방, 나머지 다섯 개중 하나는 신녀를 비롯한 여자들이 썼고, 네 개는 차 집사 및 낭월각과 홍련각의 묘객들이 나누어 사용했다.

황 노인은 자기 집 전체를 하룻밤 비워준 셈이다.

그런 그나 양지촌 사람이 장영에게 무슨 억하심정이 있는 것도 아니고, 설령 있었다고 해도 촌 무지렁이들로서는 감히 꿈도 꾸지 못할 일이니 범인은 이 중에 있기가 쉬웠다.

아니, 그것은 확신이었다.

확률은 십 중 십. 그것이 안방을 나서고 있는 능시우의 속마음이었다. 생각에 궁녀는 결코 아니었다.

"반드시……."

현장도 파악했고 심중도 얻었으니, 이제부터는 본격적으로 범인을 색출할 작정이었다.

능시우는 바드득 부서져라 이를 갈았다.

"반드시 잡아내고야 말겠다, 내 명예를 걸고……!"

안방으로 통하는 중정 벽 모서리에 의자 하나가 놓여 있었다.

능시우는 의자에 몸을 앉히고 적당히 다리를 벌리고 앉았다.

그리곤 한 손으로 박도를 짚었다.

"모두 본관의 말을 잘 들어라. 본인의 진짜 신분부터 너희에게 공개하겠다. 본관은 이런 사람이다."

능시우는 품에서 큼지막한 동전 모양의 금패 하나를 꺼내 들었다.

순금으로 주조된 것이었는데, 그 양쪽 면에는 똑같은 글자가 두 자씩 양각되어 있었다.

창위(廠衛).

"창위?"

"오호라, 어쩐지 좀 별나다 했었다."

중정을 향해 열려 있는 문 안 여기저기에서 좀 떨떠름한 탄성들이 터져 나왔다.

단언하건데, 외진 산골짝 촌놈이라면 모를까, 이 땅에 사는 사람치고 창위를 모르는 사람은 없다.

창위가 뭔가. 바로 금의위의 약칭이 아닌가.

금의위는 또 뭔가. 금의위는 황실 직속의 비밀 경호 사단이었다.

그뿐이 아니었다. 금의위는 도성의 육부 관청에서부터 지방의 대소 관직에 이르기까지의 암중 감찰 업무까지도 겸직했다. 한마디로 당대 최고의 권력을 지닌 중앙의 핵심 조직이란 말이다.

능시우가 그런 조직의 일원이라니.

창위 일개인으로도 군막의 일개 백호장은 물론이고, 천호장까지도 마음대로 들었다 놓았다 할 수 있는 권력이 있었으니 능시우의 변신은 정말 놀랄 만한 일이었다.

그러나 묘객들의 반응은 의외였다.

"그래서 어쨌다는 거야?"

"킁."

단 한 마디.

그것으로 대변되는 말.

인기가 없다는 뜻이었다.

환관이 득세하는 세상이란 난세를 뜻한다.

그리고 이 시대의 창위는 그 난세를 이루는 주축의 하나였다.

창위와 환관, 그 둘이 서로 표리를 이루면서 사회의 치명적인 암적 존재가 되었던 것이다. 따지고 보면 함곡관에서 만났던 반란군도 바로 이런 자들의 결과론적 소산이었으니 인기가 있을 리 없다.

그러나 난세일수록 위정자들의 힘은 가공해지는 법, 그 힘이 능시우의 입을 통해 흘러나왔다.

"조정의 사신을 해한 것은 반역이나 다름이 없다. 고로 본관은 그 반역도를 색출해 내려고 하거니와, 본관의 명에 불복하거나 협조를 하지 않는 자는 누구든 똑같은 반역도로 간주될 것이다. 알겠느냐?"

말은 잘한다.

단번에 반역도로 몰아버리지 않는가.

그래도 반응들은 여전히 시큰둥했다.

"썩을 고자새끼. 하필이면 이때 꼴까닥해 가지고……."

"흐응… 재밌겠는데?"

"어여 해봐."

이곳은 산서이다.

중앙의 통치력은 예전만 못했다. 그러기에 유뢰란 작자가 감히 왕입네 하고 들썩들썩하고 있지 않은가.

북경과는 다르다는 말이다.

북경에야 창위가 득시글득시글하니 일반 초민들도 그들의 표식이라 할 수 있는 하얀 가죽 신발만 봐도 벌벌 떨지만, 이곳에서야 어디 그런 가?

게다가 여차하면 모가질 잘라 버리면 그만이다.

언 놈이 뒤를 쫓아? 여기저기에서 갈퀴질하느라 정신이 없을 텐데 무슨 여력이 남아 있어서?

"웃기는 소리, 개나발 불지 마라."

"카악……!"

아구에 이어 맹호연이 시커먼 가래침을 퉤하고 뱉었다.

창굴의 묘객치고 왕년에 사람 한 번 죽여보지 않은 자가 그 얼마나 있을까? 아마 찾아보기 힘들 것이다.

묘객이란 인생의 밑바닥 직업, 더 이상 추해질 것도 내려갈 곳도 없는 최하급의 인생이었다.

건드는 것이 그냥 지나침만 못하고, 웬만하면 눈도 마주치지 말아야 한다. 얼쩡얼쩡하다가 재수없이 여쾌에게라도 걸리게 되는 날이면, 인생 그것으로 종치고 마니까.

"코하고 잠이나 자자."

"근데 우리 댓빵은 뭐 해?"

"야, 코 고는 소리가 안 들리냐?"

"아항."

지금 문이 닫혀 있는 방은 두 개였다.

하나는 여자들이 있는 방이었고, 다른 하나는 허방산의 독방이었다.

원래는 독방이고 싶어서 독방이 된 것이 아니었다.

아구가 함께 잤는데 어찌나 심하게 코를 골아대던지 아구의 그 비위로도 그만 두 손을 들고 말았던 것이다.

크르르… 가르르룽……

호랑이 새끼가 옹알이를 하나. 허방산의 방은 아직도 오밤중이었다.

잠하면 또 그가 아닌가. 서서도 자는 그였다. 어제는 말을 타고서도 잤다. 능시우가 했던 말은 그의 방문도 채 들어서지 못했다.

그래서였나?

능시우가 돌연 발악하듯 외쳤다.

"차 노인, 차 노인은 나 좀 봅시다!"

"어?"

"그 영감쟁이는 왜 찾지?"

"이제 보니 저치 엄청 신경질이네."

"으흐흐… 우린 턱이나 받치고 눈총이나 쏘자."

눈이 마주치자 더 이상 미적거릴 수는 없었던 모양이다. 차 집사가 굳었는지, 근심하는지 모를 딱딱한 얼굴로 방문을 나섰다.

게다가 노인 특유의 느릿한 걸음걸이였다.

답답했던지 능시우가 버럭 소리를 질렀다.

"죽은 장 공공의 부탁으로 가는 곳까지는 장몽궁의 식솔들을 엄호해드리려고 했소만, 일이 이렇게 된 이상 그 일은 없었던 일로 해야 되겠소."

"으으음… 할 수 없지요."

"하나 반역도는 꼭 밝혀내야만 하니 노인께서 전력으로 협조를 해주셔야 되겠소."

"허허, 노부에게 무슨 힘이 있다고……."

"명심하시오. 이는 당신네 장몽궁의 안녕과도 직결되는 일이니. 만에하나, 당신네의 비협조로 범인을 잡아내지 못한다면 장몽궁 전체가 범인으로 지목되고 말 것이오."

"여… 여보시오, 능 위사. 어찌 그런 무서운 말을 함부로 하시오? 생각해 보시오. 우리가 무슨 원한이 있어서 공공을 해쳤겠소? 듣기 매우 민망하오이다."

"으흐흐… 어제 공공에게 가해지던 온갖 욕설을 잊지 않고 있는 나요. 그 정도면 살의는 충분하오이다. 아니 그렇소?"

"그, 그거야……."

"그러니 협조를 하란 말이오. 괜히 노인이나 노인의 집구석에까지 불똥이 튀지 않게끔 말이오, 아셨소?"

차 집사의 주름진 이마에 진땀이 흐르기 시작했다.

그는 원망스럽다는 듯이 이 방 저 방을 쏘아보다가 허방산의 방에다 시선을 고정시켰다.

주름살 가득한 눈두덩 살이 파르르 경련을 일으켰다.

'계륵 같은 놈. 버릴 수도 없고, 어울릴 수도 없는 골치덩이 애송이. 대체 뭐라고 해서 그놈을 불러내나. 인정하긴 싫지만 놈이 아니면 협조고 뭐고 다 끝장이다.'

그런 그의 눈이 반짝하고 빛났다.

"아."

무슨 기발한 생각이라도 했던 것일까?

차 집사의 노안이 갑자기 환해졌다.

그가 부랴부랴 달려간 곳은 여자들 방. 차 집사는 대뜸 문고리부터 잡았다.

"자 소저."

"무슨 일이세요?"

"나와 보셔야 되겠네."

"알았어요. 잠깐만 기다리세요."

신녀가 문가에 나타났다.

문고리를 잡고선 채 뭐라 뭐라 소곤소곤.

소저밖엔 없니, 그가 굉장히 좋아할 것이라는 둥, 새어 나오는 몇 마디 말로 봐선 애써 그녀를 꼬드기고 있는 것인데.

하여간,

"좋아요. 제가 해보죠."

자운영이 밖으로 나왔다.

그리고 그녀의 뒤를 따라 몽니와 검여시도 나왔다.

한순간 중정이 환해졌다. 그도 그럴 것이 천하절색의 화용이 셋씩이나 한 곳에 뭉쳐 있지 아니한가.

그렇지 않아도 하나같이 빼어난 미인들이었다.

그런 그녀들이 몸에 꼭 끼는 홀태바지까지 입고 있었으니 그 섬연함이 오죽했을까? 각 실에서 고개를 빼고 있던 사내들의 눈이 단번에 올빼미 처럼 동그래졌다.

"이야, 저… 저 정도였던가?"

"아, 앞으로 여자들은 장포를 못 입게 하자."

그저, 그저.

몽니가 혀를 차며 검여시를 돌아봤다.

"언니, 저 인간들의 눈퉁이를 확 뽑아버릴까?"

언니란다.

어떤 일이 있었는지는 모르나 둘 사이의 서열은 정해졌나 보다.

어쨌거나 험악한 말이었다. 그러나 여시는 한술 더 떴다. 자신의 허리춤에 차고 있던 박도를 쑥 뽑아 들었다.

"아냐. 저놈만 봐주면 돼."

"누, 누굴?"

"넌 가만히 있어."

검여시가 새파란 독광을 뿜어가는 곳이다.

훤히 문을 열어 놓고 팔짱을 낀 채 쭈그리고 앉아 있는 자가 있었다.

다름 아닌 맹호연이었는데, 그는 지금 뭐가 그리도 이상한지 연방 고개를 갸웃거리고 있었다.

여시가 봐주겠다는 사람은 맹호연, 바로 그였다.

"개자식이 나만 보면 기분 나쁘게 대갈통을 꼬는데, 너 오늘 잘 걸렸다. 내 오늘 그놈의 대갈통을 몸뚱이와 영원히 이별시켜 주마."

말이 끝나기가 무서웠다.

검여시는 냅다 박도를 날려 보냈다.

쌔앵.

청천벽력, 마른하늘에 날벼락도 유분수지.

뭐가 번쩍하나 했는데 새파란 칼이 아닌가.

"으악!"

대경실색, 맹호연은 질겁하며 벌러덩 몸을 뉘었다. 눈은 자동으로 질끈 감기고,

퍼억…….

이마빡에 박혔구나. 그럼 죽은 건가?

어찌 된 영문인지도 몰랐다.

눈을 떠 보니 부르르 떨고 있는 칼자루가 바로 코앞에 있었다.

그의 양미간을 향해서 날아왔던 박도가 허공을 가르며 토실의 벽면에

박혀 들었던 것이다.

　살았구나.

　"히유우……."

　하마터면 끊길 뻔했던 숨이 길게도 흘러나왔다.

　망할 년. 제년 오금 좀 쳐다봤기로서니 칼까지 내던지다니.

　반사 신경이 남달랐기에 망정이지 꼼짝없이 갈 뻔했지 않은가. 독한 년, 상종도 못할 년이다.

　맹호연은 몸을 일으키지 못했다.

　그러다 눈이라도 마주치게 될 양이면 괜히 껄끄럽게 될까 봐 은근히 켕겼던 것이다. 죽은 척 가만히 있는데, 슥 머리 위를 스쳐 가고 있는 검 여시의 코웃음 소리가 살벌하게 들려왔다.

　"한 번만 더 그리 봤단 봐라. 진짜 죽여 버릴 테니까."

　칼을 회수해 가면서 하는 소리였다.

　왈칵 눈물이 나오려고 했다.

　'내 어쩌다가… 이런 엿 같은 경우를!'

　"저 새끼들이 지금 장난질을 하나……."

　능시우의 눈초리가 살벌해졌다.

　그도 그럴 것이 너무나 개판이 아닌가.

　그 썩은 시궁창, 탕굴의 막 가는 인생이라곤 해도 이건 너무했다.

　무식하고 무례하며, 있는 것이라곤 오직 겁대가리를 상실한 똥배짱 하나뿐인 묘객 놈들!

　분위기 파악은커녕 심지어는 창위라는 국조의 명판조차 깔아 뭉개 버리지 않았던가. 저런 것들이라면 사람 하나 쓱삭해 버리는 것 정도는 웃으면서 할 것이다.

그러나, 그러나 말이다.

그런 것들이라고 그냥 간단히 넘겨 버리기엔 하나하나가 너무나 큰 월척이요, 준치가 아닌가.

이리 내리고 저리 깎아봐도 연놈들 모두가 그랬다.

절색의 계집들은 물론이요, 졸개들도 만만해 보이는 자는 단 하나도 없었다. 이런 물건들이 어찌 한낱 시정의 기둥서방일 수가 있으랴.

일을 내도 크게 낼 자들이다.

아니, 어쩌면 일은 이미 시작되었을지도 모른다. 사신 장영의 피살 정도는 빙산의 일각일지도 모를 그런 큰일이…….

분명히, 보이지 않는 뭔가가 분명히 있다.

서역의 매미를 수입하러 간다고?

웃기는 소리.

본능의 느낌은 '그딴 것은 절대 아니다'라고 외치고 있었다.

좋아, 차근차근 벗겨보자. 우선은 살인자부터……!

『화우도』 2권에 계속…

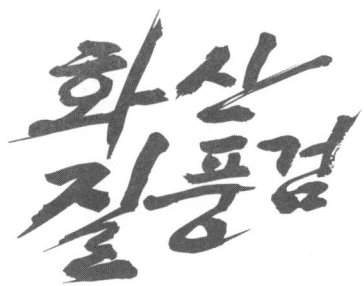

FANTASTIC ORIENTAL HEROES

청 어 람 신 무 협 판 타 지 소 설

독특한 소재, 괴팍한 주인공의 활약에
절로 신이 나는 작품!

음공의 대가 / 일성 지음

"연주 한 번으로 대량 살상이라…
멋지지 않소?"

음공의 대가

만월교의 남무림 통일 계획에 의해 납치된 천팔십이 명의 예능(藝能)에 재능을 가진 아이들!
그런 가운데 현원세가의 어린 음악가 또한 사라졌다!
그리고 나타난 극악한 인물, 악마금(惡魔琴)!!
극악한 행동 패턴! 예측불허의 교활함! 고난이도의 정신 세계를 자랑하는 막가파 탄생!
신비로운 음공의 무한한 위력 앞에 강호가 무릎 꿇고, 누천년을 이어온 검과 도의 역사가 막을 내리니
이제 최고의 무공은 음공(音功)이라 말하리라!

훗날 '음공의 대가' 로 불리며 무림의 전설이 되어버린
그의 흥미진진한 강호 이야기가 펼쳐진다!

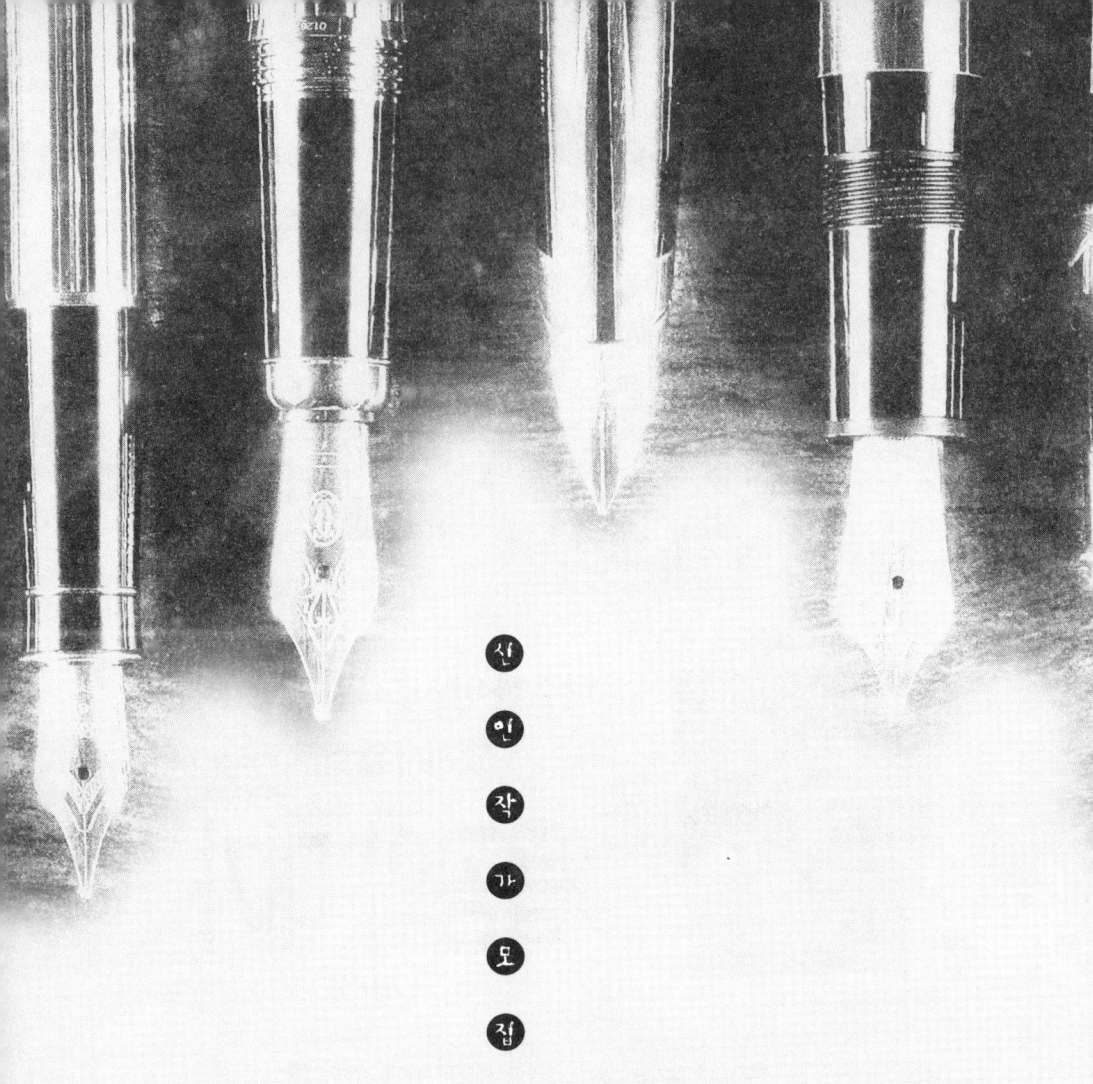

신인작가모집

시작이 반이라고 했습니다.
작가의 길에 대한 보이지 않는 벽을 과감히 깨뜨리십시오!
청어람은 작가 지망생 여러분들의
멋진 방향타가 되어드리겠습니다.

저희 도서출판 청어람에서는
소설 신인 작가분들을 모집합니다.
판타지와 무협을 사랑하시는 분들의 많은 참여를 바랍니다.
소정의 원고(A4용지 150매)를 메일이나 우편으로 보내주시면
검토 후 출판 여부를 알려드리겠습니다.

주소:경기도 부천시 원미구 심곡1동 350-1 남성B/D 3F 우편번호420-011
TEL:032-656-4452 · **FAX**:032-656-4453
http://**www.chungeoram.com**
e-mail:chungeoram@chungeoram.com